CB067705

CORINNE MICHAELS

lute por mim

Traduzido por Ana Flávia L. Almeida

1ª Edição

The GiftBox
EDITORA

2023

Direção Editorial:	**Arte de Capa:**
Anastacia Cabo	Sommer Stein, Perfect Pear Creative
Tradução:	**Adaptação de Capa:**
Ana Flávia L. Almeida	Bianca Santana
Revisão Final:	**Preparação de texto e diagramação:**
Equipe The Gift Box	Carol Dias

Copyright © Corinne Michaels, 2020
Copyright © The Gift Box, 2022

Todos os direitos reservados.
Nenhuma parte do conteúdo desse livro poderá ser reproduzida em qualquer meio ou forma – impresso, digital, áudio ou visual – sem a expressa autorização da editora sob penas criminais e ações civis.
Esta é uma obra de ficção. Nomes, personagens, lugares e acontecimentos descritos são produtos da imaginação da autora. Qualquer semelhança com nomes, datas ou acontecimentos reais é mera coincidência.

Este livro segue as regras da Nova Ortografia da Língua Portuguesa.

CIP-BRASIL. CATALOGAÇÃO NA PUBLICAÇÃO

M569l

Michaels, Corinne
    Lute por mim / Corinne Michaels ; tradução Ana Flávia L. Almeida - 1. ed. - Rio de Janeiro : The Gift Box, 2023.
    260 p. (Irmãos Arrowood ; 2)

Tradução de: Fight for me
ISBN 978-65-5636-223-6

    1. Romance americano. I. Almeida, Ana Flávia L. II. Título. III. Série.

CDD: 813
CDU: 82-31(73)

The GiftBox
EDITORA

Para Natasha Madison, não há exageros sem você... meh.

Capítulo 1

Declan

Oito anos atrás...

— O que diabos nós fazemos agora? — Jacob olha para mim, querendo respostas que não posso dar.

— Eu não sei — digo, encarando os destroços à minha frente.

Meu coração está disparado, e sinto como se estivesse vendo um filme ao invés da terrível realidade.

— Ele tem que pagar por isso — Connor fala, suas mãos ainda trêmulas.

Nenhum de nós imaginou que a noite tomaria esse rumo. Ela deveria estar repleta de comemorações e risadas. Finalmente, nós quatro sairíamos dessa maldita cidade, para longe do nosso pai alcóolatra e abusivo.

Eu finalmente pediria Sydney em casamento.

Ela é o único motivo pelo qual eu respiro. Ela é tudo o que importa, e agora, preciso deixá-la. Foi necessário apenas um instante. Aquele carro caindo em uma vala, os sons, o cheiro de morte. Não consigo parar de repetir isso na minha mente.

Ficar na beira da estrada não é uma opção. Meus irmãos assumirão a responsabilidade pelo que ele fez, e não posso deixar isso acontecer.

— Nós vamos embora.

Três pares de olhos se voltam para mim, todos repletos de incredulidade.

— E deixá-los aqui? — Connor grita, suas mãos direcionadas para os destroços.

— Nós não temos escolha, Connor! Não podemos ficar. Não estávamos dirigindo, e vai parecer que estávamos! — grito de volta, agarrando os ombros do meu irmão caçula. — Nós vamos voltar. Iremos garantir que, amanhã, ele confesse.

— Não. — Connor, o que tem o coração mais gentil, nega com a cabeça. — Não. Nós não estávamos dirigindo, e não podemos deixar essas pessoas aqui.

Jacob suspira e toca em seus ombros.

— Declan tem razão.

Sean me encara, seus olhos brilhando com a constatação.

— Foi meu carro que...

— Eu sei, por isso temos que ir embora. Foi o seu carro que os atingiu.

Connor parece só então perceber qual é o problema. Meu pai poderia estar dirigindo o carro, mas ele estava no veículo de Sean enquanto o fazia. Contra quem isso provavelmente se voltaria? Sean.

— Dec... — A voz de Sean estremece. — Não podemos deixar essas pessoas aqui. Connor está certo.

Eu assinto.

— Nós iremos para casa e diremos para ele que vamos entregá-lo. Connor tem razão. Ele vai pagar por isso. Mas não podemos estar aqui.

Sinto-me enjoado. Tudo deu errado. Meu pai estava bêbado, tentando arranjar uma briga com Connor, mas já que meu irmão não é mais criança, papai foi posto em seu lugar. Por mais que queira brigar com o restante de nós, ele não fará merda nenhuma na minha frente. Não porque eles não sabem se virar, mas porque sabe que irei matá-lo se encostar em qualquer um de nós outra vez.

Contudo, esse momento se parece com a primeira vez em que ele me bateu. Estou paralisado pelo fato de que alguém que me deu a vida possa ser tão horrível.

Olho para o carro, as rodas para cima, fumaça saindo do chassi inferior, e preciso resistir à náusea.

Um instante e a minha vida inteira mudou.

— Vamos — Jacob diz, arrastando Connor na direção do carro.

— Isso é errado! — Ele solta seu braço e volta para o lugar.

Eu me sinto da mesma forma, mas tenho que proteger meus irmãos.

— Não podemos fazer nada, Connor. Eles estão mortos, e somos nós que estamos parados aqui. Era o carro do Sean, e não fazemos ideia se o papai chegou em casa. Temos que ir atrás dele, caramba! E se ele estiver machucado? Prometi à mamãe. Eu tenho que ir.

Ele parece devastado, e a culpa me invade com tanta força que dói respirar. Tudo isso poderia ter sido evitado se tivéssemos escondido as chaves como sempre fizemos, mas faz quase quatro anos que não moro em tempo integral em Sugarloaf. Fui descuidado. Todos nós fomos.

Eu deveria saber que meu pai pegaria o carro. Sou o mais velho, aquele que sempre salvou os irmãos, e agora falhei com eles.

Entretanto, nunca permitirei que qualquer um dos meus irmãos sofra as consequências da minha estupidez.

Depois de alguns instantes, nós quatro voltamos para o carro. Ninguém diz nada. O que poderíamos falar? Penso nas pessoas que deixamos para trás. Eles eram a mãe e o pai de alguém? Eram boas pessoas que o meu pai tirou desse mundo?

Quando voltamos para casa, nós quatro estamos soturnos e hesitantes. Encontramos nosso pai desmaiado no sofá como se não tivesse acabado de matar duas pessoas. Eu o chuto, porque estou com muita raiva e não me importo, mas ele grunhe e volta a dormir.

— E agora?

— Agora, nós ficamos aqui até ele acordar, e depois mandamos o traseiro dele para a cadeia.

A manhã chega, e sou o primeiro a me levantar.

Sinto-me inquieto, então saio de casa e sigo para os carros, verificando tudo para me assegurar de que não sonhei com os eventos da noite passada.

Mas ali estão os arranhados e o amassado no para-choque de Sean, que está pendurado, a tinta vermelha repleta de riscos azuis. Fecho os olhos, odiando que, mais uma vez, há uma bagunça que não sei se consigo arrumar.

Penso na minha mãe e no quanto estaria desapontada. Ela era um anjo que foi levado cedo demais. Seu calor, amor e devoção dedicados aos filhos eram inigualáveis. Estivemos por conta própria desde que ela faleceu, e seu último desejo é o único motivo pelo qual estou aqui.

Fiz promessas enquanto ela estava morrendo. Falei que protegeria meus irmãos, garantiria que eles ficassem bem. Eu lhe dei minha palavra, e olhe onde isso os levou.

Eu me ajoelho, encarando o estrago e orando para que o homem que sempre pensou somente em si mesmo faça a coisa certa apenas dessa vez.

É quando ouço um movimento atrás de mim.

— Dec? — A voz de Connor é baixa, mas soa como se ele estivesse gritando no ar inabalável da manhã.

Ele está me encarando, aguardando por respostas.

— Realmente aconteceu — Jacob diz.

— É... — Queria que não fosse verdade, mas eis aqui a prova.

Quando Sean abre a porta, seu rosto está abatido, e parece que ele perdeu anos de vida.

— Não consigo olhar para aquele carro.

Antes que eu possa falar, meu pai aparece, passando a mão pelo rosto. Ele esbarra em Sean e depois se endireita.

— O que vocês estão fazendo, idiotas? — ele xinga.

— Você se lembra de algo do que fez ontem à noite? — pergunto.

Tenho dificuldade em encará-lo, porque esse não é o homem que me criou. Ele é um impostor, um bêbado, e um babaca abusivo que acha que precisamos ser seus sacos de pancada.

— Você vai confessar o que fez. — Minha voz não dá margem para conversa. — Você matou duas pessoas ontem à noite, e colocou seus filhos em perigo… de novo. Cansei de te proteger.

Meu pai olha para o carro e depois para nós. Ficamos prontos para enfrentá-lo, não importa o que aconteça.

— Até parece.

— Você é um merda imprestável! — Sean grita e avança na direção dele. Agarro seu braço, fazendo-o parar. — Você destruiu a vida de todo mundo! A minha, a deles! Não vou deixar que faça mais isso! Você vai confessar! — ele berra.

Sean sempre foi o mais calmo, e a mamãe costumava chamá-lo de "Menino Meigo". Ele tem um coração gentil, então vê-lo enfurecido deixa o restante de nós boquiabertos.

Meu pai dá um passo à frente, seu peito subindo e descendo, saliva se acumulando em seus lábios.

— Você vai me obrigar, garoto? É o seu carro que está estragado. Foram vocês quatro que saíram para se divertir ontem à noite, não foram? Tenho certeza de que todo mundo na cidade sabe que os irmãos Arrowood voltaram e aquela caminhonete faz muito barulho. Certeza que ninguém ouviu vocês?

Uma raiva como nunca senti antes começa a se formar.

— Você estava dirigindo.

Seu sorriso perverso aumenta.

— Ninguém sabe disso, filho.

— Eu não sou seu filho.

— Vocês quatro deveriam pensar em como isso parece. Todos vocês voltaram, o carro de Sean está danificado, e você disse que duas pessoas estão mortas…

A respiração de Connor fica mais alta, e o vejo cerrando os punhos.

— Você é asqueroso.

— Talvez, mas parece que vocês se envolveram em uma confusão. Se eu fosse vocês, ficaria de boca fechada para que não acabem mandando seu irmão para a cadeia. E ninguém deixará um criminoso entrar nas forças armadas. — Então ele desvia o olhar para Sean. — Seria uma pena ver você perder aquela bolsa, não é? — Dá um sorrisinho para mim e volta para dentro, nos deixando atordoados.

— Ele não pode fazer isso! — Jacob grita. — Ele não pode jogar isso sobre nós, pode?

Eles olham para mim, sempre para mim, e dou de ombros. Não duvido de nada vindo dele.

— Eu não sei.

— Não posso ir para a cadeia, Dec — Sean diz.

Não, ele não pode. Sean tem um futuro. Nós todos temos, e é bem longe dessa cidade. Também não posso fazer isso com Sydney. Não posso jogar para cima dela o peso do que aconteceu ontem à noite e destruir o futuro que ela tanto quer. Que tipo de vida eu poderia lhe dar se ele cumprisse aquela ameaça? Como ela poderia ir para a faculdade de direito estando casada com um homem que deixou duas pessoas mortas na beira da estrada?

E se eu não posso tê-la, então nunca haverá outra.

Há apenas uma opção: uma promessa entre as únicas três pessoas que importam mais para mim do que a minha vida.

— Prometemos um ao outro agora — falo com a mão estendida e espero cada um dos meus irmãos se aproximar e unir as mãos. — Juramos que nunca seremos como ele. Vamos proteger aos que amamos e nunca nos casar ou ter filhos, concordam?

Significa que eu abro mão de Syd. Significa que destruo cada maldito sonho que tenho, mas é a única forma de proteção que posso oferecer a ela. Ela encontrará outro homem — um melhor — e será feliz. Ela tem que ser.

Sean assente com a cabeça rapidamente.

— Sim, nunca amaremos, porque podemos ser como ele.

A voz de Jacob está dura como aço quando ele diz:

— Não erguemos os punhos por raiva, apenas para nos defender.

Os olhos de Connor se enchem de fúria. Suas mãos são como tornos, apertando com mais força enquanto ele me encara.

— E nunca teremos filhos, nem voltaremos aqui.

Em uníssono, nós todos concordamos. Os irmãos Arrowood nunca quebram as promessas uns aos outros.

Algumas horas mais tarde, levamos o carro para o celeiro abandonado nos fundos. Estamos todos cansados, despedaçados e exaustos. Jacob, Sean, e eu vamos embora amanhã, mas Connor ainda tem algumas semanas antes de ir para o campo de treinamento.

— Dec? — Sean segura meu braço quando passo por ele.

— Sim?

— Você não tem que fazer isso, sabe?

— Fazer o quê?

Ele suspira e depois puxa o cabelo para trás.

— Partir o coração dela. Sei o que dissemos e, embora sirva para nós três, nós todos estávamos... com a mente fodida. Você ama a Sydney.

Eu amo. Eu a amo mais do que qualquer coisa nesse mundo, o bastante para libertá-la. O bastante para lhe oferecer uma vida melhor que jamais terei. E eu a amo o bastante para saber que partir seu coração é o melhor presente que posso lhe dar.

— Eu não posso amá-la e pensar em sobrecarregá-la com tudo isso. Não posso dar a ela um futuro, e não vou voltar atrás com a minha palavra. — Meu coração está se partindo só de pensar nisso, mas preciso ser forte. — Se eu ficar com ela, sempre estaremos presos a essa cidade. Não posso fazer isso. Tenho que ir embora, começar uma nova vida, e dar a ela a oportunidade de fazer o mesmo.

Sean belisca a ponte de seu nariz.

— Ela nunca vai te deixar ir embora.

Nego com a cabeça, suspirando baixinho.

— Ela não tem escolha.

Afasto-me, porque não há mais nada a se dizer. A essa altura, tudo o que resta é dor e sofrimento, por causa das decisões que tomamos. Eu tenho que poupá-la. A partir de agora, tenho que me ater ao fato de que o que estou fazendo é o certo. Não importa o quanto me machuque fazê-lo.

Depois que todos estão dormindo, saio de casa e sigo pelos campos. Eu poderia andar por aqui de olhos fechados e encontrar meu caminho até Sydney. Ela sempre foi a força que me mantém seguindo em frente. Quando nos conhecemos, éramos duas crianças com pais horríveis, mas encontramos uma proximidade que nunca achei ser possível. Agora, tenho que rompê-la.

Quando chego à sua modesta casa, escalo o carvalho que me leva perto o bastante de sua janela, onde bato quatro vezes.

Depois de alguns minutos, o vidro se levanta, e sinto que posso respirar de novo.

O longo cabelo loiro de Sydney está preso em uma trança, e embora ela pudesse estar dormindo, seus olhos estão brilhando e cheios de vida.

— O que aconteceu? — ela pergunta na mesma hora.

— Estou voltando para Nova York hoje à noite.

— Você não ia ficar até o fim do verão? — Ouço a decepção em cada palavra.

Tenho que deixá-la ir. Eu a amo demais para arrastá-la nisso comigo.

— Não posso ficar.

Ela solta um suspiro profundo.

— Vá para o celeiro. Eu te encontro lá. Não quero acordar minha mãe.

Antes que eu possa responder, ela fecha a janela, não me deixando outra opção. Eu posso descer da árvore e ir embora sem encontrá-la, me tornando ainda mais babaca, ou fazer o que ela pediu e lhe dizer que esse realmente é o fim.

Quando meus pés tocam o chão, Syd está ali, vestindo minha jaqueta esportiva bem fechada e uma calça de moletom.

Ela nunca esteve tão linda.

Dou um passo em sua direção sem nem ao menos pensar.

— Por que você está indo embora, Dec?

Levanto a mão, afastando a mecha de cabelo que escapou de sua trança. Eu nunca mais tocarei em seu rosto. Nunca mais verei a forma como ela sorri ou a sentirei em meus braços. Tantas últimas vezes já passaram. Nunca as terei de volta, mas vou me agarrar a elas com força.

— Tenho que ir.

— Seu pai?

Assinto.

— É o seguinte, Syd. Eu nunca mais vou voltar.

Seus lábios se separam, e ela suspira.

— O quê?

— Cansei dessa cidade, e não posso mais ficar aqui. Tudo isso... a vida de cidade pequena, não aguento.

Ela pisca algumas vezes e depois põe a mão sobre a barriga.

— E quanto a todas as promessas que você fez? Quando você jurou que nunca iria me abandonar? Você sabe que não posso ir embora. Minha mãe e minha irmã precisam de mim, e eu amo esse lugar.

— E eu amo Nova York.

— E você me ama?

Mais do que qualquer coisa. Mais do que eu poderia dizer a ela.

— Não o suficiente para ficar.

Vejo a mágoa surgir em seu rosto quando ela se afasta.

— Não... o suficiente? — E então ela entrecerra o olhar. — O que diabos está acontecendo, Declan? Isso não é a gente. Esse não é você. Você me ama. Sei que me ama! — Ela se aproxima, segurando meu pulso, e coloca a palma da minha mão sobre seu peito. — Eu sinto isso aqui. Te conheço melhor do que qualquer pessoa. Não minta para mim.

Preciso terminar depressa. Ela me conhece melhor do que qualquer um, e tenho que protegê-la das consequências das ações do meu pai. Jurei fazer o que fosse necessário para proteger meus irmãos, e isso significa partir mais dois corações essa noite — o dela e o meu.

— Você não me conhece! — solto um quase rugido. — Você e eu... nós nos divertimos, mas estou cansado disso. Só estávamos nos enganando ao pensar que conseguiríamos fazer um relacionamento à distância funcionar. Além disso, nem saímos da faculdade ainda. Ninguém conhece no ensino médio a pessoa com quem vai casar. Promessas são quebradas, e cansei de me forçar a fazer isso funcionar. Você quer ficar aqui, ótimo. Mas nunca vou passar outra noite nessa porra de cidade enquanto eu viver.

Sydney vira de costas e assente. Mas essa não é a minha garota. Ela é uma lutadora, e quando seus olhos azuis encontram os meus, há fogo ali.

— Entendi. Então, dane-se a mim? Dane-se o fato de que pelos últimos *sete* anos eu te amei? Não importa que eu tenha *esperado* por você? Estado aqui por você todo esse tempo? Eu significo tão pouco assim para você, Declan?

Ela é o mundo, mas não posso lhe dizer isso.

— Eu não me importo com você assim, Syd. Estou fingindo há um tempo. Não quero me casar nunca. Nunca terei filhos. E nunca vou te amar da forma como você quer.

Ela abre a boca, e empurra meu peito... com força.

— Vá se foder! Vá se foder por dizer isso para mim! Eu te dei tudo, e é assim que você me paga? Quer saber? Apenas vá. Vá e ame a sua vida na cidade grande. Vá e fuja de tudo o que prometemos um ao outro. Você estará sozinho e triste, e quer saber? Você merece. Eu te odeio! Você é tão ruim quanto o meu pai, e nós dois sabemos como eu me sinto sobre ele.

E então ela se vira e corre, deixando-me sozinho para odiar a mim mesmo mais do que ela jamais poderia.

Capítulo 2

Sydney

Presente...

Oh, Deus, Declan está aqui. Ele está nessa cidade, para a qual jurou nunca voltar, e sinto como se um milhão de agulhas estivessem furando minha pele. Orgulho-me de ser corajosa, porém aqui estou, me escondendo como uma covarde, porque não consigo fazer isso.

Vê-lo quase sete meses atrás foi difícil o bastante. Nós não conversamos no funeral de seu pai, mas o senti na minha alma. Fico parada no lugar, observando-o com seus irmãos e analisando as expressões de alívio que cada um mostrava no rosto. Ele estava ainda mais bonito do que eu me lembrava. O cabelo castanho jogado para trás, sem estar penteado, e ele preenchia aquele terno como se fosse feito para o seu corpo. Caramba, provavelmente era. Declan Arrowood se saiu muito bem sozinho. Acompanhei sua carreira porque gosto de sofrer, e ele me impressionou todas as vezes.

Contudo, ainda não consigo achar em mim a coragem para perdoá-lo ou conversar com ele.

Ele partiu meu coração naquela noite, mas a cada dia que esteve longe, ou se recusou a falar comigo, ele dizimou aquele órgão irremediavelmente.

Inclino-me para baixo, pego uma flor que está crescendo na beira do lago, e a seguro, lembrando-me de como ele costumava me fazer sentir. Ele me prometeu que, quando a faculdade terminasse, nós daríamos um jeito.

Dois anos depois que terminássemos o nosso segundo ano, ele disse.

Dois anos uma ova.

Jogo a flor no lago e observo-a flutuar. Engraçado, é exatamente assim que me sinto sobre a minha vida. Estou apenas... flutuando. Eu não afundo, sou forte demais para isso, mas ainda estou nesse lago, permitindo que a correnteza me leve aonde acha que devo ir.

Alguém pensaria que, depois de tantos anos, eu teria superado. E superei. Consegui meu diploma de direito, sou paramédica voluntária, tenho ótimos amigos, mas ainda há um buraco no meu peito, de quando um garoto idiota arrancou meu coração e nunca mais o devolveu.

Agora, o mesmo garoto idiota está em Sugarloaf, e tudo o que enterrei está ressurgindo.

Meu celular toca, e é Ellie, minha melhor amiga, que estou evitando até que Declan desapareça de novo.

— Oi — falo, tentando soar o mais despreocupada possível.

— Oi, você não vem para a festa?

Mordo o lábio e tento pensar em uma forma de dizer a ela.

— Não posso, Ells.

— Porque ele está aqui?

Sim.

— Não.

— Então qual é o motivo, porque Hadley está perguntando por você. Ela disse que você avisou que já voltaria, e isso foi há mais de duas horas. Ela não vai deixar a gente cantar parabéns, comer bolo, abrir os presentes ou fazer *qualquer coisa* até que a tia Syd esteja aqui. — Sua voz acelera a cada palavra.

Eu sou tão covarde. Deixei Hadley em casa e, quando ela correu para dentro, eu fugi. Não estou pronta para ficar no mesmo cômodo que ele. Será muito estranho e muito... nós.

Ainda assim, não posso decepcionar Hadley.

— Estou indo. Só... se ficar insuportável...

— Eu te dou cobertura — Ellie completa o que não fui capaz de dizer.

— Valeu.

— Só chegue aqui antes que ela enlouqueça a todos nós ainda mais.

Dou um sorriso, sabendo que é exatamente isso que Hadley fará, e saio do meu refúgio para voltar ao inferno.

Enquanto caminho, tento relembrar as coisas ruins. Se estiver com raiva, não vou me sentir como uma idiota apaixonada perto dele. Penso na noite em que ele terminou comigo. Nas semanas depois, em que implorei a ele para voltar para mim, para que pudéssemos resolver as coisas. Todo o sofrimento que aguentei, pensando que ele mudaria de ideia.

Ele não mudou.

Ele me largou como se eu não fosse nada e nunca me deu qualquer motivo.

Babaca.

Caminho pelo campo, passando pela casa da árvore que Connor construiu para Hadley. Sério, aquela criança não o tem preso pelo dedinho, ela o tem na palma da mão inteira. Mas é bonitinho, e me faz pensar se estou sendo boba por deixar minha vida amorosa cair em esquecimento.

Eu desisti do amor. Houve alguns caras, mas nada que realmente significasse alguma coisa. Tudo porque o medo de ter o meu coração partido tem sido mais forte do que o desejo de amar de novo. Declan não partiu meu coração, porém... Não, ele o roubou do meu peito.

Arrasto-me pelos degraus, me agarrando à raiva e ao ressentimento que ele colocou no meu coração tantos anos atrás, e abro a porta.

Assim que me viro, ele está ali.

— Syd.

— Idiota — respondo e cruzo os braços.

Ele passa as mãos pelo cabelo espesso, afastando-o de seu rosto, e depois encara o chão.

— Eu mereço isso.

— Nós concordamos com uma coisa então.

Ele olha para mim através daqueles cílios grossos, que nenhum homem deveria ter, e sorri.

— Você está bonita.

Você também.

Não, não, Syd. Ele não está bonito. Ele parece o demônio que partiu o seu coração e nunca olhou para trás.

Preciso me lembrar de tudo isso. Se eu não o fizer, talvez não consiga ignorar o fato de que ele ainda faz meu coração disparar ou que eu nunca me senti mais segura em outros braços — não que eu tenha passado oito anos tentando encontrar um homem com a metade da perfeição de Declan Arrowood. Mais do que isso, porém, é que tenho que manter certa distância entre nós para que ele não me interprete mal e comece a pensar que há uma mísera hipótese de uma reconciliação.

Deixei mexer comigo uma vez, mérito dele. Deixei mexer comigo duas vezes, sou uma idiota que precisa levar um soco.

— Tenho certeza de que também concordamos que não precisamos mesmo fazer isso. Temos seis meses para aguentar, e depois podemos voltar a fingir que o outro não existe.

Declan se aproxima um pouco, e o perfume, que ele usa desde que tinha dezessete anos, flutua ao meu redor. Eu comprei o primeiro frasco para ele no Natal. Era almiscarado e forte, assim como eu me sentia quanto a ele. Meu coração dói ao saber que ele ainda o usa.

— Não é isso o que estive fazendo.

Nego com a cabeça, sem querer ouvir mentiras.

— Seis meses, Declan. Estou pedindo para você me evitar, fingir que não moro aqui, ou que você não me conhece pelos seis meses em que está preso aqui.

— Odeio meu pai por isso.

Nós todos odiamos o pai dele. Quando ele morreu, seus quatro filhos deveriam ter herdado a fazenda Arrowood. Deveriam poder vendê-la e seguir em frente com suas vidas. Mas o pai de Declan era cruel e egoísta, mesmo na morte. A condição no testamento era de que cada um dos quatro irmãos deveria morar na fazenda por seis meses. Ao final, eles poderiam fazer o que quisessem com a propriedade.

Isso significa que, mesmo depois de eles terem jurado que nunca voltariam aqui, eles não têm escolha se quiserem sua herança. E agora sou obrigada a ver o homem que nunca superei.

— Mesmo assim, você me deve ao menos isso.

Há um lampejo de mágoa em seus olhos, mas ele desvia o rosto.

— Você sempre foi linda e irresistível quando não se contém.

Certo. Com certeza, sou. Tanto que ele me deixou com muita facilidade. Não vou deixar meu coração ligar para isso. Preciso proteger a mim mesma, porque amar Declan nunca foi o problema. Passei a vida inteira fazendo isso tão naturalmente quanto respirar.

Endireito os ombros, e o encaro.

— Bem, tenho certeza de que meu namorado vai gostar de você pensar assim. Se me der licença, tenho um bolo de aniversário para comer.

Trombo nossos ombros, passando por ele, e oro para que meus joelhos não cedam.

Quando viro em um canto, vejo o maior caos, e não preciso me preocupar com as minhas pernas porque sou erguida no ar.

— Sydney! — Jacob me agarra, virando-me em seus braços. — Sua mulher linda da porra. Olhe só para você.

Sorrio. Aqui está outro Arrowood que eu posso gostar.

— E olhe só para você! — Bato em seu ombro de brincadeira. — Está todo famoso e tal.

Então Sean aparece.

— Me dê essa garota. — Sua voz grave está repleta de carinho. — Senti sua falta, Syd.

Envolvo os braços ao seu redor e o aperto.

— Também senti falta de vocês… bem, de alguns de vocês.

Sean e Jacob riem.

— Os melhores irmãos, pelo menos.

Nós todos rimos, e os dois colocam um braço ao meu redor, me aconchegando em seu abraço protetor. Esqueci o quanto amo todos eles. Cada um sempre garantiu que ninguém me machucasse. Eles eram leais e me adotaram como a irmã que nunca tiveram.

Quando meu pai nos abandonou, foram esses caras que assumiram o papel de protetores.

— Você voltou! — Hadley corre, um grande sorriso em seu rosto.

— Claro que voltei! Eu só precisava buscar seu presente.

— Você sabia que o tio Declan prometeu me dar um *potro*? — ela grita a última palavra com os olhos brilhando.

Quero dar uma resposta sarcástica sobre o homem não honrar suas promessas, mas não o faço. Hadley não merece isso, e minha opinião está envolta por anos de rancor. Além disso, se vou manter aquela porcaria de namorado falso, preciso demonstrar que não ligo.

— Isso é maravilhoso. Espero que seja um *bem* caro. Você deveria pedir dois para ele. Cavalos gostam de amigos.

Ela dá uma risadinha.

— Espero que seja branco e tenha um longo cabelo e ame cavalgar e que talvez possa caber na minha casa da árvore!

Connor surge atrás dela e coloca uma das mãos em seu ombro.

— Nós vamos conversar sobre o potro.

Hadley olha para ele por sobre seu ombro, fazendo um biquinho e piscando os cílios.

— Mas, papai, eu quero muito.

Oh, ele está tão fodido. E ela o chamou de papai.

Meus olhos se enchem de lágrimas.

— Dê a ela o maldito potro, Connor.

Ele sorri para mim. Nós dois sabemos que ele jamais vai negar alguma coisa a ela.

Então Ellie sai da cozinha segurando o bolo.

— Nada de potro. Agora não, pelo menos.

Ele dá uma piscadinha para Hadley.

— Okay, mamãe. *Agora* não. — A garota sabe o que está fazendo.

— Posso ajudar com alguma coisa? — pergunto alto, indo até Ellie. Preciso me movimentar e evitá-lo como nunca.

Ellie balança a cabeça.

— Uma hora atrás, claro, mas agora estamos bem.

Encaro-a, enquanto ela dá um sorrisinho.

— O seu namorado vem, Syd? — A voz de Declan faz meu estômago se agitar.

Connor e Ellie olham para mim, e balanço a cabeça com um leve sorriso.

— Não, ele está trabalhando hoje.

Ellie me observa, os olhos dizendo o que a voz não fala: *nós, com certeza, vamos conversar sobre isso.*

Contudo, minha criança favorita no mundo começa a pular quando vê o bolo.

— Hora do bolo!

E estou salva de ter que continuar minha mentira idiota.

Capítulo 3

Sydney

— Garota idiota! — Pego outro punhado de flores e jogo-as no lago. — Coração burro. Burro, burro, burro!

Eu sabia que aquela festa seria difícil, mas não achei que iria quase me matar.

O tempo inteiro, tentei evitar seu olhar. Conversei com todo mundo, menos com ele, e agora, estou tão frustrada e tensa que não consigo dormir, o que me trouxe para este lugar.

Minha mãe se mudou da fazenda há dois anos. Minha irmã se casou, teve filhos, e foi morar a três horas de distância de Sugarloaf a oeste, em uma nova fazenda. Essa terra tem sido da família da minha mãe há mais de cem anos, e eu amo esse lugar, então não pude deixá-la vender, por isso acabei assumindo. Bem, assumindo mais ou menos.

Estamos com o mesmo pessoal desde que eu era criança, e eles provavelmente continuarão até morrerem. Eles administram, mesmo que o meu nome esteja na escritura.

— O que você está fazendo aqui, Bean? — Jimmy, gerente e meu padrinho, pergunta.

— Pensando.

— No garoto Arrowood, imagino, já que não vejo esse olhar há um bom tempo.

Viro-me com um sorriso triste.

— Ele está de volta.

— Ouvi rumores disso, mas achei que ainda tinha tempo.

É, nós todos sabíamos, mas não torna mais fácil. É como quando um furacão se forma na costa. Todo mundo fica de olho na televisão, vendo-o crescer e se mover. Previsões são feitas, e tudo o que se pode fazer é esperar e torcer para que não nos atinja. E então chega o momento e... *bam*.

Eu estou no olho do furacão.

— É, algumas semanas. Mas não é nada demais. Eu realmente não me importo quando ele volta, já que não planejo vê-lo com frequência.

Ele solta uma risada baixinha.

— Claro, então agora você está mentindo para si mesma?

Reviro os olhos.

— É melhor do que admitir a verdade.

— Talvez, Feijãozinho, mas você é muito mais esperta do que isso. Mentiras como essa nunca terminam bem. É melhor cortar a cabeça da cobra agora.

Essa imagem me faz rir.

— Pensei que, a essa altura, não me incomodaria tanto. Imaginei que eu o teria superado ou que estar tão perto dele não me faria querer me jogar em seus braços e implorar para ele me amar de novo.

Ele apoia a mão no meu ombro e aperta com carinho.

— A única forma de superar é finalmente lidar com isso. Vá para a cama e descanse. Você pensará melhor de manhã. Ele é um tolo se não enxerga o tesouro que você é.

Jimmy é como um pai para mim. Ele esteve aqui todos os dias desde que eu era uma garotinha, e quando meu pai foi embora há quinze anos, foi Jimmy quem me deu conselhos paternais. Depois de meu pai nunca ter voltado, ligado, escrito, ou enviado sinais de fumaça, foi Jimmy quem fez doer um pouquinho menos.

Entretanto, nenhuma quantidade de amor vindo dele poderia me salvar da dor que senti quando perdi Declan.

— Queria poder dizer que qualquer homem se sentiria assim, mas eles sempre vão embora.

Jimmy nega com a cabeça.

— Nem todos, Feijãozinho.

— Você é pago para me amar — brinco.

— Nem perto do suficiente, considerando as encrencas em que você se mete. Acho que me lembro de esconder marcas de pneu na neve algumas vezes quando você saía escondida.

Sorrio, me lembrando daquela noite. Era impossível resistir à vontade de ir ver Declan. À noite, quando me sentia sozinha, era o calor dele que eu ansiava. Eu chorava, desejando que meu pai voltasse e me amasse, enquanto Dec me abraçava.

E então houve outros momentos em que eu simplesmente queria dar uns amassos no meu namorado muito gostoso. Ainda assim, Jimmy guardava meus segredos da minha mãe e me dava uma bronca depois.

— Eu não sou mais uma garotinha, e você ainda está aqui.

Ele ri.

— Agora parece que não consigo imaginar estar em qualquer outro lugar. Volte para casa e durma.

Cubro sua mão com a minha e assinto.

— Vou entrar daqui a pouco.

Jimmy sabe que é melhor não pressionar. Ele se afasta, e fico sozinha de novo. Talvez ele esteja certo. Preciso enfrentar Declan e ser honesta com ele e comigo mesma. Ele me destroçou, e não estou fazendo nenhum favor para mim mesma ao fingir o contrário.

Sento-me na grama fresca enquanto o sol começa a surgir sobre o limite das árvores. O tempo passa e observo o céu adquirir cores quentes de rosa e vermelho à medida em que o azul e preto se desvanecem e permitem que um novo dia me inunde. Eu consigo fazer isso.

Sou esperta, e já fui longe na minha vida também. Para uma advogada de cidade pequena, estou realizada, e ajudo as pessoas. Essa fazenda ajuda as pessoas, e faço tudo isso por conta própria.

— Eu sou um tesouro. Sou uma boa mulher que ainda te ama. Se você não enxerga isso, então vá se ferrar, Declan Arrowood!

— Bem, tenho certeza de que poderíamos dar um jeito nisso — ele diz, atrás de mim.

Não, não, não, isso não está acontecendo.

Levanto-me, precisando da altura, mesmo que ele seja muito maior do que eu. Ele sempre foi tão alto e forte. Era o que eu amava. Eu era preciosa para ele, que sempre fez o que podia para garantir que eu soubesse disso.

— Não foi uma proposta.

Ele sorri.

— Eu sei. Só estou tentando deixar o clima leve. Podemos conversar?

Toda a ousadia que juntei para ser honesta desapareceu.

— Não posso. Tenho que ir trabalhar.

— Só alguns minutos, Syd. Sei que não mereço, mas gostaria de conversar. Passaremos muito tempo perto um do outro, e gostaria que fôssemos civilizados.

Como se isso algum dia fosse acontecer.

— Não sei se vamos conseguir fazer isso.

— Talvez não, mas podemos ao menos tentar.

Solto um suspiro profundo.

— Talvez.

— Eu realmente senti a sua falta — diz, e uma parte do meu coração gelado derrete. — Sei que você vale tudo, e...

— E você me deixou.

Ele fecha os olhos e então cerra os punhos.

— Não foi o que você pensou.

— Foi exatamente o que pensei. Você cansou de mim, e me jogou fora! Igual ao meu pai! Você era exatamente como ele, Declan!

— Não! Não foi nada como o seu pai! — Vejo a desolação em seu olhar e viro de costas.

É a mesma coisa. Quando ele terminou de me usar, ele me rejeitou.

— Você diz isso, mas fez exatamente o que prometeu que não faria. Você foi embora sem nunca voltar.

— Eu precisei!

— Por quê? Por que você precisou?

Encontro-me chegando mais perto dele e minha raiva aumentando.

— Não importa agora.

Deus, é aqui que ele está errado.

— Importa para mim. Você percebe que passei anos tentando entender? Não tive respostas. Nenhuma pista do motivo. Apenas um dia em que você apareceu e decidiu que tínhamos terminado.

Ele nega com a cabeça, parecendo lutar contra o que quer que estivesse em sua mente.

— Eu fiz o que tive que fazer.

— O que teve que fazer? O que diabos isso significa? — grito e empurro seu peito, mas ele se aproxima, como se fôssemos dois ímãs sendo atraídos.

A mão de Declan agarra meu pulso, seu polegar acariciando gentilmente minha pulsação acelerada. Sua voz é suave, mas há uma tensão nas sílabas enquanto seus olhos encaram os meus.

— Eu não podia te machucar de novo. Não podia... eu tinha que ficar longe. Mas agora... agora, não posso.

— Agora você tem que fazer isso — lembro-o.

— Me diga que você não se sente assim, Syd.

Fecho os olhos, sabendo que não posso encará-lo quando minto.

— Não sinto nada.

— Você sabe o que eu sinto?

Ainda não o encaro, mas não estou resistindo tanto quanto deveria, considerando que ainda não puxei o meu braço.

Ele fala baixinho ao ar fresco enquanto ficamos de pé à beira do nosso lago, o lugar onde tudo começou para nós.

— Sinto que meu coração vai explodir por bater com tanta força. Sinto como se cada nervo que esteve dormente por anos estivesse acordado. Sinto o calor de seu fôlego, a forma como a sua pulsação está acelerando agora, e Deus, Sydney, sei que deveria ficar longe de você, mas...

Ergo o rosto, e aqueles olhos verdes penetrantes me encaram de volta. Sei o que vem em seguida. Ele está me dando uma saída, mas sou incapaz de aceitá-la. Seus braços envolvem meu corpo, e então Declan me beija.

Seu beijo me faz sentir em casa. É como se cada antiga lembrança estivesse passando através de nosso fôlego, cheia de esperança e perdão.

Cada gota de raiva e frustração que eu tinha desapareceu. Não consigo me lembrar de por que o odiava. Não consigo pensar em mais nada além de como, por oito longos anos, eu quis isso.

As mãos de Declan seguram meu rosto, inclinando minha cabeça para conseguir o ângulo certo. Cada roçar de sua língua contra a minha apaga outra parte de mim que está ferida. Eu sou uma tola, sei disso. Até mesmo no fundo da minha mente, ouço a vozinha me dizendo para pará-lo, mas a silencio.

Eu precisava tocá-lo e tê-lo. Ele é o único homem com quem já fiz amor.

Faz tanto tempo... tempo demais, e Deus, agora, eu o quero mais do que deveria para me preservar.

Ele passa as mãos pelo meu pescoço e depois por meus ombros, me puxando contra seu peito. Meus dedos agarram sua camiseta, recusando-se a relaxar o mínimo que seja. Não vou soltá-lo dessa vez. Não posso.

Eu não estava mentindo quando disse à Ellie que sonhava e esperava que ele e eu encontrássemos uma forma de ter um ao outro de novo. E se isso é tudo o que vou conseguir, não vou desperdiçar. Eu o beijo de volta, derramando cada emoção que senti desde o dia em que ele partiu.

— Declan — digo, passando as mãos ao redor de suas costas. Ele é firme e seguro. Eu preciso disso. — Por favor.

— Não implore, Syd. Não posso...

Nossas testas se encostam enquanto recuperamos o fôlego.

— Não estou implorando, só pedindo.

Seus lindos olhos verdes encontram os meus, procurando alguma coisa.

— O que você está pedindo?

Sei que é melhor não pedir por seu coração, e sou esperta o bastante para saber que isso... isso nunca funcionará. Estamos despedaçados demais e muito tempo já se passou. Talvez eu sempre ame Declan, mas nunca mais posso confiar que ele não irá me machucar.

Penso no que eu preciso... um adeus.

— Me ame agora para que possamos finalmente seguir em frente.

Eu me considero uma mulher inteligente. Costumo tomar boas decisões e sigo um conjunto de valores que a minha mãe se esforçou muito para incutir em mim.

Nesse momento, eu sou a garota mais burra que já existiu. Aqui estou, deitada na grama ao lado desse lago idiota, usando nossas roupas descartadas como lençol, e nua... com Declan.

A única outra desculpa possível é que estou em uma segunda dimensão e isso não está acontecendo de verdade.

Sim, deve ser isso, porque realmente não há outro motivo para explicar por que Declan está em cima de mim, tentando recuperar o fôlego depois de termos transado.

Deus, eu fiz sexo com Declan.

Qual é a droga do meu problema? No que eu estava pensando?

Eu não estava pensando, é claro. Convenci a mim mesma de que isso era o quê? Sexo de despedida? Alguma versão estranha de desfecho — e não porque estou solitária e sinto falta desse idiota? Sou mais esperta do que isso.

Talvez isso seja um sonho? Um muito vívido, mas talvez eu não tenha feito isso...

Ergo meus dedos e o belisco.

— Ai! Para que foi isso?

É, ele é real, e isso aconteceu mesmo.

— Confirmar se isso foi um sonho.

Ele me encara.

— Foi real.

Eu o empurro, e ele me acomoda, movendo-se para o lado.

— Ótimo.

Isso foi um erro, e preciso sair daqui. Pego minha camiseta, que está fria por ter ficado no chão, e a coloco de novo antes de me virar para procurar minha calça.

— Syd. — A voz dele desliza sobre o meu nome.

— Está tudo bem. Nós estamos bem. Vai ficar tudo bem. Assim que eu encontrar a minha calça. — Sério, ela desintegrou quando ele a tocou? Eu me levanto e começo a procurar em volta, odiando as lágrimas que teimam em surgir nos meus olhos.

Estou com tanta raiva porque tudo o que precisou foi um beijo para eu perder totalmente o juízo e inventar todo tipo de desculpa para justificar essa situação. Ele nunca ficará em Sugarloaf, e eu certamente nunca irei embora. Não que ele esteja propondo alguma coisa, de qualquer forma.

Jesus, se recomponha, Syd.

— Eu vim aqui para conversar... não sei como nós...

Viro-me depressa, meu cabelo voando e batendo no meu rosto.

— Como nós o quê? Acabamos nus e transando como adolescentes ao maldito ar livre?

Ele esfrega a mão no rosto, parecendo desgrenhado e irresistível.

— Eu ia dizer como nós acabamos aqui, mas isso serve também.

Eu o encaro e depois continuo o que estava fazendo.

Minhas mãos estão tremendo, e me recuso a pensar sobre o que isso significa ou o que diabos eu fiz. Tenho que trabalhar hoje. Além disso, queria um desfecho para essa história, então vou encarar como a minha oportunidade para acabar com isso e dar o fora.

— Não é como se nós não tivéssemos feito isso muitas vezes aqui no lago antes. Sempre funcionou quando éramos adolescentes.

— Sabe o que não funciona? Ficar sem calça! — grito, minhas emoções transbordando. — Preciso sair daqui e ligar para um psiquiatra, porque estou obviamente tendo um colapso nervoso.

— Porque...

Viro-me, o encarando.

— Porque eu sou inteligente. Porque não faço isso. Porque eu...

— Porque você tem um namorado.

Ótimo. Me esqueci disso. Eu traí meu namorado fictício.

— Isso também, mas principalmente, porque me arrependo.

Mágoa lampeja nos olhos de Declan.

— Nós precisamos conversar sobre o que acabou de acontecer.

Balanço a cabeça, discordando.

— Não, eu preciso ir, e você precisa deixar.

Declan se inclina para baixo, pega alguma coisa, e depois se senta de novo.

— Aqui — ele diz, estendendo minha supracitada calça perdida.

Eu a pego e visto, nenhum de nós dizendo uma palavra. O que pode ser dito, de qualquer forma? Nós dois cometemos um erro enorme.

Ele se veste, e nós ficamos parados ali, encarando um ao outro.

— Sei que você disse que não queria conversar, mas espero que me escute. Eu não vim te procurar para terminar daquele jeito. Vim porque não queria que fôssemos inimigos e esperava que, talvez, pudéssemos entrar em um consenso. Eu era jovem, e sei que te magoei.

— Você me destruiu — corrijo-o.

— Eu era um idiota.

Eu me forço a não chorar. Não vou me entregar para o turbilhão de emoções que está se agitando dentro de mim. Sim, há raiva, porém, mais do que qualquer coisa, há mágoa. Estou sofrendo, porque olhar para ele, tocá-lo, e ouvir sua voz fez tudo aquilo ressurgir.

Quando ele estava dentro de mim, eu me senti completa.

Uma parte de mim que estava faltando foi encontrada e voltou ao seu lugar. E essa é a maior mentira que posso me permitir sentir.

Ele não vai ficar ou me reconstruir de volta. Ele vai embora.

— Você vai ficar em Sugarloaf? — pergunto, já sabendo a resposta.

— Agora?

Dou uma risada e reviro os olhos.

— Não seja estúpido, Dec. Quero dizer depois da sua sentença de seis meses. Você vai voltar para casa, se apaixonar por mim de novo, e ficar?

Ele permanece calado.

— Não. Você não vai. — Não preciso que ele diga as palavras. Está evidente em seu rosto. — Você voltará para Nova York, me deixando mais uma vez, desejando que eu valesse mais para você.

— Sydney, pare.

— Não. Não vou parar. Nunca vou parar de desejar que você ainda fosse o garoto por quem me apaixonei quando eu era uma garotinha.

Declan se aproxima, sua mão esfregando sua nuca.

— Por que tem que ser tão complicado?

Sinto as lágrimas surgindo em meus olhos, mas eu as seguro. Preciso dizer isso para que possa me afastar dele com a cabeça erguida.

— Porque você prometeu para uma garotinha de dez anos que a amaria até o dia em que morresse. Aos treze, você deu para aquela garota um anel que fez de uma colher e prometeu que o substituiria por um diamante. Depois, aos dezesseis, você a segurou em seus braços, beijando-a como se ela fosse o único motivo da sua existência, e ela se entregou para você. Se lembra disso? Se lembra de como nos esgueiramos para o celeiro com velas, cobertores, e fizemos promessas?

Seus olhos verdes estão intensos e firmes.

— Eu me lembro de tudo.

— Então deve se lembrar de que quebrou aquela promessa, certo? Escapou da sua memória que você foi até aquela garota, que teria feito qualquer coisa por você, e disse a ela que estava tentando se forçar a fazer isso funcionar? Você quer saber por que é *complicado*, Declan? Porque você destruiu aquela garota.

E então, exatamente como a cena tantos anos atrás, viro de costas para ele e me afasto, deixando o que restou do meu coração despedaçado aos seus pés.

Capítulo 4

Sydney

Dois meses mais tarde...

Esse é o momento da verdade. Entro no banheiro, onde meu teste de gravidez se encontra na bancada. Ellie e eu estamos atrasadas e... não sei... espero que eu descubra que não estou grávida e que comece a sangrar de repente hoje à noite.

Respiro fundo e caminho até o meu teste.

— Não importa o que aconteça, ficará tudo bem — sussurro.

Minha mão estremece enquanto pego o pequeno e inofensivo teste branco, e o levanto.

Não.

Não. Isso não é... não pode ser.

Eu não posso estar... grávida.

Oh, Deus. Eu estou grávida.

O fôlego escapa do meu peito enquanto sento no vaso sanitário. Isso não é possível, certo? Não posso estar grávida. Foi somente daquela vez. Apenas aquela vez com Declan no lago.

Lágrimas enchem os meus olhos e encaro o que está nas minhas mãos. Talvez eu tenha pegado o teste errado. Talvez Ellie tenha trocado por acidente. Sim, tem que ser isso o que aconteceu.

Pego o outro teste no lado oposto da bancada. Está positivo também. Ellie vai ter um bebê... e eu também.

Ouço a voz grave de Connor do lado de fora do banheiro e engulo a náusea que tenta surgir. Não posso fazer isso agora. Não posso encarar Connor, ou qualquer um dos irmãos Arrowood, na verdade. Preciso sair daqui, ir para casa, e pensar.

Eu vou ter um bebê.

Um bebê de Declan.

Uma criança que é... nossa.

Minha mente não consegue pensar em mais nada que ultrapasse seis palavras.

Forço-me a pegar meu teste, o coloco no bolso traseiro, e conto até cinco. Depois, vou sair daqui e me recompor.

Quando abro a porta, Ellie e Connor se viram para mim. Tento dar um sorriso gentil porque minha melhor amiga terá um bebê com o homem que ela ama. Isso deve ser comemorado.

Vejo o questionamento em seu olhar, e balanço a cabeça, sem saber se ela irá interpretar isso como um *não, não estou grávida*, ou *não, não posso falar sobre isso*. De qualquer forma, ela e Connor merecem esse momento. Entrego o teste que fez a ela e beijo sua bochecha.

Meu olhar encontra o de Connor, e sorrio ao ver a inconfundível expressão de medo ali. Ele é um bom homem, e ama Ellie. Estou feliz que, de nós duas, uma será feliz.

— Vejo vocês amanhã. Preciso ir.

— Syd? — Ellie chama meu nome.

As lágrimas que lutei para segurar estão se acumulando. Se eu falar, com certeza irei desmoronar. Ao invés disso, toco o braço dela, dou um leve aperto, saio da casa e vou embora dirigindo.

Porém, não vou muito além da entrada do terreno deles, e preciso parar o carro. Recosto a cabeça no banco, sentindo-me sozinha e assustada e completamente confusa, e inspiro pelo nariz.

Okay, eu consigo fazer isso. Tenho uma vida boa, dinheiro, um ótimo emprego, e vou fazer mais dez testes de gravidez para poder provar que esse deu errado e que estou atrasada por causa de um tumor.

Dou uma leve risada.

É triste eu desejar ter um tumor ao invés de estar grávida, mas não é isso o que realmente quero.

A verdade me dá mesmo um tapa na cara. Eu quero esse bebê. Passei minha vida inteira querendo ter uma família com Declan. Sonhei com isso, imaginei uma filha de cabelo loiro e aqueles olhos verdes dos Arrowood. O garotinho com o sorriso malicioso dele e minha inteligência.

Tem sido minha fantasia há tanto tempo.

Só não queria esse bebê dessa forma.

Apoio as mãos na minha barriga, e as deixo ali.

— Você não pode ser real — sussurro. — Eu posso querer você, mas não posso te ter.

Não posso ter um bebê com Declan quando ele nunca vai querer um. Ele não vai ficar em Sugarloaf. Ele planeja voltar para sua vida chique em Nova York no exato segundo em que for possível. Ele sabe que eu sei disso, o que me faz pensar se ele vai achar que planejei isso.

Não que eu tenha pedido para ele ir ao meu lago e me foder loucamente, mas ainda assim, eu não o impedi.

Deus, eu *implorei* a ele. Eu realmente implorei.

Bato a mão na testa, e solto um grunhido.

Preciso de um plano.

Dirijo para casa e encontro Jimmy esperando no celeiro, braços cruzados e o chapéu de caubói que ele tem desde que eu tinha seis anos sobre a cabeça. Afasto todas as coisas ruins que estão na minha mente, porque Jimmy tem um jeito estranho de ler meus pensamentos. Agora, não preciso que ninguém saiba o que estou pensando.

— Oi, Jimmy.

— Feijãozinho. — Ele inclina a cabeça. — Teve um bom dia?

Forço um sorriso nos meus lábios.

— Foi... esclarecedor.

Não estou mentindo, mas também não estou entrando em detalhes.

— Para mim também. Perdemos outro trabalhador hoje.

Solto um suspiro pesado. Não é nada novo, mas é irritante, mesmo assim. Não tenho tempo entre meu emprego e ser voluntária no corpo de bombeiros como paramédica para administrar a fazenda. Isso é o que Jimmy faz.

Entretanto, quando assumi, sabia que precisaria ter algum envolvimento, e já que sou muito boa em ler as pessoas, as contratações e demissões se tornaram a minha área.

— Quem foi?

— O cara novo.

Dou uma risada sem graça.

— Todos eles são "o cara novo" para você.

Nós temos treze funcionários na fazenda, e embora alguns estejam aqui há vinte anos, para Jimmy, isso não importa.

Tenho certeza de que ele veio junto com a fazenda, cem anos atrás.

— Bem, foi aquele que você contratou como gerente de projetos para supervisionar o conserto dos currais leiteiros. Ele deveria ser o melhor do ramo, não que eu não tenha mais de cinquenta anos de experiência.

Esse cara veio de outra fazenda e conseguia aumentar a produção de leite dez vezes mais. Nós precisávamos daquele conhecimento. Ele estava supervisionando muito mais do que Jimmy sabia. Droga.

— Tudo bem. Vou cuidar disso. — Não que eu tenha ideia do que sequer estou fazendo. Sinto como se estivesse desmoronando e não sei como parar isso.

Vou para dentro de casa, observando meu lar de infância sob uma nova perspectiva. Eu poderia ficar aqui e criar um bebê? Há tantas coisas para pensar que nem sei por onde começar. Minha vida não é adequada para crianças. Eu trabalho muito e, no restante do tempo, sou voluntária.

Porém, não tenho muita escolha nessa questão. Terei um filho, e vou ter que fazer o que for necessário.

Meu celular toca com uma notificação. Já sei quem é, porque fui embora sem dar uma resposta para Ellie.

E como eu poderia? A reação dela ao descobrir que vai ter um bebê é o contrário da minha, então ela acabaria se sentindo culpada por estar feliz, ou chateada por eu não compartilhar de sua alegria.

> Ellie: Ei, você está bem?

> Eu: Estou ótima.

> Ellie: Você sabe que estou morrendo de curiosidade aqui. Você está grávida?

E agora eu vou mentir para a minha melhor amiga.

> Eu: Não. Está tudo bem.

> Ellie: Oh, graças a Deus! Sei que você não queria isso, e definitivamente atrapalharia seus planos de evitar tudo com o Declan.

Assino embaixo.

> Eu: Verdade. Mas estou feliz por você! Um bebê! Como está o Connor?

Talvez se eu mudar o foco da conversa para ela e Connor, nós possamos esquecer sobre mim. Focar em qualquer outra coisa que não seja os meus problemas atuais é preferível.

> Ellie: Ele está fora de si. Me liga amanhã?

> Eu: Pode deixar.

Não que eu faça ideia do que dizer amanhã.

Capítulo 5

Declan

— Uma casinha? Você? Essa é boa. — Milo Huxley ri, pegando seu uísque.

— Não tenho muita escolha. Nem todos nós encontramos a mulher dos nossos sonhos, casamos com ela, conseguimos o emprego que queremos, e vivemos com luxo.

Ele ergue seu copo e assente.

— Pode ser, mas você está esquecendo a parte em que perdi o emprego, voltei para Londres sem a garota, e tenho um irmão babaca que fez de mim um assistente por um bom tempo.

— Tenho três desses — retruco. — E estou me mudando de volta para a cidade onde tenho que tentar evitar a garota.

Passaram-se dois meses, e não consigo tirá-la da cabeça. Sonhei com ela, acordei com a lembrança da sensação dela em meus braços outra vez, e poderia jurar que conseguia sentir o cheiro de seu perfume às vezes. Tudo isso me torturando mais do que antes.

Quando a deixei, sabia que nunca mais seria o mesmo. Quando voltei, não fazia ideia de que seria pior do que quando éramos crianças.

— Bem, não tenho inveja de você, com certeza.

Ignoro Milo e termino com o que restou da minha bebida.

— Por que você queria me encontrar? Só para me lembrar de toda a merda com a qual terei que lidar?

Milo foi um dos primeiros investidores que obtive quando comecei um negócio próprio, e ele está comigo há seis anos. Agora, ele é mais um amigo do que qualquer outra coisa. Nós dois passamos por altos e baixos e sempre nos apoiamos.

— Porque só estou em Nova York de férias por mais alguns dias, e imaginei que você estava sentindo a minha falta. Além disso, eu sabia que você voltaria para aquela cidadezinha monótona onde provavelmente vai enlouquecer de solidão e tédio.

O rosto de Sydney surge na minha mente, e sei que não vou ficar entediado. Mas estarei sozinho, isso é verdade.

— Eu vou ficar bem.

Ele ri.

— Você é um maldito tolo.

— Talvez.

— Acha mesmo que consegue ficar perto da mulher que desejou ao longo da última década e não ferrar as coisas?

Eu me arrependo de contar a ele sobre Sydney.

— Eu vou ficar bem — repito.

Ele se recosta contra a cadeira e sorri.

— Você se lembra do que disse quando eu conheci Danielle?

Milo conheceu sua esposa quando estava tentando tomar o emprego dela — o emprego dele. Ele não conseguiu resistir a ela. Eu sabia desde a primeira vez que ele me contou sobre ela que estava completamente fodido.

— Sim.

— Não fique lisonjeado. Todos os homens têm uma fraqueza, e geralmente é uma mulher. Deus sabe que a minha sempre foi.

Fecho os olhos, inclino a cabeça para trás, e me estapeio mentalmente por concordar com isso. Milo me conhece bem demais, e não vou sair desse jantar sem ouvir mais de suas besteiras.

— Nem todos são como você, Milo.

— Graças a Deus por isso. — Ele ergue seu copo. — Minha esposa mal consegue aguentar um de mim, imagine um mundo cheio de amantes bonitos, inteligentes, engraçados e espetacularmente fantásticos soltos por aí. Seria interessante, com certeza.

— E não se esqueça de acrescentar o quanto você é humilde.

Ele dá um sorrisinho travesso.

— Essa não é uma das minhas características. Mas nós não estamos conversando sobre mim já que, por acaso, minha vida está em ordem. É você que está uma bagunça do caralho.

Ele não faz ideia.

— Eu transei com ela — deixo escapar.

Milo engasga com sua bebida e depois abaixa o copo devagar.

— Nos seus sonhos?

É melhor falar isso logo. Eu poderia contar para os meus irmãos, mas eles provavelmente ficariam ao lado dela como sempre fizeram. Sydney melhorava a vida de todo mundo. Ela era a luz do sol nos nossos dias mais escuros. Nós nos sentíamos acolhidos quando estávamos perto dela, e ansiávamos por isso.

Depois que minha mãe morreu, ela meio que assumiu esse papel e eu o de ser o patriarca da família. Meu pai estava ocupado demais se embebedando para se importar com os meus irmãos, então eu o fiz. Aos onze anos, aprendi a fazer tudo. Fiz almoços, ajudei com deveres de casa, e bati em qualquer um que encrencasse com eles.

À medida em que envelhecemos e nos tornamos um casal de verdade, ela estava sempre lá para ajudar. Sydney fazia bolos de aniversários para eles e trazia sopa se estivessem doentes.

Ela era o meu mundo.

Ela era o meu coração e alma, e eu a deixei ir embora.

Agora, estraguei tudo de novo.

— Não, quando fui para o aniversário da minha sobrinha. Eu a vi no lago em que costumávamos nos encontrar, e... não sei, eu tive que beijá-la.

— E então você conseguiu, o quê? Enfiar seu pau ao mesmo tempo?

Expiro profundamente pelo nariz.

— Não preciso ouvir essa sua merda.

— Acho que precisa. Durante anos, você tem me contado sobre Sydney e como se afastou dela para salvá-la. Como não consegue imaginar o relacionamento dando certo. Então passou a dizer que estava farto e que superou, se casou com seu trabalho, e nunca mais pensou nela. Eu diria que você é um mentiroso ou um desgraçado.

— Sou os dois.

Sou um mentiroso, porque nunca a superei. Como eu poderia? Perdê-la não era algo que deveria ter acontecido. Aquele futuro foi tomado de mim, arrancado das minhas mãos sem nenhum aviso.

Agora, eu a provei de novo, e anseio por mais.

Sou um desgraçado, porque ainda irei embora em seis meses sem hesitar.

Milo assente e então remexe o líquido em seu copo.

— Eu não te julgo, sabe? Eu não era melhor do que você, correndo atrás de uma mulher que eu não merecia.

— E merece agora?

Ele ri, se levanta, e me dá um tapa nas costas.

— Nem um pouco. Minha esposa é um milhão de vezes melhor do que eu. Só não sou burro o bastante para deixá-la escapar. Falando nela, tenho que voltar para o hotel. Pense no que eu disse e decida se vai continuar sendo um maldito idiota ou se finalmente vai deixar de ser um bundão.

Milo sai do bar, deixando-me sozinho com a metade de uma garrafa de uísque. Minha cabeça está uma bagunça, e tem estado assim desde que ela se afastou de mim naquela manhã. Se ele apenas soubesse a verdade sobre o motivo pelo qual desisti dela tantos anos atrás, ele entenderia.

A única diferença entre aquela época e agora é que não há mais um grande segredo. A verdade foi exposta, e eu poderia contar para Sydney, e contaria se achasse que fosse importar.

Mas então penso como eu poderia realmente confessar.

Ainda luto contra a culpa de tudo aquilo. Se ela soubesse, talvez pudéssemos ser amigos de novo. Talvez ela visse que a minha partida foi por ela.

Por que eu não conseguia contar para Sydney e deixar as fichas caírem?

Antes que eu vá longe demais nessa linha de pensamento, lembro por que nunca irei recolher as fichas, para começar. Porque não é apenas sobre mim. Há outras três pessoas que também guardam o segredo. Se Sydney soubesse, ela me perdoaria? Aceitaria que fizemos o que pensamos ser o certo?

Não, ela nunca vai entender a escolha que fiz. Ela teria ficado na beira da estrada naquela noite, que se danem as consequências. Ela não teria fugido, escondido a verdade, e cortado todas as relações com qualquer um que fosse importante para ela.

Não, eu que fiz isso, e o caminho que escolhi oito anos atrás não mudou nada.

Estou dirigindo pela Rota 80, passando pelas cidades menores em Nova Jersey e seguindo para a Pensilvânia. Já odeio cada maldito segundo disso. Vou sentir falta de Nova York. A cidade se enraizou dentro de mim. A cada dia, me tornei menos rural, e isso me passou uma verdadeira sensação de lar. O cheiro de pretzels e lixo, os sons de buzina, pessoas gritando e trens passando são normais, e aquilo que me preencheu quando eu estava vazio.

Agora, estou indo embora, e parece... estranho.

Tudo o que tenho que aguentar são seis meses, e depois posso voltar para onde me sinto à vontade.

Meu celular toca, e deslizo o dedo pela tela para atender a ligação de Connor.

— Oi, babaca — falo, com um sorrisinho.

— Belo cumprimento.

— O que posso dizer? Só falo a verdade.

Ele bufa.

— Que horas você vem? Seu... trailer/casa/coisa está arrumada.

Eu me arrependo de fazer essa oferta mais do que posso dizer. Porém, a última coisa que quero é ficar preso naquela merda de casa com meu irmão e sua família. Não preciso de um lembrete diário do que eu poderia ter tido. Eu me autodeprecio o suficiente quando vou dormir. Ainda assim, agora estou nessa "minúscula casa luxuosa", que sei que vou querer reduzir a cinzas depois de uma semana.

— Você entrou?

— É claro que sim. Agora Hadley quer um, obrigado por isso.

Dou um sorriso.

— Você deveria dar qualquer coisa que a garota quiser.

— Certo, porque mesmo que eu diga não, não é como se seus tios não fossem agir pelas minhas costas.

— Por favor, nós todos temos anos para compensar, e não é como se nós três estivéssemos com pressa para começar uma família.

Connor bufa.

— É, você precisaria encontrar uma garota disposta a aguentar as suas merdas. — Depois ele abaixa sua voz quase em um sussurro: — Ou te perdoar por ser um maldito babaca completo.

— Como é?

— Nada, irmão, apenas mal posso esperar para te ver.

— E eu mal posso esperar para comprometer sua autoridade.

Sua filha manda nele, e amo o fato de que meu irmão encontrou uma forma de atravessar seu inferno; embora Jacob se ressinta um pouco, eu não. Connor teve mais dificuldade com o rumo de nossas vidas do que qualquer um. Ele teve minha mãe por menos tempo, e sempre desejei que tivesse sido diferente para ele.

— Bem, não pense que ela se esqueceu do potro que você prometeu.

— Eu não esqueci. Sean está trabalhando nisso com os caras no Tennessee. Pelo visto, o amigo dele, Zach, é dono de um haras e tem alguns potros a caminho. Não se preocupe, Hadley terá o que prometi.

Não vou faltar com a minha palavra para aquela menina.

Ela é o mais próximo que vou chegar de ter uma filha.

Connor pigarreia.

— Por que você não vem jantar aqui hoje à noite? Ellie está cozinhando e limpou o quarto de hóspedes, caso você olhe para aquela... coisa viva... e decida que prefere ficar em casa.

Não existe a menor possibilidade disso.

— Eu vou ficar bem.

— Não ligo se você está bem ou não, ela liga.

Eu bufo.

— Bundão.

— Tanto faz. Apenas venha jantar. Faça Ellie e Hadley felizes.

— Eu sabia que você sentia a minha falta. — Olho para o GPS e vejo que ainda tenho mais uma hora de viagem. — Que horas é o jantar?

— Em cerca de uma hora e meia. Apenas venha para cá, nós vamos te esperar.

Solto um suspiro profundo, porque não adianta discutir. Ellie vai se casar com meu irmão um dia, o que significa que ela já é da família. Devo a ela mais do que posso pagar, então, se ela quer seus novos cunhados superirritantes por perto, então quem somos nós para negar isso a ela?

— Tudo bem. Te vejo logo.

O restante da viagem é tranquilo. Fico uma hora vendo as cidades passando, lembrando-me bem demais da sensação de quando fui embora e das promessas que fiz nessa época. É diferente *entrar* em Sugarloaf.

Parece uma prisão.

Quando chego na entrada do terreno, paro. Eu, mais uma vez, me perco em uma época quando a vida era fácil, as pessoas estavam vivas, e segredos não eram um problema.

— Por que o Jacob não tem que responder? — *reclamo, socando o braço do meu irmão.*

Minha mãe se vira no banco, os olhos entrecerrados e os lábios franzidos.

— *Porque seu irmão sabe se comportar em público. Você quer ficar sentado aqui o dia inteiro?*

— *Não, senhora.*

— *Então responda à pergunta antes que a comida congelada descongele.*

Sou esperto o bastante para saber que isso significa que terei que voltar para o mercado com ela, e odeio comprar comida. Odeio. É estúpido e irritante, e Jacob ganhou doce porque ele não foi pego quando me bateu. Mas eu fui, e agora estou preso no banco de trás com meu irmão idiota, enquanto ele come uma barra de chocolate Hershey.

Jacob se vira para mim, chocolate nos lábios, dando um sorrisinho.

— *Qual é a única verdade sobre uma flecha?*

Que ela poderia perfurar seu coração.

Não falo isso.

— *Um verdadeiro segundo disparo irá partir a primeira flecha e criar um caminho sólido* — *respondo, sem pensar.*

Já falei essa frase um milhão de vezes.

Minha mãe sorri.

— *Sim, e por que isso é importante?*

Mesma situação. Dia diferente.

— *Porque eu geralmente piso na bola na primeira vez e preciso do segundo disparo.*

Ela se inclina e toca minha mão.

— *Meu bem, a vida é assim. Frequentemente, nós não sabemos o caminho certo e seguimos pelo caminho errado, mas se você for esperto e se concentrar, pode sempre corrigir seu caminho.*

O que eu não daria para isso ser verdade. Tomei muitos caminhos errados, e não tenho certeza se há flechas o bastante no mundo para criar o caminho certo.

Dirijo pela longa entrada, e a casa de campo branca, que foi recém-pintada e está brilhando com a luz cálida do lado de dentro, surge à vista.

Quando estaciono o carro, vejo uma silhueta parada na frente da porta, e não é meu irmão ou Ellie.

Porra. Eu nunca vou sobreviver a isso.

Capítulo 6

Sydney

Eu vou matar minha melhor amiga. Ela me convenceu a vir jantar, dizendo que queria conversar. Apesar do fato de que tudo o que eu queria era ficar aconchegada na minha cama, chorando por causa da atual situação da minha vida, eu vim. Depois descobri que é algum tipo de jantar familiar e que Declan estava vindo.

É claro, ela não transmite essa pequena informação até o carro dele virar na entrada e ser tarde demais para eu escapar.

Ele estaciona perto o bastante da casa, de modo que eu consiga vê-lo no banco do motorista, mas ele não se move para sair, como se estivesse esperando alguma coisa.

— Declan está aqui? — a voz suave de Ellie pergunta, detrás de mim.

— Sim.

— Você vai lá fora?

Viro-me para ela com os lábios franzidos.

— Seja lá o que você estiver tramando, não estou gostando.

Ela ergue as mãos em rendição, zombando.

— Não estou tramando nada. Tudo o que estou fazendo é forçar vocês dois a lidarem com suas merdas. Ele vai ser meu cunhado, e você é minha melhor amiga. Vocês precisam achar um jeito de serem pelo menos simpáticos um com o outro.

Reviro os olhos.

— Eu te amo, Ells, mas vou ter que te matar.

— Vou me arriscar. Você não machucaria uma mosca.

— Eu vou lá fora primeiro — digo, sem querer continuar essa conversa.

Não estou pronta para contar a ele sobre o bebê ou nada mais, na verdade. Ainda não sei o que vou fazer e, embora seja o bebê dele, não é sua vida que vai mudar completamente. Quero ir ao médico primeiro, garantir que está tudo bem, e então fazer um plano antes de contar.

Ainda não sei qual é o meu plano, mas sei que não irá incluí-lo.

Não porque não o amo, mas porque ele não me ama, e não vou me deixar ser despedaçada de novo.

— Sabe, o que é triste é que vocês dois estão nervosos sobre estarem perto um do outro. Não sei por que estão lutando contra isso.

Eu a encaro.

— Você não consegue imaginar o quanto ele me machucou. Ele me amava e foi embora. Ele deveria ser a única pessoa que nunca me abandonaria. Não há uma lembrança da minha infância em que não apareça um desses irmãos Arrowood e então... um dia... eles tinham partido. Simplesmente. Assim. — Estalo os dedos. — Perdi minha família, meu coração, e meu futuro. Estou lutando porque, se eu permitir uma gota de esperança sequer, ela vai evaporar, e estarei perdida.

Ellie morde seu lábio inferior, esfregando as mãos enquanto assente.

— Eu entendo.

Droga. Eu não deveria ter me irritado com ela. Ellie tem boas intenções, mesmo que não esteja ajudando. Só contei a ela fragmentos, porque a coisa toda é demais para aguentar.

Quero que nós dois sejamos amigáveis se possível, para que possamos desemaranhar essa bagunça na qual estamos, se isso for sequer viável. Ellie está sendo uma boa amiga, e eu deveria estar agradecendo, não me irritando com ela.

— Desculpe por ser uma vaca.

Ela se aproxima depressa.

— Você não é. Não, estou sendo idiota e não estou percebendo que, só porque Connor e eu encontramos um jeito, isso não significa que vocês vão também. Sou eu quem te deve desculpas.

Olho de volta para a porta de tela para vê-lo sentado lá ainda.

— Vou lá fazer as pazes. Sei que vocês têm uma grande notícia para dar essa noite, e não quero que se preocupe com o meu passado ferrado com Declan.

Antes que ela diga alguma coisa, abro a porta e desço os degraus, enquanto ele sai do carro.

— Syd.

— Dec.

— Eu não sabia que você estaria aqui. — Ele passa as mãos pelo cabelo.

Dou um pequeno sorriso.

— Eu também não sabia que você estaria aqui. Pelo visto, nos deixaram no escuro.

Ele olha para a janela e o imito, vendo Connor lá com um sorriso. Idiota.

— Sobre a última vez que estive aqui — Declan diz, mas já estou balançando a cabeça.

— Agora não. Nem aqui. Há muito a se dizer, mas agora não é a hora.

Declan assente uma vez.

— Tudo bem.

Apesar dos meus sentimentos por Declan, nós vamos ter um filho. Posso culpá-lo, odiá-lo, e tudo isso, mas essa não é a vida que quero para o meu bebê. Cresci sendo indesejada pelo meu pai. Eu o vi ir embora, dizendo coisas que nenhuma criança deveria ouvir seu pai falando sobre sua mãe. Meu pai a odiava e, já que minha irmã e eu éramos parte dela, ele nos odiava também. Farei o que for possível para proteger uma criança de sentir esse nível de dor e isso significa que Declan e eu precisamos dar um jeito de nos entendermos.

— Eu não queria que a primeira vez que nos víssemos desde aquela noite fosse na frente deles, então vim aqui fora.

Ele solta um suspiro profundo.

— Nós temos muita história, e queria dizer que sinto muito pelo que aconteceu entre nós alguns meses atrás.

Ergo os olhos, estudando os dele.

— Como assim?

— Por ter te machucado de novo — Declan fala, depressa. — Eu nunca deveria ter ido até você quando não tinha intenção de ficar depois que o tempo tivesse acabado. Eu deveria... porra, eu não sei. Nunca deveria ter deixado as coisas irem tão longe. Me desculpe.

Ele não faz ideia do quão longe as coisas foram.

— E agora?

— O que você quer dizer?

Paro no lugar, sabendo qual será a resposta e me odiando por perguntar de novo, mas o tempo pode ter mudado as coisas. Deus sabe como a minha vida mudou desde que fiz aquele teste.

— Tem alguma chance de você ficar em Sugarloaf?

— Não. Eu nunca vou ficar aqui.

— Por nada?

Eu não estou sendo justa. Ele não sabe todos os motivos pelos quais estou perguntando.

Declan cerra a mandíbula, e nega com a cabeça.

— Não há nada que poderia me segurar aqui. Essa cidade... está repleta de coisas das quais não posso ficar perto.

Coisas como eu.

— Talvez um dia algo te faça mudar de ideia — falo, e então me viro.

— Syd.

Balanço a cabeça, negando e voltando a encará-lo.

— Não. Não estou pedindo que seja eu. Não estou mesmo. O que aconteceu alguns meses atrás era para ser um adeus. Sei qual é o seu posicionamento, e você sabe qual é o meu.

Também sei que os próximos seis meses irão provar muita coisa.

— Vocês dois vão dar uns amassos? — Connor grita da varanda.

— Continue com isso, e sua casa vai ficar cheia de patos — aviso.

Seu sorriso desaparece, e dou um tapinha mental nas minhas costas. É tão fácil assustar ele. Connor é o único ex-Seal que eu conheço que tem medo de um maldito animal de fazenda, e não temo usar isso a meu favor.

— Não vamos esquecer que conheço os seus medos também — responde, com maldade em sua voz.

Declan e eu subimos os degraus, e os dois se abraçam.

— É bom te ver, Duckie. — Declan dá um tapa de brincadeira no ombro do irmão.

— Eu já desejo que os seus seis meses tivessem acabado.

— Somos dois.

— Somos três — entro na conversa.

Connor ri.

— Ela é durona.

— Sempre foi. — A voz de Declan é suave como uísque enquanto me encara.

Não vou deixar isso me amolecer. Luto contra a vontade de puxar seus lábios até os meus e prová-los lenta e longamente, até que seu fogo queime em minhas veias. Porém, sei o que acontece quando brinco com fogo... eu acabo com um bebê.

O jantar é... tenso.

Não importa o quanto eu tente, não consigo ignorar o homem taciturno ao meu lado. Ellie e Connor estão sentados, as mãos unidas sobre a mesa, e meu coração dói um pouco. Declan e eu costumávamos ser assim. Nós éramos o casal tão loucamente apaixonado que era incapaz de resistir a tocar um ao outro.

Agora, nós dois estamos sentados, costas eretas e as mãos entrelaçadas em nossos próprios colos.

Sorrio na hora certa e respondo as perguntas que são feitas, mas sinto como se minha mão estivesse em um cabo elétrico, esperando a primeira corrente me eletrocutar.

Nem mesmo Hadley consegue diminuir a tensão. Assim que o jantar acaba, ela implora aos pais para a deixar ir à casa da árvore. Olho para o relógio pela quadragésima vez e percebo que só se passaram dois minutos desde que Hadley desapareceu. Seria grosseria ir embora antes das sete, o que significa que só tenho que aguentar mais vinte e três minutos de tortura.

Ellie limpa a boca, sem tirar o sorriso dos lábios, como se soubesse o que estou pensando.

— A sobremesa vai sair em cerca de meia hora — ela diz.

— Eu gostaria de uma sobremesa — Declan afirma.

Estreito o olhar para Ellie.

— Não sei se posso ficar.

— Sério? Por que não? — Há inocência em sua voz, mas não caio nessa.

Porque vou estar na cadeia por homicídio.

— Tenho um caso importante amanhã — minto.

Ellie ergue as sobrancelhas.

— Tem?

Expiro pelo nariz.

— Tenho.

Connor alterna o olhar entre nós por um segundo, e então decide assumir o volante do ônibus que está me atropelando no momento.

— Você disse que não iria ao tribunal até a semana que vem.

— Recebi um e-mail dizendo que eles mudaram. — Meu tom de voz é seco, e espero ter demonstrado o claro aviso.

— Interessante — Ellie acrescenta, antes de levar o copo aos lábios.

— Bem, sabe, eu deveria mesmo ir agora. Escapar do trânsito e adiantar as coisas. Odiaria decepcionar o meu cliente.

Connor estica a mão depressa, segurando meu pulso.

— Você pode esperar cinco minutos? Ellie e eu queríamos conversar com vocês dois.

Já sei o que eles vão falar para nós e não faço ideia de por que estou sendo forçada a ficar, mas assinto e relaxo contra a cadeira. Posso querer esmurrá-los agora, mas minha felicidade por eles não ofusca isso.

— O que aconteceu? — A voz de Declan demonstra preocupação na mesma hora.

— Nada — Connor disse.

Sempre protetor, Declan se inclina para a frente, e seu olhar intercala entre Connor e Ellie.

— Vocês estão bem? Hadley?

— Nós estamos bem, *mãe*. — Connor revira os olhos. — Não é nada ruim. Na verdade, são ótimas notícias. Nós vamos nos casar.

Meu sorriso é automático e lágrimas surgem nos meus olhos. Estou tão feliz por ela.

— Casar? Vocês vão se casar? Sério?

Ellie assente, seus próprios olhos brilhando com as lágrimas.

— *E* nós estamos grávidos.

— Eu sabia dessa parte, mas não que ele tinha te pedido em casamento! — grito e corro na direção de Ellie. Envolvo-a em meus braços e a aperto. Será que isso poderia ser ainda melhor para eles? Não, não poderia. Ellie vai se casar com Connor, e tudo é tão incrivelmente perfeito.

— Quando? — pergunto, me afastando.

— Humm, estamos pensando em daqui a dois meses. Sabe... antes que minha barriga comece a aparecer.

Sorrio e assinto. Pelo menos agora não preciso me preocupar em estar gigantesca na festa.

— Uau, é daqui a pouco e são muitas novidades — Declan diz, se levantando e puxando o irmão para um abraço desajeitado.

— Espero que estejam felizes por nós. — A voz de Connor é firme.

— Estou tão feliz por vocês! — falo, e então lanço um olhar de aviso para Declan. Se ele estragar isso, vou surrá-lo com seus próprios punhos.

Dec sorri, dando um tapinha no ombro dele.

— É claro que estou. Meu irmãozinho encontrou uma garota que está disposta a aguentar seu traseiro estúpido pelo resto da vida.

Solto um suspiro profundo e abraço Ellie de novo. Eu estava preocupada com o que ele diria. Embora haja praticamente um ano de diferença entre cada irmão, no fundo ele sempre foi mais velho e seu coração endureceu desde que foi embora.

Anos atrás, Declan sorria e gargalhava tranquilamente. Parece que o tempo acabou com o garoto que eu conhecia e o tornou o homem que não reconheço mais.

Ele sempre foi forte, mas nunca com essa armadura que apenas alguém de oito anos consegue atravessar, principalmente não eu.

Eu já fui a exceção, agora é como se fosse fisicamente doloroso olhar para mim.

Ellie me solta e então Connor a puxa para seu lado.

— Eu estava morrendo de vontade de contar para vocês. Mas nós também queríamos que viessem no jantar para perguntar se querem ser nossos padrinhos?

Cubro a boca e assinto, as lágrimas caindo sem parar.

— Seria uma honra.

Connor e Declan compartilham um cumprimento estranho de irmão, e então é a minha vez de saltar em Connor.

— Estou tão feliz por você. Tão, tão feliz que não é nem normal — digo a ele baixinho.

— Eu também, Syd. Achei que nunca encontraria alguém como Ellie. Eu ainda não a mereço.

Sorrio, amando o fato de que ele se sente assim. Não porque ele não a merece, o que não poderia estar mais longe da verdade, mas porque mostra o quanto quer ser bom para ela.

— Você a merece, simplesmente porque acredita que não. Você cuidou da Ellie, a protegeu, e foi o homem que eu sempre soube que era, e é por isso que vocês são perfeitos um para o outro.

Ele se afasta para me analisar de forma estranha.

— Você merece ser feliz também. Mesmo que você e Declan nunca deixem de ser bestas, não deveria desistir de ser feliz.

— Eu sei.

— Sabe?

A pergunta faz meu coração se apertar.

— Acho que sei.

Seu olhar se desloca para onde o irmão mais velho está concentrado em uma conversa com Ellie.

— Sabe, eu nunca quis ficar sozinho pelo resto da vida. Eu estava conformado com isso, claro, mas tinha uma visão diferente. Nunca vi um amor como o que você e Dec tinham, e era algo do qual Jacob, Sean, e eu sempre tivemos inveja. Conhecer a pessoa que era sua outra metade quando vocês eram apenas crianças... Mas Declan endureceu quando se afastou de você. Ele ergueu uma parede tão alta que não tenho certeza se qualquer pessoa consegue escalar. Ele nem mesmo cogita a ideia de querer o que eu tenho agora. — Connor franze os lábios e depois balança a cabeça. — Só estou dizendo que alguns de nós não podem desfazer o que fizemos.

Declan pode não querer uma família, mas ele não vai ter uma escolha em cerca de sete meses.

— Que bom que não tenho intenção de me tornar alpinista — falo, sabendo que tenho corda e um machado, e que estou me preparando para começar minha subida, esperando que eu não quebre quando cair.

Capítulo 7

Declan

Casamento e um bebê. Jesus, será que ele poderia ter esperado ao menos um pouco? Eu sei que ele ama Ellie, e é óbvio que são ótimos um para o outro, mas parece tão rápido.

— Você pode tirar essa expressão da cara — Connor diz, me entregando uma cerveja. — Ninguém está pedindo para você seguir os meus passos.

Pego a garrafa e levo-a de encontro à dele.

— Um brinde a isso.

— O quê?

— Que não vou seguir seus passos.

Ele dá uma risada e então bebe um longo gole da cerveja. Depois de respirar fundo, ele fica em silêncio por alguns instantes. Nós ficamos sentados na varanda da casa que guarda a porra de uma série de lembranças. Algumas boas, algumas ruins, outras que eu daria tudo para esquecer.

— Você sabe que não somos nada como ele, certo?

A pergunta me faz endireitar a coluna.

— Quem?

— Nosso pai. Nós não somos nada como ele. Não somos cruéis, impiedosos... bem, talvez você seja impiedoso, ainda tenho que descobrir isso.

— Engraçado.

Connor dá de ombros.

— Só estou dizendo que o juramento que fizemos era para proteger não apenas a nós, mas também as mulheres que poderíamos vir a amar e os filhos que poderíamos vir a gerar. Eu nunca ergui meus punhos com raiva, nem se eu bebesse demais. Nós não somos nada como ele.

Ele não pode saber disso. Ele pode não ser nada como ele, mas não tenho tanta certeza. Eu fico com raiva. Já quis atirar uma pessoa contra uma parede, e isso me assustou mais do que tudo. Nunca fiz tal coisa, mas já vi fúria.

— Nunca vou arriscar.

— Então, você vai passar o resto da vida sozinho e irritado?

— Não — respondo, depressa. — Eu serei rico, feliz, descomplicado, e ainda vou me preocupar com meus três irmãos e suas péssimas escolhas de vida.

Olho através da janela, vendo Sydney e Ellie rindo de alguma coisa, e meu peito se aperta. Por que vê-la dói tanto, porra? Depois de todo esse tempo, eu esperava que a tivesse superado, mas então, como você realmente supera a única coisa que já quis?

Ela é linda, ainda mais do que era na nossa adolescência. Seu cabelo cai em ondas até o meio de suas costas, e seus olhos azuis estão ainda mais brilhantes do que me lembro. Eu daria tudo para voltar no tempo e tê-la da forma como costumava ter.

Sydney era livre em seu amor. Ela não se continha ou fazia eu me esforçar. Ela se entregava. Eu não merecia, mas, Deus, eu aceitava tudo.

— Ela poderia te perdoar, sabe? — Connor diz, quando percebe onde meu olhar pousou.

— Não.

— Você também poderia se perdoar, mas nós dois sabemos que isso não vai acontecer.

— Quando você se tornou a porra de um psiquiatra? — retruco, querendo acabar com essa conversa.

Ele ri e então termina a cerveja.

— Sabe, eu sei que você é o mais velho e deveria ser o mais sábio, mas você é o burro.

Fico de pé, encarando meu irmão caçula.

— Burro? Eu sou burro? Fui eu quem salvou o seu traseiro repetidas vezes. Sou eu quem não tem nada nesse mundo com que me preocupar em perder.

— E você acha que isso te torna melhor? Vou te dizer, Dec, não há nada nessa vida como ter alguém ao seu lado e filhos. Nada. Nós não somos os pecados do nosso passado, mas vivemos oito anos com isso.

Ele é inacreditável. Ele encontra Ellie e de repente acha que todos nós podemos simplesmente voltar para uma vida que nunca deveríamos ter? Não é tão fácil assim. Oito anos atrás, eu desisti de tudo por ele. Abandonei Sydney para proteger não apenas os meus irmãos, mas ela também.

Eu sabia que nunca poderia ficar aqui. Não quero uma vida de fazenda ou nada assim. Talvez se eu não tivesse vivido em Nova York, teria encontrado uma maneira, mas, quando fui para a faculdade, eu mudei. Vi que o mundo era repleto de possibilidades, que não tinham nada a ver com vacas e propriedades. Descobri que era esperto e que poderia administrar um negócio sem a merda da ajuda de ninguém.

Eu fiz de tudo.

Há muitas noites em que trabalho até tarde. Muitas semanas onde sou inundado por problemas que preciso resolver, e nunca poderia ter lidado com nada disso se estivesse com ela.

Então, deixá-la para trás foi a coisa mais difícil que já fiz, assim como a mais altruísta.

E eu faria isso todas as vezes.

Amá-la só lhe traria dor, e eu cortaria a porra do meu braço antes de deixar isso acontecer de novo.

— Você age como se tudo isso fosse tão fácil, Connor. Alguns de nós tomaram decisões naquela noite que não podem ser desfeitas.

— E acho que Ellie e eu entendemos isso mais do que a maioria das pessoas.

Jogo a cabeça para trás e encaro o céu noturno. Ele está certo. Deus, tudo tem sido tão confuso, e estou cansado disso.

— Você se lembra de quando a vida era fácil?

— Eu me lembro de quando a mamãe estava viva, mas depois disso...

— Definitivamente não foi fácil.

É triste ver como um instante pode mudar toda a trajetória de uma vida. Eu tinha planos, mesmo aos onze anos de idade. Seria exatamente como o meu pai. Queria administrar essa fazenda, viver aqui e formar uma família, ter tudo, assim como os meus pais.

Depois ela morreu, e o sonho desapareceu.

— Estar aqui é horrível pra caralho. Pensei que, já que voltei algumas vezes, não seria tão difícil assim.

Connor apoia a mão no meu ombro.

— Sei disso melhor do que qualquer um. Não é fácil e você sente como se estivesse rastejando para fora da sua pele.

— Fica mais fácil? — pergunto a ele.

— Sim e não. Alguns dias, juro que posso ouvi-lo gritando e consigo me lembrar da sensação antes de o punho dele acertar meu rosto. Lembranças e pesadelos espreitam em todos os cantos desse lugar.

Viro a cabeça para a casa, vendo as garotas e Hadley dançando na sala.

— Mas elas nunca foram o pesadelo.

Connor observa com um sorriso suave.

— Não, elas são a luz que brilha quando você abre os olhos e percebe que não está mais naquele inferno.

— Na primeira vez que nosso pai me bateu, fui para a casa da Syd. Ela me levou para dentro, colocou gelo no meu olho, e me deu um pouco de leite com cookies. Eu me lembro de pensar: "essa é a garota com quem quero me casar". — Rio uma vez. — Eu a amava mais do que qualquer coisa e ainda acredito que deixá-la foi a coisa certa a se fazer.

— Mas? — Connor pergunta.

— Mas voltar aqui, e vê-la, vai ser uma agonia.

Connor abaixa sua cerveja e respira fundo.

— Você ser teimoso é que é uma agonia. Diga a verdade a ela, Dec. Deixe-a saber toda a merda idiota e do sofrimento que passamos. Não minta mais para ela e pare de fingir que não a ama e não a quer.

Querê-la e tê-la são duas coisas totalmente diferentes. Não é só por causa da promessa que fizemos, é sobre saber que essa não é a vida certa para nós. Ela precisa de alguém que seja completo e que esteja disposto a entregar seu coração sem reservas, um homem que ficará. Esse homem não sou eu.

— Eu nunca amarei alguém o bastante para me casar. Eu nunca terei a vida que você tem, e não há nada sobre isso que me deixe triste. Gosto de ser solteiro. Gosto de não ter que me preocupar com nada nem ninguém. A merda da ideia de estar preso a uma criança é o suficiente para me fazer querer me lançar de um penhasco. Nunca serei pai, e me certifico disso, porque é a última coisa que eu quero. Então, estou feliz que seja o seu sonho, irmão, porque é a porra do meu pesadelo.

Ouço um arquejo e, quando olho para a porta, Sydney está lá, tendo ouvido cada maldita palavra da mentira que contei.

Capítulo 8

Sydney

— Syd, espere — Declan diz, enquanto tento chegar ao carro.

— Por quê?

Não vale a pena. Ele deixou bastante claro que ter uma esposa e filhos era um pesadelo para ele. Não sou burra o suficiente para interpretar isso errado.

A merda da ideia de estar preso a uma criança é o suficiente para me fazer querer me lançar de um penhasco.

Bem, o penhasco está logo ali, amigo, então se prepare para pular.

— Porque o que eu disse saiu errado.

Isso me faz interromper meus passos. Viro-me, e ele para com uma clara apreensão em seus lindos olhos verdes.

— O que saiu errado?

— A coisa toda.

— Então, você quer alguém o bastante para se casar? Quero dizer… obviamente, você não me amava o bastante, e foi muito claro quanto a isso, mas só estou esclarecendo para as futuras mulheres que você pode conhecer.

Declan suspira.

— Eu nunca vou me casar.

— Okay — digo, de forma muito natural. — Eu entendi errado que você queria filhos então?

— Não.

Uma única palavra. Uma palavra que é tão clara e inconfundível que me remexe até meu âmago.

— Nada de esposa. Nada de filhos. Nada de Sugarloaf. O que exatamente estou entendendo errado?

Ele segura a nuca, e começa a andar de um lado para o outro.

— Não foram as palavras ou o significado, foi como eu disse. Sei que você não entende, mas as merdas pelas quais passei…

— De jeito nenhum — interrompo-o. — Você não vai usar seu passado contra mim. Eu estava lá. Vi tudo desmoronar assim como certamente vi você indo embora. Você foi até a minha casa dois meses atrás, e o quê? Não conseguiu evitar revisitar uma mulher que se entregou para você um milhão de vezes? Porque isso é tudo o que eu sou, certo? Uma lembrança do sofrimento e da dor que você aguentou nessa cidade?

— Você nunca foi sofrimento e dor.

Balanço a cabeça, discordando, com uma risada sarcástica.

— Não, isso foi o que ganhei como um prêmio de consolação.

Sua mandíbula está cerrada, e consigo vê-lo pensando. Estou sempre lhe dando sermões, mas isso vai parar. Ele nunca vai mudar, e eu sempre vou querer mais. Como nós poderemos ser cordiais? Como poderemos encontrar um meio termo quando estamos em lados opostos do espectro? Só irá machucar a nós dois e ao bebê que virá a esse mundo.

Deus, o bebê.

Meu coração dói, e quero chorar.

Quando ele deixou de ser o cara doce e gentil que conversava sobre a vida que teríamos, incluindo filhos, e se tornou esse idiota cínico?

— Machucar você naquela época e agora é a última coisa que eu quero.

— Então talvez você devesse ficar de boca calada quando eu estiver por perto. Ou, melhor ainda, fique longe de mim, Declan. Não aguento mais decepção.

Com isso, entro no meu carro, deixando-o para trás, e luto contra as lágrimas todo o caminho de volta para casa.

— Por que você realmente está aqui, Syd? — minha irmã, Sierra, pergunta.

Meus sobrinhos estão correndo, fingindo atirar entre si, enquanto estou sentada na varanda, encarando as colinas, sem nem me lembrar da viagem até aqui.

— Eu precisava dar uma escapada.

Precisava esquecer o homem que está na cidade que tem sido o meu lar. Faz três dias desde aquele jantar, e não o vi desde então, mas ainda o sinto.

Meu coração está pesado, meu peito está apertado, e tenho vontade de ir até ele, contar tudo, e torcer para que possamos ser ao menos amigos, mas sou mais esperta do que isso. Ele não me quer, e definitivamente não quer um filho.

— Só porque Declan está lá?

Ela me conhece bem demais.

— É difícil estar em qualquer lugar perto dele.

— Imagino. Se eu tivesse que estar na mesma cidade que Alex e não fosse sua esposa, não sei se conseguiria.

Ela e Alex são os modelos exatos do casamento perfeito. Eles se conheceram na faculdade, ela o fez se esforçar absurdamente para provar seu valor, e eles se casaram quando tinham certeza de que poderiam durar. Eu teria me casado com Declan aos dezoito anos.

— Ele não me quer, assim como todos os outros caras. — Ela segura minha mão e então dá um tapa na parte de trás da minha cabeça com a que está livre. — *Aii*, pra que diabos foi isso?

— Por ser uma idiota. Se você veio aqui para eu te mimar e dizer o quanto o nosso pai foi estúpido e que ele realmente nos amava e toda essa merda, então você enlouqueceu. Declan não é como todos os outros caras, porque nenhum deles é igual. E ele não é nada como o doador de esperma.

Sierra é mais velha do que eu e, quando nosso pai foi embora, foi diferente para ela. Enquanto eu estava arrasada, me sentindo abandonada e desprezada, ela realmente não se importou. Para ela, papai não era bom o bastante para nós. Qualquer homem que escolheu ir embora poderia simplesmente seguir seu caminho. Eu não me sentia assim.

Eu me ressentia da minha mãe por tê-lo afastado por um tempo. Pensei que, se ela não brigasse com ele o tempo todo, ele teria ficado. Eu era jovem, estúpida e ingênua.

Sierra, porém, nunca derramou uma lágrima por ele ter ido embora. Já eu chorei o suficiente para encher outro lago.

— Quando você se juntou ao time Declan?

— Nunca. Sou time nada. Sei que vocês dois eram estúpidos e jovens. É, teria sido ótimo se as coisas tivessem funcionado, mas vocês eram crianças!

— Estávamos nos nossos vinte anos! Eu o amava, Sierra. Eu o amava, e ainda o amo, porra!

— Olha a boca! — ela sibila, fitando as crianças.

— Desculpe.

Ela se remexe no assento e então aperta a minha mão.

— Ele te deixou, e isso partiu o seu coração, mas olhe o que você fez com a sua vida. Você é inteligente, bem-sucedida, e administra dois negócios naquela maldita cidade.

Sei que ela tem razão, mas há uma parte de mim que ainda é vazia. É como a velha árvore na nossa fazenda que ainda está de pé. O lado de fora do tronco ainda é alto e firme, mas a parte de dentro está vazia.

Exceto pela vida que está crescendo.

— Eu estou grávida — deixo escapar.

Sierra escancara a boca, sem nem piscar por alguns segundos, e eu espero.

— Você está grávida?

— Sim.

— Mas... você nem... quero dizer... você está namorando alguém?

Nego com a cabeça e então encaro meus pés.

— Não, é de Declan.

Ouço o ar passando por seus lábios.

— Declan? Uau. Okay. Como? Quando?

Parece que ela só consegue falar uma palavra de cada vez.

— Quando ele veio para casa alguns meses atrás, nós nos vimos no lago. Simplesmente... aconteceu.

— Aquele maldito lago.

Encontro o olhar da minha irmã, e assinto.

— Aquele lago.

— Nós deveríamos preenchê-lo.

— Não adianta muito agora.

Sierra balança a cabeça devagar.

— Você contou para ele?

E esse é o cerne da questão.

— Não, eu o vi, o ouvi dizer algumas coisas, e fui embora.

Ela se recosta em sua cadeira, parecendo um pouco menos agressiva e muito mais solidária do que antes.

— O que ele disse?

Lágrimas surgem nos meus olhos enquanto relembro a conversa que não consigo parar de ouvir na minha cabeça.

— *Nunca serei pai, e me certifico disso, porque é a última coisa que eu quero.*

Só que não foi isso o que aconteceu. Ele não se certificou de nada quando transamos. Ele não usou camisinha, e pelo visto, o 0.01% de chance do meu anticoncepcional falhar decidiu que aquela era a noite.

— Ele pode se sentir diferente quando souber — ela sugere, depois de alguns minutos digerindo o que falei.

— Não me importo se isso acontecer ou não. Nunca vou deixar que meu filho saiba a sensação de ser indesejado e desprezado.

— Então você não vai contar para ele?

Jogo a cabeça para trás, e encaro o teto.

— Gostaria de poder fazer isso, mas não posso. Sem falar que vai ser bem difícil impedi-lo de notar minha enorme barriga de grávida.

Ela ri, sem achar graça.

— Não me diga.

— Você foi a única pessoa para quem contei.

Ela joga seu longo cabelo castanho para trás e depois o puxa sobre o ombro, o gesto nervoso que ela tem desde que éramos crianças. Então endireita um pouco os ombros.

— Okay, então qual é o seu plano?

Sierra geralmente me dá os melhores conselhos e sempre foi a pessoa para quem eu vou quando as coisas estão pesadas demais para mim. Ela tem um jeito de me dizer a verdade ou de me forçar a enxergar sozinha, que é o que preciso dela mais do que nunca.

— Vou ao médico para verificar a gravidez, garantir que está tudo bem, e depois contar a ele.

— E depois disso?

Depois disso? Quem sabe, porra. Talvez eu tenha uma epifania, mas, a essa altura, não tenho um plano.

— Eu não sei.

— O que você quer?

Meus olhos se enchem de lágrimas, e odeio a fragilidade que elas trazem. O que eu quero não é sequer possível. Eu queria ser casada com Declan e que isso fosse a coisa com a qual sempre sonhamos. Não é bem isso, porém.

Pelo contrário, estou tendo um bebê fora do casamento, com um homem que não quer o bebê ou a mim, e aquele homem acredita que estou namorando outra pessoa.

É, sou um episódio ambulante de Jerry Springer. Bem, talvez não tão dramático, mas sinto que é quase isso.

Minha irmã espera enquanto seco minhas bochechas, removendo as gotas errantes que caíram.

— Quero que ele lute por mim, o que nunca irá acontecer.

Sierra franze os lábios e depois solta um suspiro.

— Então talvez você deva finalmente deixá-lo para trás.

— E como exatamente eu faço isso?

— Talvez seja a hora de vender a fazenda e ir embora de Sugarloaf como você quase fez cinco anos atrás.

Capítulo 9

Sydney

Estou sentada no meu carro, encarando essa coisinha minúscula nessa foto que é para ser um bebê. Não parece um, com certeza, mas a médica me garantiu que é, de fato, um bebê. Ou será quando estrear no mundo.

Estou mesmo grávida, o que foi confirmado por uma profissional da saúde, e tenho a primeira versão de uma *selfie* dele ou dela na minha mão.

Em toda a minha vida, nunca pensei que seria mãe solteira. Não sei por que, mas imaginei que, já que não faço sexo com tanta frequência, isso não seria algo com que tivesse que me preocupar. Também porque tenho vivido a minha vida em câmera lenta. Não percebi até que Sierra ressaltou, mas agora é tão claro para mim que estive esperando Declan voltar. Cinco anos atrás, uma ótima firma de advocacia me procurou e ofereceu uma chance de me tornar sócia. Não era uma coisa certa, eu teria que merecer, mas a oportunidade estava ali. Teria significado mais dinheiro, casos maiores, e a chance de gerar mudanças de forma mais significativa. Eu recusei.

Lutei contra vender a fazenda e as lembranças que ela guarda. Não poderia me imaginar indo embora e seguindo para um lugar onde ele não pudesse me achar.

Eu era boba.

Mas não sou mais. Não tenho o luxo de ser, agora que serei a mãe de alguém.

Que Deus ajude a todos nós.

Pego meu celular e ligo para Ellie. Embora não tenha planos de contar para mais ninguém além de Sierra que estou grávida, sinto falta da minha amiga.

Ela atende na primeira chamada.

— Oi! Como você está?

— Estou bem. Você?

Ouço um farfalhar do outro lado da linha.

— Só estou corrigindo provas e lidando com a loucura de construir uma casa... oh, e também planejando um casamento.

— Não se esqueça de que você também está grávida — acrescento, por via das dúvidas.

— E tem isso.

— Você vai fazer um grande casamento?

Ellie suspira.

— Não, só a família e os amigos próximos. Eu queria casar em segredo, mas Connor quer a cerimônia, e quer que Hadley faça parte de tudo também.

Hadley tem ideias definidas de como o casamento dos pais deveria ser. Aquela criança é a melhor coisa que já aconteceu na vida da maioria de nós. Ela é cheia de astúcia e amor, e também não se preocupa em dosar as coisas.

— Ela me avisou algumas semanas atrás que quer um grande casamento no castelo que Connor deveria construir para ela — informo. — É claro que isso foi antes mesmo de vocês ficarem noivos, mas a menina estava fazendo planos.

Ellie ri.

— Ela também me informou que não será a garota das flores, porque não é um bebê.

— Bem, ela tem oito anos agora.

— Quase trinta. Ei, o que você vai fazer hoje à noite?

Fico em silêncio. De jeito nenhum vou cair em outra das tentativas de Ellie de forçar Declan e eu a ficarmos juntos.

— Não.

— Não?

— Não. Não vou te encontrar onde o seu noivo e o irmão dele vão calhar de estar, nos forçando a ser um par de novo. Não.

Ellie arqueja alto.

— Eu? Eu nunca faria isso com você.

— Mentirosa.

— Okay, talvez — ela altera. — Só fiz aquilo porque queríamos conversar com vocês juntos. Me desculpe por forçar. Depois do que o ouvi dizer, prometo que não vou fazer de novo.

E eu acredito nela. Ellie é a pessoa mais gentil que já conheci. Ela não me magoaria deliberadamente.

— Obrigada.

— Syd... — ela hesita e então volta a dizer: — Ele... quero dizer... você está bem?

Não, não estou, mas sou muito boa em fingir.

— É, foi, mas eu estou bem. Não é nada que eu já não soubesse, certo? — Tento deixar para lá porque, de verdade, não posso conversar com ela sobre isso.

Ellie fica em silêncio por um segundo.

— Okay, se você diz. Sei que essa situação está um pouco complicada, mas você é minha melhor amiga. Se quiser conversar, até mesmo sobre o meu futuro cunhado, estou sempre aqui por você. Não vou trair sua confiança, nem mesmo com Connor.

Sorrio, mesmo que ela não consiga ver. Ellie entrou na minha vida quando pensei que era ela quem precisava de mim, só que aconteceu que precisávamos uma da outra.

Pensei que tinha tudo sobre controle, porém fiquei muito boa em esconder meus sentimentos e minha dor. Trabalhar, ser voluntária e administrar todos os tipos de atividades da cidade eram a minha forma de fingir que estava tudo bem. Que eu estava bem.

Mas eu não estava. Isso fica bem claro, considerando que ele precisou aparecer apenas uma vez para mudar a minha vida inteira. Agora está na hora de encarar isso e finalmente colocar um ponto final, se for sequer possível. Contudo, não vou arrastar Ellie para o meio de tudo.

— Eu não pediria para você mentir para Connor.

— Sobre o que eu teria que mentir? — Ela percebe meu deslize.

Falo depressa para disfarçar:

— Nada, só estou dizendo que não pediria para você esconder as coisas dele.

— Onde você está? — ela muda de assunto.

Alguém poderia pensar que ela é uma advogada por conta do quão bem ela está gerindo essa conversa.

— Estou sendo interrogada?

— Você deveria estar?

— Acho que você errou de profissão e deveria ter se tornado advogada.

Ellie ri.

— Eu lido com adolescentes mentindo sobre o dever de casa, seus hábitos de estudo, não mexer no celular durante a aula, e Deus sabe o que mais, então… é, sou boa em contornar papo furado. Agora, desembucha.

Não quero mentir para Ellie. Também sei que não posso contar isso a ela. Há segredos que podemos contar que as pessoas vão guardar e outros não.

Pedir para ela não contar ao marido ou ao cunhado sobre a minha gravidez se encaixa na segunda opção.

— Não há nada de errado, Ells. Mas tive um motivo para ligar. Será que poderíamos jantar ou almoçar juntas em breve?

Ouço a frustração em seu suspiro. Ela sabe que não contarei o que quer que esteja acontecendo.

— É claro.

— Ótimo. Que tal amanhã?

— Na sua casa ou na minha?

De jeito nenhum que vou para a casa dela.

— Na minha.

Ela ri.

— Imaginei.

Na minha casa, não vou me deparar com um homem de cabelo escuro e olhos verdes que me irrita ou acaba me deixando nua.

Evitar é a única opção.

Entro na minha garagem, me sentindo perdida.

Não sei como me sinto quanto a isso. Esse é o meu lar. O lugar onde minhas raízes estão plantadas e onde eu deveria estar segura — agora não estou. O terreno se moveu, me fazendo cambalear. A sugestão de Sierra de eu ir embora de Sugarloaf pesa com força na minha mente.

Desde que mencionou, não consigo parar de pensar se ela está certa. A hora certa pode ser agora.

Esse bebê me forçou a pensar no que tem me mantido aqui. Minha mãe foi embora, e essa era a fazenda de sua família. Minha irmã também foi embora sem nem pensar duas vezes. Então, por que estou lutando tanto para me agarrar a isso?

Quando saio do carro, envolvo os braços ao redor do meu corpo, apertando meu suéter, e vou em direção ao celeiro. Não está frio, mas estou arrepiada até a espinha.

— Syd — Declan chama atrás de mim, forçando-me a parar.

Está ficando muito difícil evitar o homem quando ele continua aparecendo.

Viro no lugar.

— Bem, esse é o oposto de se manter longe, sabe?

Seus lábios formam um sorrisinho que sempre amei. Ele tem as melhores expressões faciais. Já vi todas elas, as memorizei e as trouxe à tona quando algo me lembrava dele.

Essa sempre foi a minha favorita. Expressava tanta coisa com o franzir de seu lábio e o brilho malicioso em seu olhar, como se soubesse que a maldade que está causando é irritante, mas precisasse fazer do mesmo jeito. Seu rosto sempre o entregou — pelo menos, para mim.

— Eu queria esclarecer o que aconteceu na outra noite.

— Acho que você disse tudo, Dec.

Ele se aproxima, e eu congelo no lugar. Se ele me tocar, minha determinação pode falhar, então me lembro de suas palavras. A forma como ele as disse sem qualquer espaço para mal-entendidos. Ele não quer uma esposa ou um bebê ou qualquer coisa que o prendesse a outra pessoa.

— Sim, mas eu te magoei.

Dou um passo para trás.

— Não é a primeira vez.

E então seus lindos olhos verdes se entristecem, e meu coração dói. Ele ainda me faz sentir coisas que sei que são idiotas. Eu deveria ser imune à tristeza, já que foi o que ele tanto me causou, e eu deveria tê-lo superado por completo a essa altura.

— Espero que seja a última. — A sinceridade em sua voz me faz querer pular em seus braços, mas não o faço.

Permaneço fixa no lugar e apenas assinto.

— Também espero, mas eu duvido.

— E eu aqui pensando que você era de perdoar.

Dou de ombros.

— Já fui.

— Mas eu a quebrei.

— Não, você a deixou.

Ele passa as mãos pelo cabelo escuro, e solta um grunhido baixo.

— De novo, parece que não temos uma conversa onde não me sinto um maldito babaca.

Seguro um comentário sobre a carapuça servir. Não quero brigar com ele, agora não, pelo menos. Acabei de ver nosso bebê, estou preocupada demais sobre o futuro, e confusa demais se consigo aguentar as decisões que tenho que tomar.

— Quer caminhar comigo? Tenho que verificar algumas coisas.

A tensão parece sumir de seus ombros, e ele assente.

— Eu gostaria disso.

Começamos a andar na direção do grande celeiro nos fundos da propriedade que abriga o escritório de Jimmy. Não faço ideia se ele está aqui ou lá nos campos, mas ele normalmente fica mexendo em diversas papeladas e fazendo encomendas a essa hora do dia.

Jimmy é a melhor coisa nessa fazenda, e ele pode ser o motivo mais forte pelo qual nunca a vendi.

— Como você está? — Declan pergunta, depois de alguns minutos de um silêncio amigável.

— Estou bem. E você?

— Estou em Sugarloaf.

Rio uma vez.

— Sim, isso é verdade. Não foi sempre tão ruim, sabe.

Os olhos de Declan encontram os meus, um milhão de lembranças passam entre nós naquele olhar.

— Não... não era, mas não é mais a mesma coisa.

Tento desacelerar minha pulsação rápida e moderar meus comentários mordazes. A maior parte de Sugarloaf permaneceu a mesma, é ele quem está diferente.

— Nada permanece igual.

— Não, e algumas coisas mudam de formas para as quais não nos preparamos. — Sua voz é suave e repleta de compreensão.

— É, mas mudar é bom, certo?

Declan ergue um ombro e então estala o pescoço.

— Acho que mudança é inevitável, mas quem é que sabe? Eu voltei pra cá, e algumas coisas estão iguais a quando eu tinha oito anos, algumas coisas, ou talvez apenas as pessoas não sejam nada como eu me lembrava.

— Oito anos é muito tempo — falo, e então me sinto como uma boba. Oito anos é o tempo em que tenho vivido no passado.

— É, é sim.

— Declan?

— Sim?

— Você me amava de verdade? O que compartilhamos foi apenas um conto de fadas que duas crianças despedaçadas contaram para si mesmas?

Ele nega com a cabeça e estende a mão para segurar meu pulso.

— O que nós tivemos foi real.

Meu estômago revira, e engulo as palavras que quero perguntar. Não nos fará nenhum bem ficar dando voltas e mais voltas. Nós dois precisamos seguir em frente e parar de andar para trás.

Luto para manter minha respiração estável, porque as mãos dele estão quentes contra a minha pele, e juro que o sinto nos meus ossos. Declan de alguma forma me marcou, forçando meu corpo, alma, e coração a reconhecê-lo como se nós fôssemos um.

Ele solta seu agarre e encontro as palavras que precisam ser ditas.

— Eu te amava também. Quero que saiba disso. Nunca realmente parei de te amar, mesmo que tenha ouvido em alto e bom tom o que você quer.

— Eu sempre vou te amar, Syd.

Apenas não o bastante.

Mas não posso mudar isso, e há um futuro muito real chegando. O bebê é o que importa, e preciso fazer os meus planos.

— E eu quero que você seja feliz. Quero que nós dois sejamos. Acho que você e eu precisamos parar de revisitar o passado e remoê-lo como se alguma coisa fosse mudar. Essa é a única maneira de sobrevivermos ao ficar perto um do outro. Você acha que isso é possível?

Declan fica em silêncio, seu olhar fixo no chão, e coloca as mãos nos bolsos quando começamos a andar outra vez.

— Ainda acho que precisamos conversar sobre o que aconteceu alguns meses atrás.

Engulo em seco, sem querer reviver nada daquilo.

— Não há nada a dizer, Dec. Foi... eu não sei, anos de sentimentos reprimidos que transbordaram. Uma conclusão?

— Quando eu te deixei... quando nós... quando...

— Quando o quê? — Forço as palavras a saírem dos meus lábios.

— Antes de tudo desmoronar.

— Por favor, pare dizer coisas assim — digo. — Por favor, pare de agir como se nós tivéssemos desmoronado. É insultante e injusto. Não foi mútuo. Não foi como se o tempo e a distância tivessem nos levado a caminhos diferentes. Nós estávamos *apaixonados*, Declan. Eu te amava. Você jurou que me amava e que queria *casar* comigo. Nós não éramos crianças... bem, nós éramos, mas tínhamos idade o suficiente para sermos sinceros. Quando você diz que nós simplesmente... desmoronamos é mentira, e nós dois sabemos disso.

— Lá se vai o não revisitar o passado.

— Eu não toquei no assunto. Foi você, e estou te pedindo para ao menos ser sincero.

— Tudo bem. Quando eu te deixei. Quando arranquei os nossos corações dos nossos peitos e passei por cima deles com a porra de um rolo compressor. Está melhor assim, Feijãozinho?

Meu coração dispara ainda mais rápido quando o apelido que ele e Jimmy me deram tantos anos atrás sai de seus lábios.

— Pelo menos é sincero.

O fato de me controlar por anos no tribunal e com as vítimas é o único motivo para eu não irromper em lágrimas. Afasto minhas emoções, mantendo-me quase anestesiada a tudo. Eu amava esse homem com tudo o que eu era, e em alguma parte do meu coração, ainda amo.

— E agora? Agora que eu falei, o que muda? — Declan me olha em busca de uma resposta que não posso dar.

— Eu não sei.

— Não quero continuar fazendo isso — admite, com um quê de derrota. — Não quero ficar dando voltas e voltas com você. Você e eu costumávamos ser tão... simples.

Suspiro fundo pelo nariz.

— Nós éramos.

Ele se aproxima.

— Poderíamos ser de novo.

Há uma parte de mim que quer exatamente isso. A amizade que compartilhávamos era forte, e se pudéssemos voltar a isso, com certeza poderíamos concordar em alguma espécie de vida para nosso filho. Declan pode não querer filhos, mas não acredito que ele abandonaria a ele ou a ela.

Mas repetindo, não conheço esse novo Declan.

— Você quer que sejamos amigos? Como seria isso?

— Poderia ser o que quer que a gente quisesse que fosse. Não há regras, mas você tem razão em deixar para trás e começar de novo. Voltar aqui é difícil. Sinto meu pai e o passado nos meus ombros, e não consigo, Syd. Preciso que a gente fique bem. Podemos encontrar uma forma de coexistirmos em Sugarloaf e sermos ao menos amigos?

Deus, eu quero dizer sim. Quero me jogar em seus braços e abraçar o melhor amigo que perdi, mas ele me pedir isso responde cada pergunta que fiz desde que saí da casa de Sierra.

Isso nunca vai acabar para mim. Seis meses de Declan aparecendo ou nós dois nos esbarrando é inevitável. Você não pode se esconder de alguém em uma cidade como Sugarloaf, e eu nunca poderia me esconder de Declan, mesmo que tentasse.

Ele pode acreditar que nós conseguiremos deixar tudo de lado e sermos amigos, mas sei que isso não é algo que eu teria a capacidade de fazer. No meu coração, sei que preciso ser tudo ou nada com ele. Não há meios-termos ou zonas neutras.

— Não sei se podemos.
— Por quê?
— Porque estou indo embora de Sugarloaf.

Capítulo 10

Declan

— Você o quê? — pergunto, minha garganta ficando seca e apertada por conta da emoção.

— Eu vou vender a fazenda. É demais para mim, e quero me mudar para mais perto da minha mãe e Sierra.

Não consigo explicar os sentimentos que estão se agitando dentro de mim ou o porquê sequer me incomodaria ela ir embora. Sydney não precisa ficar aqui, e ainda assim, a ideia de ela vender essa fazenda causa um aperto no meu peito.

O lugar dela é aqui. Ela foi criada aqui — *nós* fomos criados aqui.

Cada toque. Cada lembrança. Cada olhar e beijo, tudo foi feito aqui, e agora... ela vai embora?

Sei que não tenho direito de sentir coisa alguma. Eu fui embora. Desisti dela e tive que viver com essa escolha, mas está me matando pensar em qualquer outra pessoa nessa casa.

— Quando? — É a única pergunta que me permito fazer.

— Assim que eu puder. Era algo que eu faria anos atrás, mas não fiz. Agora, é a hora certa. Vou conversar com Jimmy, e então, não sei, acho que vou começar a movimentar as coisas.

— E quanto ao legado da sua família?

Foi isso o que sempre a manteve enraizada aqui. Que um dia ela poderia passar isso para os seus filhos. Não é só um terreno, é sua herança, o que Sydney sempre prezou. Ela quer que seus filhos saibam que vieram de algum lugar.

Por toda a sua vida, ela teve dificuldade com a ausência do pai, e essa fazenda lhe deu um lugar a que se segurar.

Eu entendi, mesmo quando ela mesma não o fez, e é por isso que não entendo como ela pode deixar isso para trás.

— Minha família não está mais em Sugarloaf. Estou vivendo por qual legado?

— Você não pode ir embora, esse é o seu lar.

Ela franze o lábio, e então dá uma risada suave.

— Você foi. Deixou essa cidade, onde sua família cultiva pelo mesmo tempo da minha, e nem sequer piscou. Por que é difícil para você entender que eu iria querer ir embora desse lugar, onde estou praticamente sozinha, e me mudar para mais perto da minha irmã, que pode ficar ao meu lado?

— Por que agora?

Ela afasta o olhar e suspira.

— Houve algumas... mudanças na minha vida, e é a coisa certa a se fazer. Sinceramente, Dec, é uma coisa boa para mim.

O que eu não daria para voltar no tempo e consertar tudo. Passo as mãos pelo cabelo, tentando pensar no que dizer.

— Você tem certeza?

Ela assente.

— Está na hora de seguir em frente, não acha?

Quero gritar, segurá-la nos braços, e beijá-la até que nenhum de nós possa se soltar. Mas se ela quer ir embora, não tenho direito de impedi-la. Perdi esse privilégio anos atrás, e seria o maior imbecil que já existiu se eu dissesse que ela deveria ficar quando não tenho a menor intenção de fazer o mesmo.

Sydney e eu nunca poderemos ficar juntos.

Ainda assim, estou aqui para me redimir. Quero que encontremos uma forma de ultrapassar a mágoa e a raiva, e talvez revelar um pouco de compreensão.

— Me deixa te ajudar — falo, antes de saber o que estou fazendo.

— Me ajudar? Como?

As engrenagens começam a girar depressa. Não sei exatamente como ajudá-la, então começo a andar de um lado para o outro, pensando em um plano. Estalo os dedos quando tenho uma ideia.

— Tenho um amigo que é investidor imobiliário. Ele vai ajudar a vender a fazenda da minha família quando o purgatório de dois anos terminar. Milo é um gênio que conhece o mercado e a melhor forma de apresentar a propriedade por um preço alto. Se o seu legado não é morar aqui, você pode ao menos ganhar o máximo de dinheiro possível.

— Meu objetivo é vender rápido — Sydney diz, e então morde o lábio inferior.

Ignoro a vontade de passar o dedo por sua boca e puxar aquele lábio de seu agarre antes de beijá-la. Enfio as mãos nos bolsos para evitar fazer exatamente isso.

— Eu posso ajudar, Syd.

Ela me observa, curiosa, e então expira pelo nariz.

— Isso vai contra o meu plano de te evitar a todo custo.

Evitá-la quando ela está tão perto assim é como dizer aos meus pulmões para não respirarem. Posso tentar por um tempo, mas, cedo ou tarde, a necessidade é forte demais para resistir.

— E achei que você quisesse ser cortês. — Tento soar com um tom casual, esperando que tenha colado.

— Sim, bem, parece que civilidade não é com a gente.

— Não, acho que não, mas esse poderia ser o ponto de partida da nossa nova amizade.

Sydney chuta uma pedra, jogando-a para a estrada de terra.

— É triste, não é?

— O quê?

— Que nós fomos reduzidos a isso. Duas pessoas que costumavam dizer tudo uma para a outra agora estão com dificuldade de conversar. Não havia um assunto proibido, e eu costumava te conhecer tão bem quanto eu mesma — Sydney diz, ainda não me encarando.

Porém, não preciso ver seu rosto para saber o que estará ali. Seus olhos azuis ficarão um pouco opacos, como ficam quando ela está triste, e ela vai estar mordendo o interior da bochecha. Ainda assim, espero, porque quero que ela me veja.

Depois de ela me evitar por alguns segundos, me aproximo e uso o dedo para erguer seu queixo, a forçando a parar de encarar o chão.

Nossos olhares se encontram, e juro que é como se eu voltasse no tempo. Ela ainda tem essa linda inocência que me atravessa, me lembrando da forma como me apaixonei por ela sem ter sequer uma chance de impedir isso.

Posso não querer me casar ou ter filhos, mas meu coração e minha alma sempre pertenceram a uma pessoa, e nunca serão de mais ninguém.

— Acho que talvez a gente ainda se conheça dessa maneira.

Ela nega com a cabeça.

— Eu não te conheço mais. Não conheço esse homem que não quer amar ou não pode amar. Você não era assim.

— Sou quem precisei me tornar.

A realidade é que este provavelmente é quem eu sempre deveria ser. Amar Sydney foi um erro, porque ela sempre mereceu muito mais do que eu poderia oferecer. O acidente arrancou uma parte de mim e ter que me segurar por todos esses anos, deixando isso me consumir, me forçou a me tornar uma pessoa endurecida.

— Por quê?

Olho para ela, meu coração martelando enquanto tento contar a ela sem dizer.

— Um único momento pode definir toda uma vida. Meu pai me ensinou essa lição, e eu não podia ficar aqui e te machucar.

Não há muito mais que eu possa dizer, porque nada daquilo foi justo. Foi horrível, e destruí o que poderia ser uma vida muito diferente. Agora, porém, com essa nova esperança de um pedacinho dela — só um pedacinho —, sei que preciso lhe contar tudo sobre o passado.

— E a decisão que você tomou naquele momento definiu a minha vida.

— Eu estava te deixando livre.

Ela dá uma risada e se afasta.

— Você me conhecia melhor do que isso. Sabia que o meu coração seria sempre e eternamente seu.

— Eu não o merecia.

— Talvez não, mas — ela dá de ombros — era seu, e acho que a pior parte é que... ainda é.

Minha garganta está se fechando enquanto a encaro, querendo confessar que meu coração é dela também. Se eu fosse um homem melhor, cairia de joelhos, imploraria para ela me perdoar, e prometeria o que ela quisesse. Mas ela está indo embora. Quer vender a fazenda e seguir com uma vida da qual nunca farei parte. Embora o que eu disse para Connor tenha sido duro, era a verdade. Não quero uma esposa e filhos.

Ela quer.

Seria cruel lhe tirar outra coisa.

Sydney me observa antes de dar um sorriso triste.

— Eu aceito a sua ajuda para vender a fazenda. Quero sair daqui assim que possível.

Ela se vira e segue na direção do celeiro, e eu a deixo ir — como sempre.

— Tio Declan! — Ouço a voz de Hadley do outro lado da porta da minha casa em formato de caixa.

Um trailer teria sido melhor do que isso.

Saio da cama, que é praticamente minha única opção para sentar, e abro a porta.

Seu longo cabelo castanho está preso em um coque, e ela está sorrindo como se eu fosse a melhor pessoa do mundo.

— E aí, monstrinha?

— Não sou uma monstrinha.

— Não? — Olho para o relógio. — Quem mais bate na porta dos outros às sete da manhã?

— Sua sobrinha favorita. — Hadley pisca depressa e apoia as mãos sob o queixo.

Meu irmão vai ter que ralar muito com essa aqui.

— Você é encrenca.

Ela sorri.

— O papai perguntou se você poderia ir lá em casa. Disse que você iria querer comer e depois nós desceríamos para o riacho e pescar. Eu nunca fui pescar. Ele disse que você ama pescar e que você pegou o maior de todos. É verdade? Você pesca bem?

Hadley fala tão rápido que não tenho certeza do que ela está perguntando ou o que eu deveria responder primeiro.

— Uh.

— Quando você vai, você tem sua própria vara? Eu quero uma vara. Você pode vir pescar com a gente, tio Declan?

Meus olhos estão arregalados enquanto encaro esse ser humano minúsculo em medidas iguais de terror absoluto e admiração.

— Tenho certeza de que tenho que ir pescar. Já que você nunca foi, e sou muito melhor nisso do que o seu pai, vou te ensinar como fazer.

Ela dá um sorriso enorme.

— Eu sabia que você viria! — Hadley segura a minha mão, me tirando da casinha minúscula. — Vamos! Temos que comer e depois eu tenho que escovar os dentes e *depois* nós podemos ir!

Pego meu moletom enquanto ela me arrasta na direção da casa principal. Não estou muito longe dela, já que precisava do Wi-Fi para continuar trabalhando e não ferrar minha empresa completamente, mas chegamos lá em tempo recorde, já que ela está praticamente correndo.

— Sabia que ela era a melhor opção — Connor fala, com um sorriso.

— Legal. Usando a criança para conseguir o que quer.

Connor nem parece arrependido.

— Ela é irresistível, aposto na coisa certa.

— Pescar?

Ele dá de ombros.

— Faz um bom tempo desde que fui para aquele lado da propriedade, e imaginei que também poderíamos verificar as coisas enquanto mostro minha superioridade sobre meu irmão mais velho e mais idiota.

— Tanto faz. Quer apostar?

— Claro, o perdedor tem que passar o dia de amanhã capinando o campo.

— Tá valendo.

Não preciso pensar nisso, porque Connor é um pescador de merda. Ele fala demais, não consegue ficar parado, e não faz ideia de qual isca usar. Toda vez que meu irmão e eu saíamos, ele voltava para casa de mãos vazias. Isso é como tirar doce de criança.

Apertamos as mãos, e Hadley entra na sala, saltitando.

— Comer e depois pescar!

Connor ri e segue sua filha para dentro da cozinha. Ele anda até Ellie, envolvendo o braço ao seu redor, enquanto ela está de pé no fogão segurando uma espátula. É um momento carinhoso que faz meu estômago revirar. Ela apoia a mão em seu antebraço, e ele dá um beijo suave em sua têmpora.

Viro-me para olhar para Hadley, que me encara com desconfiança.

— No que você está pensando? — pergunto, sabendo que o sangue Arrowood corre em suas veias e que isso significa problema.

— Por que você parece triste?

— Triste?

Ela assente e envolve os braços ao redor das minhas pernas, me abraçando com toda a sua força.

— Não fique triste, tio Declan. Eu te amo.

Sorrio, porque quem diabos poderia não amar essa criança? Não sei como o homem que a criou até Connor as encontrar não achava que ela era a coisa mais preciosa do mundo. Hadley foi o presente que essa família nunca soube como pedir.

— Eu também te amo. — Puxo-a para os meus braços e então a giro. — Mas isso não significa que não vou te rodar até você vomitar!

Ela ri, girando nos meus braços, sua alegria contagiosa.

— Tudo bem, nada de vomitar antes das dez, por favor — Ellie diz, colocando a mão no meu ombro.

— Pegos — falo, de maneira conspiratória para Hadley.

Coloco-a no chão e então me sento à mesa.

— Que horas vocês vão voltar? — Ellie pergunta, colocando um prato de bacon e outro de panquecas na mesa.

— No final da tarde. Eu preciso sair vitorioso — Connor informa.

Ellie o encara com curiosidade.

— Por quê?

— Porque eu vou dar uma lição no meu irmão e tirar um dia de folga.

Eu bufo.

— Por favor.

— Eu nem quero saber.

Ellie se senta e nós todos começamos a comer.

Não consigo me lembrar da última vez que tive algo tão normal assim. Talvez quando a minha mãe estava viva? Ela fazia o café da manhã todo domingo e nos forçava a nos sentar como uma família. Eu odiava isso quando criança e então assim que acabou e nós não a tínhamos mais, desejei viver aqueles dias de novo.

— Quais são os seus planos hoje, Ellie? — pergunto.

Ela morde um pedaço de bacon e dá um sorriso caloroso.

— Eu vou ver a Sydney. Temos que comprar vestidos, passar na floricultura, e fazer algumas outras coisas. Eu queria ir mais cedo, mas ela me mandou uma mensagem dizendo que não estava se sentindo muito bem e perguntou se podíamos adiar. Então, todos vocês ganham café da manhã.

— Ela parecia bem ontem — falo, sem conseguir ignorar ela dizer que Syd não estava bem. — Você quer que eu ligue para ela ou vá lá?

Ellie franze as sobrancelhas.

— Não, tenho certeza de que ela está bem. Ela não cancelou ou algo assim.

Connor senta em sua cadeira com um sorriso.

Eu vou dar uma surra nele.

— Só estou me certificando de que Ellie não corra o risco de pegar seja lá o que a Syd tenha — tento disfarçar meu deslize.

— É claro que sim.

Esfrego o dedo do meio na lateral do meu nariz e Connor ri.

O restante da refeição passa com Hadley insistindo para comermos mais rápido para irmos pescar. Ellie, que é uma deusa e não queria que nos esquecêssemos de comer o almoço mais tarde, nos entrega uma cesta cheia de bebidas e comidas. Depois de beijar Hadley e Connor, ela chama meu nome, me impedindo de segui-los.

— Sim?

— Está tudo bem? Sei que você voltar aqui é difícil, e eu só... eu me preocupo.

Sorrio para minha futura cunhada.

— Eu estou bem.

— Sério? Sydney mencionou que você e ela vão tentar ser amigos e, bem, é nobre e ótimo, mas vocês têm uma história.

Assinto.

— Nós temos, mas não posso ficar nessa cidade e evitá-la. Pensei que esse seria um bom meio-termo.

Sem dizer que estou lutando contra a vontade de ir até ela o tempo todo. Pelo menos agora eu tenho um motivo. Se formos amigos, podemos nos ver, e planejo fazer exatamente isso.

— Tome cuidado com ela, Dec. Vocês dois querem coisas muito diferentes, e me preocupo que vocês acabem machucados. — Ela ergue a mão quando abro a boca. — Não, não quero dizer mais nada e prometo não me meter, mas eu amo os dois. Você é minha família, e Syd é como uma irmã para mim.

— Ei! Fracassado! Está querendo ir fazer compras ou vem pescar? — Connor grita, balançando Hadley nos braços.

Ellie suspira e então revira os olhos.

— Vai lá, me desculpe e espero que não pense que passei dos limites.

Inclino-me e beijo sua bochecha.

— Acho que nós todos temos muita sorte por você fazer parte das nossas vidas.

Ela cora e depois me empurra. Corro na direção do celeiro, e Connor grita:

— Acho que deveríamos pegar os quadriciclos.

Dou uma risada rouca.

— Não ando de quadriciclo desde que éramos crianças.

— Você acha que esqueceu como andar de repente em oito anos?

— Não, e vou apostar uma corrida com você até lá.

Ele olha para Hadley.

— Se eu não estivesse com a minha filha no colo, eu aceitaria e te daria uma surra sem perder o sorriso.

Idiota convencido.

— Você está esquecendo quem te vence em tudo.

— Devo discordar.

— Fale uma coisa.

— Mulheres.

Cubro os olhos de Hadley com uma das mãos e dou o dedo para ele com a outra.

— Bem que você queria.

— Eu estou noivo, e você está...

— Eu vou te matar.

Ele ri e joga para mim a chave do quadriciclo.

— Você teria que me alcançar primeiro.

Nós chegamos ao riacho, o vento soprando e levemente frio, mas há uma adrenalina que não sinto há muito tempo correndo pelas minhas veias. Havia coisas sobre o campo que eu amava. O ar puro, as árvores, o céu noturno, e o fato de que estar ao ar livre era sempre preferível.

Quando estou em casa, essa não é a minha realidade.

Eu trabalho.

Eu trabalho, trabalho e trabalho, mais no meu escritório, parando apenas para comer e arrastar meu traseiro de volta para o apartamento.

Mas me contento com isso, então deixo essa parte de mim para trás.

Parece que os próximos seis meses vão me lembrar de tudo o que eu costumava amar.

Uma vez que Hadley está pronta com sua vara e todos nós temos nossas áreas no riacho, Connor vem até mim.

— Você realmente a fez ganhar o dia vindo aqui — ele diz, com um quê de gratidão em sua voz.

— Ela é minha sobrinha, e é meu trabalho ganhar meu lugar como o favorito.

— Você quer dizer antes de Sean chegar aqui e mimá-la, fazendo você abaixar a bola?

Assinto.

— Exatamente.

Sean é o cara amoroso. As crianças o amam, as garotas se jogam aos seus pés, e não há uma mulher viva que ele não possa encantar. Não tenho dúvida alguma de que ele será o favorito de Hadley.

— Como está indo o trabalho? — Connor pergunta.

— Tudo bem, tenho que ir à cidade semana que vem. Tem algumas reuniões que não posso perder, e preciso ver um cara para Sydney.

Ele lança sua linha.

— O que tem a Syd?

— Imagino que ela tenha contado para todo mundo, mas está vendendo a fazenda.

A vara caindo de suas mãos me diz que não.

— Ela nunca vai vender a fazenda.

— Bem, ela está vendendo.

— Que porra você fez, Declan? — Sua voz sai baixa e meu nome é dito entredentes.

É claro, deve ser minha culpa essa merda. Tudo é minha culpa, se você perguntar a eles. Dou um passo para trás, ficando imediatamente com raiva e frustrado por ele ter chegado a essa conclusão.

— Não poderia ser decisão dela, certo? Tem que ser algo que eu fiz?

Connor pega a vara e lança a linha de novo.

— Eu não falei isso, mas… é a Syd. Essa é a casa dela. Ela não iria embora por um impulso.

— Ela disse que quer ficar mais perto de Sierra e sua família.

Ele nega com a cabeça e depois esfrega a testa.

— Isso não faz sentido.

— Eu disse a mesma coisa.

— E agora você está a ajudando?

— Não tenho certeza — admito. — Não sei se isso é realmente o que ela quer, mas a oferta saiu da minha boca antes que eu pudesse impedir.

Ele ri.

— É claro que sim. Você a ama. Sempre a amou, e voltou para a cidade que tem tudo a ver com você e Syd.

— O que isso quer dizer?

Meu irmão mais novo bufa e me encara como se eu fosse um idiota.

— Significa que você não pode evitar quando se trata da Sydney. Significa que estar perto dela te força a fazer merdas idiotas, tipo ir para o seu lago e transar com ela alguns meses atrás. — Ele continua quando abro a boca: — É, sei tudo sobre isso.

— Ela não é minha mais.

— Não, mas nenhum de vocês dois parece entender isso. Sei que é meu irmão mais velho e que sabe de tudo, mas você é um idiota. Aquela mulher é a melhor coisa que você teve na vida.

— E você sabe muito bem por que tive que deixá-la.

Ele olha para Hadley, que está sorrindo enquanto gira a manivela.

— Eu sei, mas embora não queira uma esposa e filhos, você quer Sydney.

— Bem, acho que nós dois sabemos que, na vida, você nem sempre consegue o que quer.

— Não, mas podemos ter alguma coisa. — Connor lança sua linha e continua: — Não estamos destinados a sofrer para sempre. É uma escolha que você está fazendo.

Talvez ele esteja certo. Fiz muitas escolhas ao longo dos últimos anos que eu gostaria de voltar atrás e mudar, mas talvez voltar aqui não seja sobre mudar as coisas, mas fazer o que é certo.

— O que você acha de contar à Sydney sobre o que aconteceu no acidente?

Connor pisca algumas vezes e então dá de ombros.

— Você quer dizer a história toda?

— Sim, acho que talvez... talvez isso possa melhorar as coisas. Talvez ela entendesse por que fui embora, e possamos ser amigos.

— Não sei, quero dizer, tenho certeza de que Ellie não se importaria. Syd é a melhor amiga dela, mas acho que não doeria. Se você nunca vai ceder aos óbvios sentimentos que vocês dois têm, então poderia muito bem colocar um ponto final.

— Nunca neguei que a amo.

Ele solta um suspiro profundo.

— Não, mas você não faz nada sobre isso também. Você a ama, mas não vai tentar de novo? Você a ama, mas não vai lutar por ela? Você a deixa ir, mas também está se segurando.

— Como eu estou me segurando? — falo, com um pouco mais de raiva do que queria.

Connor dá uma risada.

— Você apareceu dois meses atrás e foi conversar, pulou na garota e voltou com manchas de grama. Amando-a ou não, Declan. Você não pode ter as duas coisas. Eu quero que vocês sejam amigos? Claro. Acho que é possível? Porra nenhuma. Você ama a Sydney com mais do que seu coração. Se Ellie e eu não pudéssemos ficar juntos, eu não conseguiria vê-la.

Caramba, ela era casada, e eu não consegui aguentar. Eu a tive por uma noite. Uma. Você teve a Sydney por anos. Me fale que pensar nela com algum outro cara não te deixa louco.

Não consigo.

Caramba, não consigo nem imaginar.

— Como isso muda alguma coisa?

Ele balança a cabeça, negando, e depois coloca a mão no meu ombro.

— Isso, irmão, é o que você precisa descobrir.

Capítulo 11

Sydney

Meu escritório está uma bagunça — assim como a minha vida. É tarde da noite de sexta e enquanto minha assistente, Devney, está saindo para um encontro, estou presa aqui tentando rever um depoimento.

É tão sexy ser eu.

— Tem certeza de que não quer que eu fique? — Devney pergunta, entrando no meu escritório.

— Não, está tudo bem.

Ela me lança um olhar astuto que diz que não está tudo bem, mas não vou forçá-la a ficar. Devney tem sido minha assistente pelos últimos dois anos e é uma verdadeira benção. Esse escritório está sempre funcionando em perfeita harmonia, porque ela não permite que ninguém seja improdutivo, inclusive eu. Agradeço a Deus porque, quando ela voltou da faculdade, escolheu ficar aqui. Ela tem sido uma ótima amiga, e uma funcionária exemplar.

— Posso dizer ao Oliver que preciso cancelar.

O namorado dela a leva para um encontro uma vez por mês, não importa o que aconteça, e é esta noite. Levanto-me depressa.

— De jeito nenhum! Você vai ao seu encontro e vai ser feliz, caramba.

Ela revira os olhos.

— Você está uma bagunça.

— Não diga.

Ela não sabe nem da metade.

Devney se vira e depois para.

— Ei, você está se sentindo bem?

— Sim, por quê?

— Você só parece… estranha. É porque Declan voltou?

Jogo-me de novo na cadeira e bufo.

— Por que todo mundo presume que é por causa dele? Eu sou tão óbvia assim?

Devney é melhor amiga de Sean Arrowood e, já que ele e Declan são os mais próximos em idade, nós todos acabamos passando muito tempo juntos no ensino médio. Embora Devney e eu não sejamos nada parecidas, sempre nos demos bem.

— Não é. — Ela dá um sorriso suave. — Mas não consigo imaginar que seja fácil para você, Syd. Você o amou por muito tempo, e Sean perguntou como você estava lidando com isso quando falei com ele mais cedo.

Ótimo, sou o assunto das conversas da família.

— Declan e eu temos nossos problemas, que são o que são. Não estou estranha por causa dele. — Estou estranha porque estou grávida.

Ouvimos uma batida na porta do escritório e ela franze o cenho.

— Que esquisito.

— Estamos esperando alguém?

— Não, mas...

Levanto-me de novo, e nós duas caminhamos até a porta. Meu escritório é conhecido por ser não apenas um lugar de ótimos aconselhamentos jurídicos, mas também um porto seguro para as pessoas. Minha irmã costumava brincar que a minha firma de advocacia era mais um abrigo do que qualquer outra coisa, porque não rejeito ninguém, se eu puder ajudar. Há muitas mulheres que sofrem em relacionamentos e não sentem que existe uma saída — eu sou a saída.

Quando abro a porta, quase caio na gargalhada. É alguém perdido mesmo, mas ninguém em necessidade.

— Declan.

Ele sorri.

— Sydney. — Os olhos dele se movem para a pessoa ao meu lado, e seu sorriso é tão largo que poderia quebrar seu rosto. — Devney! Não brinca, porra! Você trabalha aqui? Como eu não sabia disso?

Ela corre na direção dele, os braços envolvendo seu pescoço, enquanto ele a aperta.

— Sim, seu grande idiota! Estou aqui há alguns anos, mas você saberia disso se arranjasse tempo para me ver desde que voltou. — Devney dá um tapa em seu peito e ele a coloca no chão.

— Desculpe.

— Não estou surpresa.

Declan a puxa para o lado e beija o topo de sua cabeça.

— Senti falta desse nível de sinceridade.

Ela sai de seus braços, se vira para encará-lo e apoia as mãos nos quadris. Oh, ele se deu mal agora.

— Sério? Então, você gostaria que eu fosse honesta sobre o quanto você não presta e precisa ter o seu traseiro fofo chutado para fora daqui?

— O que eu fiz agora?

— Você — ela cutuca o peito dele — foi um babaca.

Declan olha para mim, mas ergo as mãos. Acontece que eu concordo com a minha amiga de cabeça quente. Ele é um grande babaca.

— Devo presumir que você está falando da Syd?

— Você foi um babaca com mais mulheres nessa cidade que eu deveria saber?

Dou um sorrisinho, e ele franze os lábios.

— Não, mas ela te disse que estou a ajudando a vender a fazenda? Não sou tão babaca assim.

Oh, minha nossa, o homem pode arruinar mais alguma coisa para mim?

Solto um longo suspiro e espero a ficha cair assim que Devney entender. Claro, seu corpo começa a girar, e então seu olhar está sobre mim.

— Você o quê?

— Eu ainda não tinha contado para ninguém — falo para ele, entredentes.

— Não olhe para ele. Olhe para mim. Você vai vender a sua fazenda?

— Sim.

— Para comprar outra fazenda em Sugarloaf?

Nego com a cabeça.

— Eu ia conversar sobre isso com você essa semana. Está na hora, Devney. Está na hora de eu seguir em frente.

Vejo a mágoa em seus olhos castanhos, mas ela não comenta mais nada.

— Entendi.

— Nada está certo ainda.

Eu realmente não queria ter essa conversa agora. Planejei contar a cada um dos meus amigos com muito cuidado, e já que Ellie e Devney são minhas amigas mais próximas, eu queria que elas ouvissem de mim. Mudar de cidade não foi uma decisão que tomei de ímpeto, e quero que elas entendam.

Ela olha para Declan e depois para mim.

— Você vai conversar comigo depois?

Assinto.

— É claro. — O celular dela toca com uma notificação, e nós duas sabemos que é Oliver, avisando que está aqui. Cada noite de encontro é a mesma rotina. — Vá. Venha à minha casa amanhã.

Devney ri.

— Pode apostar a sua bunda que eu vou.

Com isso, ela me dá um abraço rápido e depois beija a bochecha de Declan. Quando ela se vai, volto para o meu escritório, planejando deixá-lo na recepção. Não tenho nada a dizer para ele que não sejam palavrões ou ameaças de lesão corporal.

— Sydney, eu não sabia...

Viro-me com um enorme bufo.

— Não sabia que eu não teria contado aos meus amigos ainda? Tenho muitas coisas para organizar antes de me mudar. Essa cidade pode não ter significado nada para você, mas ela tem sido o meu mundo. Queria garantir que tinha cem por cento de certeza antes de contar a eles.

— Entendi agora. Realmente sinto muito.

Nem estou com raiva, apenas chateada. Odeio decepcionar os meus amigos.

— Está tudo bem. O que te traz aqui, Dec?

Seus lábios se abrem, mas ele os fecha antes de começar a andar pela sala.

— Eu vim, porque voltei de Nova York há alguns minutos. Encontrei algumas pessoas e queria te contar o que descobri.

— Okay.

Gesticulo para a cadeira na frente da minha mesa e depois me sento. A mesa entre nós me permite relaxar um pouco. Ele não pode me tocar ou me fazer sentir fraca. Quando estou aqui, estou no comando.

— Milo Huxley é um bom amigo, ele é um investidor imobiliário e gostaria de vir aqui para ver a propriedade. Baseado no que contei, ele acha que pode ajudar, e pode até ele mesmo comprar se enxergar uma oportunidade.

Isso era o que eu queria. Falei para mim mesma dezenas de vezes na última semana que estava pronta para vender a minha fazenda e seguir em frente. Conversei bastante com Jimmy, que parecia quase aliviado por eu estar considerando isso.

Mas agora, não tenho tanta certeza.

Há uma dor no meu peito quando penso em outra pessoa morando lá, sentando no balanço da árvore no quintal, ou chegando perto do lago que guarda lembranças das quais nunca me esquecerei.

— Quando? — consigo dizer a palavra.

— Ele mora em Londres, mas está em Nova York pelos próximos dias para ver a filha. Ele gostaria de vir tão cedo quanto possível depois de amanhã.

Meu estômago revira.

— Dois dias?

— Se você não estiver ocupada.

Não estou ocupada além da minha vida normal de fazenda e em encontrar uma forma de explicar isso para os meus amigos.

Tenho coisas maiores do que a minha tristeza para considerar. Minha vida não será a mesma, e não posso fingir que ficar aqui é a coisa certa.

Um sistema de apoio é do que preciso, e isso é minha mãe e minha irmã. Declan deixou muitíssimo claro que não será isso para mim — ou para ninguém — e um filho não é algo que ele queira.

Então, se esse amigo dele pode me ajudar, não vou ser boba e deixar passar.

— Não, não estou ocupada. Pode ser.

Ele sorri e assente uma vez.

— Tudo bem. Vou combinar tudo.

Declan se levanta, e eu faço o mesmo. Ele parece querer dizer alguma coisa, mas não diz.

Quando ele chega à porta, eu o chamo:

— Dec?

— Sim?

Eu vou ter um filho seu.

Quero que isso melhore.

Eu ainda te amo.

Gostaria de não amar.

Essas não são as palavras que serão ditas.

— Obrigada.

Seu olhar encontra o meu.

— Há pouca coisa que eu não faria por você, Sydney.

Pouca coisa, exceto a única coisa que eu sempre quis.

— Então, você está vendendo a fazenda? — Devney pergunta, enquanto nos sentamos à minha mesa.

— Estou.

Ellie entra na sala, observando nós duas.

— O que eu perdi?

Devney suspira e olha para cima.

— Syd está se mudando.

— Se mudando? — Ellie grita e depois se senta. — O que você quer dizer com se mudando?

As duas vão me fritar, e vim preparada com duas levas de cookies. Coloco uma caneca na frente de cada uma e os cookies no meio. Tenho outro pacote caso precise de reforços.

— Está na hora de eu seguir em frente — falo com naturalidade. Não há nada que nenhuma das duas possa dizer para me fazer mudar de ideia a essa altura. — Eu vou vender a fazenda e me mudar para mais perto de Sierra e da minha mãe.

Ellie estende a mão para segurar a minha.

— Isso é por causa do que aconteceu alguns meses atrás?

— O que aconteceu? — Devney endireita a coluna.

Não contei para ninguém além de Ellie sobre aquilo, porque era vergonhoso. Quando Devney souber, não haverá como escapar de um milhão de perguntas e acusações sobre o verdadeiro motivo de eu estar indo embora. Ela me conhece bem demais.

Ela provavelmente já presume que seja por causa de Declan, mas, quando souber o que aconteceu, não terá dúvida alguma.

É melhor contar logo agora.

— Eu dormi com Declan e pensei que poderia estar grávida. Agora que ele está de volta, parece que não consigo ficar longe dele. Não consigo escapar dele, nem mesmo vendendo minha fazenda. Ele simplesmente está... aqui. Não aguento mais.

— Mas só está aqui por alguns meses — Ellie diz. — Ele deixou bem claro que não vai ficar, então você vai deixar sua casa e seu escritório por causa de uma breve passagem?

Devney assente.

— Sério, Syd, tire umas férias, porra. Não venda a única coisa pela qual você lutou tanto para manter.

Deus, elas não fazem ideia.

— Vocês nem conseguem imaginar. Nenhuma de vocês. Ellie, quando você descobriu que Connor era quem ele era, o que você quis fazer? Correr, certo? Você não queria ficar com ele. Caramba, você brigava com ele o tempo todo. Por quê? Porque os irmãos Arrowood acertam seus alvos. Caramba, toda vez. Eles perfuram o coração e você nunca se recupera. Isso aconteceu comigo quando eu era uma garotinha e aquela flecha ainda está cravada em mim. Preciso ir para longe dele, tenho que retirá-la, seguir em frente, ir para algum lugar onde não haja chance de ele atirar outra vez. E a questão é: ele nem mesmo me quer!

— Syd... — Ellie diz, com tanta piedade que machuca.

— Não, essa é a questão. Ele não me quer. Ele pode me amar. Ele pode querer ser meu amigo, mas eu não posso ser amiga dele, Ellie. Não posso. Não posso falar com ele e não querer beijá-lo. Não posso olhar para ele e não querer me jogar em seus braços. Quando nós dormimos juntos, foi como se a barragem que eu fechei tivesse quebrado. Todas as emoções, o amor, os sentimentos voltaram à tona, e eu vou me afogar — falo, lágrimas se formando nos meus olhos. — É demais. Tenho que ir para um lugar onde eu possa recomeçar.

Ellie corre na minha direção, puxando-me para seus braços quando começo a chorar. Deus, esses hormônios estão loucos.

— Essa não é você — Devney diz, ao meu lado. — Você não foge de uma luta.

Viro-me para ela e nego com a cabeça.

— Às vezes lutar não é a resposta.

— Quando se trata disso, é sim. Ele é o que você quer. Essa fazenda é o que você quer. Não desista.

Ela é louca. Ela não deveria dizer nada.

— Não me faça falar de você desistir ou escolher não lutar.

Sean a ama e ela o ama desde que éramos crianças, e as duas únicas pessoas que parecem não fazer ideia disso são eles mesmos.

— Eu? Que diabos eu fiz? — Devney guincha.

— Nada. Desculpe, eu só me exaltei.

Não vou dizer a ela, e... talvez seja melhor. Amar um Arrowood e não saber que você o ama é bem melhor do que saber e não ser amada de volta.

As duas pegam um cookie enquanto todas nós deixamos o momento esfriar ao nosso redor.

— Não posso fingir que sei o que você está sentindo — Ellie diz. —

Meu relacionamento com Connor não é nada como o seu e de Declan, mas eu te amo, e de forma egoísta, quero que você fique.

Eu sorrio e seguro sua mão.

— Também te amo, Ells. De verdade, e ir embora não é fácil para mim. Morei aqui a minha vida inteira. Essa cidade foi a única que conheci e... — Luto contra as emoções que estão surgindo. Vai ser impossível me afastar dessa casa, mas não posso ficar. — Bem, isso vai quase me matar, mas está na hora.

— Você vai ao menos esperar até depois do casamento? Faltam apenas algumas semanas.

— Eu não perderia por nada no mundo. Você não tem que se preocupar com isso.

Devney segura minha outra mão e a aperta.

— Odeio te ver sofrendo assim. Eu poderia matá-lo por te fazer ir embora da sua casa.

— Ele não tem culpa... eu tenho. Passei a vida esperando um homem voltar e lutar por algo pelo qual ele nunca quis lutar. Declan esclareceu suas intenções quando me deixou. Ele não me ama da forma como eu preciso. Não quer uma família. Ele quer a vida que tem, e eu quero mais. Só demorei um pouco para enxergar isso.

Odeio esconder o motivo maior das minhas amigas, mas não vou dizer a ninguém antes de contar para Declan. Ele merece saber do bebê antes das minhas amigas.

— Não gosto disso, mas entendo sua escolha. Quando você vai embora? — Ellie pergunta.

Ergo um dos ombros.

— Depende de quando eu conseguir vender a casa.

Capítulo 12

Sydney

— Feijãozinho, acho que você está alvoroçada sem motivo — Jimmy fala, enquanto limpo a bancada pela terceira vez.

— Não sei o que eles estão procurando.

— Um terreno, e você tem. Um bem grande.

Sim, mas tenho essa casa também, e ela vale alguma coisa. É onde eu desci as escadas e encontrei Declan esperando para me levar para o baile. Está repleta de lembranças do Natal, e a pequena marca de quando Sierra plantou bananeira e caiu, abrindo um buraco na parede.

Até as lembranças ruins têm uma voz.

— Ainda assim, não quero ninguém julgando mal a casa.

Ele pega a caneca de café e toma um longo gole, me encarando o tempo todo.

Sei que quer dizer alguma coisa.

— Desembuche, Jimmy.

Ele abaixa a caneca antes de cruzar os braços.

— Você acha que está enganando o mundo, Feijãozinho, mas não engana esse velhote. Você tem um segredo.

Oh, Senhor. Hoje não, por favor.

— Tenho muitos segredos.

— Comigo você não tem, não.

Bem, ele errou nisso, mas não vou discutir. A questão é: ele me conhece. Sempre foi bom em enxergar quando eu estava enrolando, e eu nunca conseguia me safar com mentiras ou meias-verdades. Dito isso, também não estou pronta para contar a ele.

— Há uma coisa acontecendo sobre a qual não posso falar agora, mas eu prometo que estou bem e, quando puder te contar, eu contarei.

Jimmy se inclina para trás, me observando.

— Agradeço a sinceridade, mas isso não explica por que você está indo embora da cidade. Esse é o seu lar, querida.

— As pessoas se mudam.

— Sim, mas é isso o que você realmente quer?

Eu teria ficado aqui se não estivesse grávida? Sim, teria, mas estou grávida e não sou burra o bastante para pensar que criar um bebê sozinha será fácil. Preciso de um sistema de apoio. Então, estou fazendo o que preciso.

— Tudo o que eu quero é que você seja feliz. Se isso significa você ir embora daqui, então que seja.

Caminho até ele e beijo sua bochecha.

— Sabe, eu sempre quis que você fosse o meu pai.

Ele me puxa para seus braços, apoiando o queixo na minha cabeça.

— Eu também, Bean, mas o Senhor sabia que precisávamos um do outro, então nos colocou juntos. Seu pai não merecia você. Deixar uma criança daquela forma é impensável. Você é a melhor coisa que já aconteceu comigo, e você nem mesmo é minha.

Nós não conversamos muito sobre Hal Hastings. Ninguém fala sobre ele, porque não há muito mais a ser dito além de que ele era um idiota.

Dou um passo para trás, precisando de um pouco de espaço.

— Você acha que ele se arrepende?

— Ele deveria. Se não, então é ainda mais tolo do que qualquer um de nós pensou que fosse. Ele castigava você e Sierra quando não faziam nada de errado. Como ele pode ficar longe de suas filhas é um mistério para mim, mas não conhecer os netos? Bem, isso é simplesmente imperdoável.

Por um segundo, encho-me de pânico, e me pergunto se ele sabe, mas então me lembro de que a minha irmã tem dois meninos.

— Fico tentando dizer a mim mesma que não importa, mas importa, sim.

— Acho que nenhuma criança pode não se importar quando um pai não a ama. Perdi a minha mãe quando era criança e não a ter na minha vida me mudou. Mas você e Sierra tinham Hal em suas vidas por anos antes de ele ir embora. Você estaria mentindo para si mesma se não achasse que isso a mudaria.

Engulo o medo que surge. É com isso que me estresso a respeito do bebê que estou carregando. Não seria melhor para ele ou ela nunca conhecer Declan ao invés de lidar com o fato de ele não lhe querer?

— Mas isso me tornou melhor?

Ele sorri, tocando minha bochecha.

— Te tornou mais forte.

Engraçado que alguns minutos atrás ele disse que eu estava fugindo.

— Forte o bastante para vender a fazenda.

Ele ri e nega com a cabeça.

— Acho que você me pegou nessa.

A porta de tela dos fundos se abre, e dou um salto antes de ver um cabelo castanho-escuro e olhos verdes que eu reconheceria em qualquer lugar aparecerem.

— Desculpe, eu bati na porta da frente, mas ninguém atendeu.

Declan sorri quando vê Jimmy. Os dois compartilhavam uma ligação que era profunda, e acho que Jimmy teve o coração tão partido quanto o meu quando nos separamos. Ele perdeu Declan da mesma forma que eu.

— Declan Arrowood, em carne e osso. — Jimmy dá um passo em sua direção, braços abertos.

— Sinto muito, Jimmy — Declan diz, o abraçando.

— Você já era um homem. — A voz de Jimmy está embargada de emoção. — Não se desculpe por fazer uma escolha, filho, mesmo que tenha sido a escolha errada.

— Nem todos nós somos tão espertos quanto você.

A risada profunda e rouca de Jimmy preenche o cômodo.

— Uma verdade como nunca ouvi antes.

Declan bate a mão no ombro de Jimmy.

— Como você está se sentindo?

Os dois entram em uma conversa fácil, e eu saio para lhes dar um pouco de privacidade. Vou para o meu quarto, pego meu suéter, e então arrumo algumas coisas.

A cama está no mesmo lugar desde que eu tinha catorze anos e ainda fica de frente para a janela. Sempre quis poder vê-lo se me visitasse à noite. Convenci Jimmy que toda garota deveria ter um lugar de leitura, então transformamos a janela saliente que havia ali em um cantinho que possuía armários e um banco acolchoado. Era perfeito para Declan cair ali.

Ele se lembra das noites em que entrava escondido no meu quarto e me segurava enquanto eu chorava? Olho para fora da janela, observando o carvalho que não tem mais o longo galho pelo qual ele subia. Eu o cortei dois meses depois que ele me deixou, quando percebi que não voltaria.

Viro de costas para a janela e suspiro.

É estranho ter Declan na minha casa de novo. Estou fazendo o que posso para não pensar nisso, mas só me faz pensar mais ainda.

Estar perto dele torna tudo tão real de novo. A dor e o amor que senti por ele não haviam desaparecido, mas eu conseguia viver com isso. Agora, é indiscutível.

Coloco a mão na barriga, pensando na vida que cresce ali. Assim que eu vender a casa, vou contar a ele. Pelo menos, a essa altura, estarei desapegada das lembranças e pronta para a próxima fase da minha vida. Não há razão em ficar em Sugarloaf se não terei uma vida com ele.

Não seria justo com qualquer outro homem que eu conhecesse. As lembranças que me perseguem estão nessa casa, nessa cidade, nesse quarto. Preciso me libertar disso para que eu possa seguir em frente.

— Você está bem?

Dou um salto ao ouvir a voz de Declan.

— Você me assustou.

— Desculpe por isso. Uau, esse quarto está... incrível.

Embora algumas partes do quarto estejam iguais, outras estão diferentes. A roupa de cama, as cortinas e o papel de parede listrado e feio já eram. Agora, é muito mais eu... um pouquinho rústico, um pouquinho glamouroso, e um estilo adorável. Olho em volta para a tinta cinza-escura que possui pinceladas amarelas e azul-esverdeadas para fazer o espaço parecer maior. Pendurei um lustre sobre a cama que tem cristais disparando prismas para todos os lados e, quando a lareira está acesa, é mágico. A última coisa que eu fiz foi adicionar uma estante embutida de canos e madeira recuperada para dar um leve ar de casa de campo.

— Obrigada.

— Você realmente fez muita coisa com a casa.

— Quando herdei a propriedade, eu queria atualizá-la de acordo com os meus gostos.

Declan continua a olhar em volta.

— Bem, tudo isso está muito bonito.

Meu coração se aquece com seu elogio. Eu amo essa casa. Fiz tudo o que pude para torná-la minha e ainda manter o toque original. Está atualizada, mas ainda tem aquele visual antigo de fazenda.

— Você e Jimmy tiveram um bom papo?

— Tivemos. Ele parece feliz com a ideia de se aposentar.

Assinto.

— Ele tem feito isso há um bom tempo.

Declan ri.

— Você acha que ele algum dia te abandonaria? Ele cortaria o braço fora antes de deixar isso acontecer. Você precisava dele.

Minha garganta fica apertada, e o amor que sinto por Jimmy aumenta. Não imaginei que eu era o motivo. Não sou filha dele, mesmo que ele me ame como se eu fosse. Pensei que gostasse da fazenda e precisasse dela para se manter ocupado. E eu aqui achando com a minha cabeça dura que estava fazendo um favor a ele, não o contrário.

— Agora eu me sinto uma idiota.

— Por quê?

— Porque eu estava mantendo a fazenda por ele.

Seu sorriso preguiçoso faz meu estômago se contrair. Eu realmente amo esse sorriso. Seus olhos enrugam só um pouquinho na esquerda e suas íris parecem escurecer, tornando-o impossível de resistir. Não que eu pudesse resistir a qualquer coisa sobre ele, mas isso deixava ainda mais difícil.

— Talvez esteja na hora de vocês dois seguirem em frente.

Assinto, sentindo como se isso fosse exatamente o que todos nós precisamos.

— E talvez agora seja a hora certa, sabe?

Declan nega com a cabeça.

— Espero que eu possa te ajudar a conseguir isso.

— Espero que sim também. — Porque, no final, nós dois temos muito a perder.

Capítulo 13

Declan

Eu faria qualquer coisa para ajudar, incluindo colocar mais distância entre nós, o que tem me corroído a cada dia desde que fiz aquela oferta.

Eu amei Sydney Hastings desde o dia em que a conheci, e isso nunca desapareceu.

Ergo a mão, apenas roçando os nós dos dedos contra sua bochecha. Suas pálpebras se fecham, longos cílios escuros tremulando, e seguro seu rosto. Sua bochecha encaixa na minha palma como se fosse natural.

Deus, eu a quero tanto.

Sua cabeça está em minhas mãos, e meu coração está a seus pés. Ela não faz ideia do quanto eu quero ser o homem que ela ainda vê.

Nossa respiração está pesada e seu corpo se aproxima do meu.

Meu braço a envolve sem hesitação e então me inclino para baixo, querendo sentir mais, estar mais perto.

Ao mesmo tempo, Sydney ergue a cabeça e então nossos lábios se tocam.

É suave no começo, quase como se nenhum de nós dois tivesse tido a intenção, e então, eu explodo.

Meu braço a circunda, a puxando com mais força contra mim, suas mãos segurando meu rosto. Minha língua adentra sua boca, e nós dois gememos.

Derramo tudo no beijo, esperando que ela sinta a raiva, o amor, a frustração que não são o bastante para tornar as coisas diferentes, e a forma como eu gostaria que fosse. O gosto de sua boca é como o paraíso.

— Declan — ela grunhe meu nome quando a empurro contra a parede.

— Você é tão linda — digo, e então minha boca encontra a sua outra vez.

Os dedos de Sydney se emaranham no meu cabelo, me mantendo onde ela me quer, mas eu não a deixaria nem se um exército entrasse na casa. Isso é o que eu precisava.

Ela.

Tudo o que ela é me faz sentir vivo. Nossos lábios se movem juntos da maneira como sempre fizeram, como se fôssemos duas almas que se tornaram uma. Ela é a batida do meu coração e, por tanto tempo, ele tem estado morto.

E então, ela vira a cabeça para o lado.

— Pare — ela diz, com tanta dor em sua voz, que me quebra.

Dou um passo para trás, tentando me controlar. Jesus Cristo, eu a empurrei contra a parede e... sou um maldito desgraçado.

— Syd.

— Não. Por favor. — Seus olhos estão suplicando enquanto ela ajeita a roupa. — Foi... está tudo bem. Eu me deixei levar.

— O quê?

— Foi uma lembrança antiga ou um sonho que tive sobre você estando aqui. Peço desculpas.

Agora a raiva toma conta.

— Eu te beijei.

Ela arregala os olhos.

— Não, eu te beijei.

— Sydney, garanto a você que instiguei aquele beijo e teria te beijado até te ter na mesma situação da última vez se você não tivesse parado.

Ela bufa alto e então esfrega os dedos sobre os lábios. Seu olhar encontra o meu e há uma sensação de determinação e força ali.

— Isso muda alguma coisa para nós?

Pisco algumas vezes.

— Para nós?

— Nós somos amigos?

— É claro — falo, com cuidado.

— Você quer de repente se casar comigo e começar uma família?

Meu peito se aperta, e minha garganta fica seca.

— Syd...

— Me responda, Dec.

— Não, não quero...

Ela levanta a mão.

— Então não há nada a se dizer. Nós somos amigos que compartilharam um beijo apaixonado. Podemos culpar a lua cheia ou o que você quiser. Porém, se quer ser meu amigo, essa tem que ser a última vez. Não posso continuar fazendo isso. Meus sentimentos por você sempre foram o que são. Eu te amo, quero uma vida com você, mas não posso me deixar ter esperança quando está claro que não existe nenhuma. Então, eu te imploro. Me ame ou me deixe, porque meu coração não aguenta mais.

E com isso, ela sai do quarto, deixando-me para trás com a sensação de que sou um completo idiota.

Depois de um segundo, me recomponho e vou lá para baixo. Ela está parada ao lado da janela, parecendo perdida, e eu me odeio.

— Milo deve chegar logo — aviso, querendo ver seus olhos para que eu possa ler o que está em sua mente.

Entretanto, ela não se vira para mim. Em vez disso, coloca seu cabelo loiro para trás da orelha.

— O que exatamente o dia de hoje implicará? Quero dizer, o que eu deveria esperar?

Vou em sua direção, e ela se move para o lado.

— Milo virá e olhará a propriedade. Com sorte, ele vai te dar algumas ideias do que pensa. Ele compra e constrói propriedades, mas também investe em algumas como essa lá em Londres, e aqui também. Você vai gostar de Milo, ele é um babaca presunçoso, mas é um cara legal.

Ela assente devagar e finalmente olha para mim com um sorriso.

— Então, ele é como você?

— Não tenho certeza se sou um cara tão legal.

Sydney nega com a cabeça.

— Acho que você só está travando a luta errada.

— E que luta eu deveria estar travando?

— Isso é você quem deve descobrir.

Ela é a única pessoa que consegue me cortar com algumas palavras ou um olhar. Sei que nunca vou ser o homem que ela quer, e me tornaria um vilão se fingisse o contrário.

— Acho que sim. De qualquer forma, Milo poderá te dar alguns conselhos que vão ajudar se você ainda tiver certeza de que quer vender.

— Oh, eu tenho certeza. — Ela se volta para a janela. — Você vai embora depois que nos apresentar?

— Não, eu vou andar com vocês.

— Por quê?

Porque quero passar qualquer tempo com você que me for permitido.

— Porque Milo é meu amigo, e ele está me ajudando.

Sydney estreita o olhar.

— Você está com medo de eu me jogar para cima dele?

Agora eu rio mesmo.

— Milo é bem casado.

— Mais um motivo para você não precisar ficar.

Caramba, um dia, ela vai parar de lutar contra cada coisinha. Não que eu tenha qualquer esperança de esse dia ser hoje.

— Ou mais um motivo que você quiser.

Ela franze os lábios.

— Tanto faz.

Embora muita coisa tenha mudado, lá no fundo, ela ainda é a mesma. Sua paixão e coração são como uma sirene para mim, e quero atender ao chamado.

Dois meses atrás, eu a segurei em meus braços e fiz amor com ela. Eu teria feito de novo lá em cima, porque não posso parar de querê-la. Eu anseio por ela. Sonho com ela — com a gente —, com uma vida juntos, mesmo que eu saiba que não deveria.

E então me pergunto se ela me daria somente o tempo em que estou por aqui. Mas aí me lembro que Sydney não ama dessa forma. Ela entra de cabeça. Eu teria que entrar com ela, sabendo que nunca precisaria de ar novamente, porque ela seria o meu ar.

E isso não pode acontecer.

Não posso tê-la, mas posso ajudá-la a encontrar a superfície e não a afogar com o peso dos meus problemas.

— Ele está aqui — Syd afirma.

Encho-me de medo, e me pergunto se estou cometendo um erro. Talvez eu possa convencer Milo a dizer a ela para não vender, mas está um pouco tarde para isso.

Sydney sai e abre a porta.

Antes que ela possa dizer qualquer coisa, ele fala:

— Bem, ninguém me disse que você é simplesmente a criatura mais deslumbrante que existe. — O sotaque britânico de Milo está bem mais carregado ao segurar a mão de Sydney e a levar aos lábios. — Encantado, amor.

Ela sorri, e um leve rubor toma conta de suas bochechas.

— Você deve ser o Milo.

— Sim, eu devo, e você é a linda mulher que amarrou esse homem bruto.

— Está pegando um pouco pesado, não acha, Milo?

Ele dá de ombros com um sorriso.

— Nunca.

— Agora eu entendi por que você não queria que ele ficasse sozinho comigo. Ele é charmoso e bonito.

Milo a envolve com um braço, e a puxa para perto.

— Eu gosto dela.

— Aposto que sim. Tire as mãos ou vou ligar para a sua *esposa*.

Ele inclina a cabeça para baixo, mas não diminui a voz.

— Não é superdivertido provocar esse cretino? Olhe, ele sabe que eu sou desesperadamente apaixonado pela minha esposa, e ainda está pronto para arrancar os meus braços. Não está, amigo?

Eu vou matá-lo, porra. Nós podemos ser amigos há anos, mas agora, quero fazer exatamente o que ele está me acusando de querer fazer.

Porém, dar a Milo qualquer satisfação não está nos meus planos.

— De jeito nenhum, ficarei feliz vendo a Danielle fazendo por mim.

Ele sorri e então solta Sydney.

— Ora, você sabe que ela não consegue resistir aos meus encantos.

Sydney nega com a cabeça, sorrindo o tempo todo.

— Vocês dois são problema.

— Você não faz ideia — ele responde.

Ela realmente não faz. Milo era o maior solteirão, vivendo a vida como queria, e de repente foi colocado de joelhos por sua então esposa. Tem sido uma alegria assistir.

— Tudo bem, Casanova, vamos te mostrar a propriedade para que você possa nos dar sua opinião profissional sobre isso.

— Não o deixe te enganar, querida, todas as minhas opiniões são profissionais. — Depois ele se vira para mim. — Nós não precisamos de você, Declan. Sydney e eu vamos andar pela propriedade, você pode ir fazer… seja lá o que você precisa fazer.

Sydney engancha seu braço ao dele e me dá um sorrisinho atrevido.

— Sim, faça o que você faz.

Eles saem pela porta da frente, e cerro os punhos com tanta força que fico com medo de rasgar a pele. Eu vou enlouquecer, porra, é isso o que vou fazer.

Duas malditas horas.

Eles estão andando por aí há duas horas, e eu vou pirar. Não tenho motivo — ou direito — de sentir ciúmes. Milo nunca faria nada para machucá-la ou estragar seu casamento. Sei disso, e ele sabe que eu sei disso, mas, e mesmo assim, ele sabe que ainda me incomodaria.

A ideia de qualquer homem com Sydney me deixa louco.

Agora, estou andando em círculos, esperando os dois aparecerem.

— É difícil esperar para ver se ela vai voltar inteira, não é? — Jimmy fala, atrás de mim.

— Era assim para você?

— Sempre.

— É por isso que não quero filhos — digo, e depois volto a olhar pela janela.

Jimmy grunhe.

— Eu não tive filhos, e ainda acabei desse jeito. Aposto as minhas economias que você vai se sentir da mesma forma sobre a Hadley.

Faço uma careta ao pensar em algum garoto querendo tocá-la ou fazer qualquer uma das coisas que fiz com Sydney.

— Aposto que você está certo.

Ele ri.

— Pelo olhar que estava no seu rosto, só a ideia te faz se sentir um pouco enjoado, hein?

— Só um pouco.

— Sabe, eu me senti assim quando você foi embora. Em parte orgulhoso e em parte enlouquecido de preocupação.

Jimmy é a única outra coisa da qual senti falta quando parti. Ele foi o pai que nunca tive, e eu sabia que, quando desisti da Sydney, o perderia também.

— Eu queria entrar em contato…

— Mas ficou com medo de eu estar do lado dela?

Assinto.

— Ela era sua, eu era dela, e quando a abandonei… — Não consigo terminar a frase, porque me sinto um idiota.

Jimmy não teria me rejeitado. Ele teria me escutado, provavelmente colocado um pouco de juízo na minha cabeça, e talvez seja por isso que não fiz nada. Eu não precisava justificar ou ser racional — precisava ir embora. Tinha que salvar as pessoas que amava da única maneira que sabia.

Ele senta à mesa, segurando sua caneca.

— Sente-se, filho.

Faço o que ele pede.

— Um homem não se afasta das coisas que ama com facilidade, é por isso que acho que parte tanto o coração de Sydney o pai dela ter feito isso. Ela sabe que, se ele a amasse o quanto deveria, teria lutado por ela. É por isso que a partiu em pedacinhos quando você foi embora, porque ela sabia que você a amava. Ela sabia, em seu íntimo. Aquela menina se sentava na janela e esperava para ver se você voltaria.

— Eu não podia.

Ele levanta a mão.

— Você podia, mas escolheu não voltar.

— Parece a mesma coisa — admito.

— Talvez, mas você é um homem adulto agora, e pode jogar esse papinho aonde quiser, mas não em mim. Eu jogo de volta.

Sorrio e assinto.

— Entendido. Meu ponto é que deixar a Sydney não foi fácil para mim. Não era o que eu queria, mas era o que precisava ser feito para proteger todos na minha vida.

— Seu pai fez estragos em vocês, garotos, também, Declan. Ele mexeu com vocês, fez vocês duvidarem de si mesmos, e te forçou a assumir um papel que não deveria ter assumido. Você não era o pai daqueles garotos. Você é irmão deles, e ele tirou isso de você.

Sim, ele tirou, mas não senti como se eu tivesse sido roubado. Eu fui capaz de fazer pelos meus irmãos o que ninguém mais pôde fazer por mim. Eu os protegi. Dei a eles uma chance ao sair dessa cidade.

Por mais que o acidente tenha roubado algo de nós, ele nos deu muita coisa também. Eu abri minha empresa, Sean é um jogador profissional de beisebol, Jacob é ator, e Connor encontrou tudo o que queria.

— Fiz o que a minha mãe me pediu em seu leito de morte.

— E não tenho dúvidas de que ela está orgulhosa de você.

Eu gostaria de sentir o mesmo. No mínimo, acho que minha mãe está entristecida com o que todos nós nos tornamos. Ela gostaria que tivéssemos pessoas em nossas vidas para amar e cuidar. Ela acreditava que a família era tudo. Embora tenhamos guardado a memória dela sendo leais à irmandade, nós não temos vivido da forma como ela iria querer.

— *Agora, beijar uma garota é uma coisa séria, Declan Arrowood.* — Mamãe está parada ali, fazendo uma cara feia para mim. — *É melhor você não fazer nada com Sydney até ser muito mais velho.*

— *Sim, senhora.*

Tudo porque meu irmão não conseguiu manter a boca fechada. Sydney estava chorando na escola hoje, e falei para ela que, se não parasse, eu lhe daria um beijo. Já disse para ela que a amaria para sempre, e embora isso tenha parado suas lágrimas por um minuto, logo ela começou de novo.

Garotas estão sempre chorando.

Não consigo lidar com isso.

— *Estou falando sério, você pode achar que ama aquela garota, mas não ficarei bem sabendo que você não a está tratando direito. Você vai esperar até os dois crescerem e saberem o que são escolhas de adultos.*

Solto um suspiro pesado, pensando em como dar o troco em Sean por isso. Ela nunca teria nos escutado, mas ele tem uma boca grande e gritou que beijei uma garota.

O que eu não fiz... ainda não, pelo menos.

— *Quanto tempo eu tenho que esperar?*

Ela arregala os olhos.

— *Até você ter pelo menos trinta anos!*

— *Trinta? Mas... isso é velho!*

— *Velho o bastante para saber que a única coisa que importa nesse mundo é como você ama alguém. Não é sobre beijar e tudo isso. É sobre entregar seu coração para alguém e sempre fazer o que é melhor para ela. Quero que você tenha isso, Declan. Que conheça um amor tão puro e verdadeiro que daria qualquer coisa para ela. Você é novo demais para saber se a Sydney é essa garota.*

É aí que ela está errada.

— *Eu sei no meu coração, mãe. Ela é a garota que eu vou amar para sempre.*

Ela dá um sorriso suave e então toca meu rosto.

— *Então se apegue a isso, Declan.* — Mamãe coloca a mão no meu peito, bem em cima do meu coração. — *Dê isso a ela, e você terá tudo o que poderia querer. Uma vida sem amor não é uma vida, é apenas existir, e você foi destinado para viver.*

Balanço a cabeça, negando e dizendo:

— Eu não acho que ela estaria feliz.

— Eu disse orgulhosa, não feliz — Jimmy corrige. — Eu conhecia a sua mãe, e a coisa que ela mais valorizava era a sua família. Ela queria que você tivesse o que ela teve.

Essa é a parte que ainda não consigo conciliar.

— E o que ela teve, Jimmy? Meu pai não podia ter sido perfeito com ela.

— Acho que ninguém é perfeito, mas você é um tolo se pensa que Michael Arrowood não amava Elizabeth com todo o seu ser. No dia em que aquela mulher morreu, uma parte dele foi com ela, e não havia nada que ele pudesse fazer além de beber.

O que ele disse está certo de algumas formas, mas o homem poderia ter feito escolhas diferentes.

— Ele fez a escolha de beber. Tinha quatro meninos que perderam a mãe e que estavam tentando encontrar forças para respirar. Meu pai morreu porque não se importava o suficiente conosco.

Jimmy assente devagar.

— E você escolheu deixar Sydney de forma muito semelhante.

— Você entendeu tudo errado, Jimmy. Deixei Sydney porque a amava o bastante para salvá-la. É por isso que nunca posso me permitir voltar para a vida dela. Eu a amo mais do que qualquer coisa no mundo, apesar das merdas que eu falo. Daria tudo para ser o homem que ela precisa, mas não sou. Dizer a ela o contrário seria injusto.

— Eu acho que isso cabe a ela, não acha?

— Não se eu souber que apenas partiria o coração dela no final. É melhor protegê-la.

Ele dá uma risada.

— Acho que você está protegendo a si mesmo.

Talvez ele esteja certo, mas uma coisa da qual tenho certeza é de que não sou bom o bastante para ela — não mais.

Capítulo 14

Sydney

Realmente gostei do tempo que passei com Milo. Ele foi meticuloso, passando por todas as áreas da fazenda comigo. Explicou o que um comprador em potencial iria querer que eu consertasse ou o que poderiam me perguntar, me mostrou pontos fracos para minimizar e fortes para usar, e me orientou sobre quais deveriam ser as minhas expectativas. Nós também conversamos sobre o que eu quero com a venda e o que estava disposta a desistir para conseguir isso. Foi uma conversa difícil, mas estou feliz por tê-la tido.

Pelo menos agora, meus olhos estão bem abertos e sei o tipo de coisas que devo fazer e o que procurar.

Acabamos de entrar no celeiro principal, e há tantas lembranças aqui que mal consigo respirar. Tudo em que consigo pensar é naquele beijo. A forma como ele me tocou de novo, como se não houvesse outra opção.

Afasto a memória e me lembro de por que deixar uma única semente de esperança crescer irá me destruir.

— Você o ama há muito tempo? — Milo pergunta, enquanto estamos parados na porta.

Meu olhar encontra o dele, e mesmo que eu queira mentir, tenho a sensação de que ele enxerga através de mim.

— Tempo demais.

— Ele tem sido um bom amigo e aprendi muito sobre ele, mas você sempre foi o mistério que não consegui desvendar.

— Eu?

Ele sorri.

— Nosso amigo imbecil ali é um pouco tolo quando se trata de assuntos do coração. Ele tem uma ideia ridícula de que é responsabilidade dele proteger as pessoas em sua vida. Embora, para os meus objetivos, agradeço sua diligência, porque ele administra meu patrimônio e eu o pago para ser cauteloso, porém, quando se trata de pessoas, ele é um maldito idiota.

Eu rio e coloco a mão sobre a boca.

— Sim, eu o chamei disso e coisa pior.

— Merecido.

Mas esse assunto está bem longe do que imaginei para finalizar nosso tour.

— Ele te disse por que me deixou?

Milo nega com a cabeça enquanto caminhamos.

— Não disse, e embora eu nunca fosse quebrar sua confiança se ele tivesse dito, eu teria ao menos te contado que sabia.

— Ele tem sorte de te ter como amigo.

Seu sorriso é diabólico.

— Sim, ele tem mesmo. Porém, gostaria de dizer que você e eu somos amigos agora também.

— Eu gostaria disso também.

— Ótimo. E, como amigo, eu muitas vezes gosto de aconselhar aqueles que precisam, mesmo que meus conselhos raramente sejam bons. Na verdade, se você perguntar para a minha esposa, eu geralmente estou muito errado. Ainda assim, conheço Declan, e não acredito que ele queira mesmo o que diz que quer.

— Que seria?

— Ficar sozinho.

Meu olhar encontra o seu, que me encara com atenção. Não faço ideia do que dizer. Talvez seja o desejo idiota no meu coração que quer repreendê-lo, mas então penso em tudo o que ele disse e o que ouvi. Ele não quer o que eu quero.

— Acho que você está errado, Milo. Declan também não está sozinho, ele tem seus irmãos.

Sua risada profunda me diz que ele não acredita nisso.

— Seus irmãos que moram espalhados por todo o país? Sim, ele os tem, mas não é a mesma coisa. Ele não está ansiando para ver os irmãos ou tendo que lutar para evitá-los, nem ligando para um amigo dar uma olhada na propriedade deles. Caramba, ele nem me pediu para ver o próprio terreno, e todos nós sabemos que ele quer vender.

— Ele te ligou porque quer que eu vá embora. Se não pode sair de Sugarloaf, então a melhor coisa é que eu saia.

Milo coloca as mãos nas costas e olha em volta, parecendo pensar no que eu disse. Ele solta os braços, e me observa antes de falar:

— Homens são criaturas simples. Prometo que ele te quer e que te afastar não tem nada a ver com qualquer coisa além de medo. Ele está apavorado, pensando não ser capaz de manter as paredes que construiu ao redor de si por muito tempo. Você é uma linda mulher, a quem ele mais amou na vida, e agora, as desculpas dele para resistir a você desapareceram.

Solto um suspiro trêmulo, desejando que essa conversa fosse diferente. Não quero pensar sobre ele ou sobre resistência, porque não tenho nenhuma das coisas. Tudo o que tenho agora é autopreservação, e até mesmo isso está instável.

— Agradeço seu conselho, mas a minha vida está seguindo por um caminho que Declan não quer. É complicado, e nós dois temos problemas que nenhum de nós será capaz de esquecer. A triste realidade é que ele está com medo de se deixar amar alguém e nem mesmo eu sou suficiente para mudar isso.

Milo me dá um sorriso triste.

— Espero que talvez você esteja errada sobre isso, querida. Porém, estamos aqui há horas e estou absolutamente faminto. Tenho certeza de que Declan está subindo pelas paredes. Vamos voltar e atormentá-lo?

Envolvo seu braço com o meu.

— Nada me agradaria mais.

Nós voltamos para a casa, e Declan salta da cadeira, disparando o olhar para Milo e depois para mim. Milo se inclina para perto de mim e sussurra:

— Eu estava certo.

Dou uma risadinha e aceno com a cabeça.

— Como foi o tour, Feijãozinho? — Jimmy pergunta.

— Bom, eu acho. Milo tinha várias sugestões para tornar a propriedade mais desejável para o tipo de comprador que eu quero. Ele foi muito gentil e eu... — Viro-me para ele. — Eu realmente agradeço. Suas ideias são inestimáveis.

Ele se curva só um pouquinho.

— Foi um prazer.

— Você não tem que pegar um avião para voltar para Londres amanhã? — Declan pergunta, com uma sobrancelha erguida.

— Não seja grosso com o seu amigo — repreendo-o. — Milo dirigiu até aqui de Nova York, e não vou te deixar ser um babaca na minha casa.

Pelo canto do olho, vejo Milo sorrindo, mas, quando me viro para ele, a expressão desaparece.

— Acho que ele merece ser punido.

Declan resmunga baixinho.

— Pensei que vocês dois fossem amigos.

Milo se inclina e beija o topo da minha cabeça.

— Isso foi antes de eu passar três horas irritando um pouquinho o lado ciumento dele. — Ele ri e depois dá um passo para trás. — Acalme-se, Declan, eu estava apenas curtindo meu tempo com a sua adorável mulher aqui.

— Não sou mulher dele — corrijo.

— Sim, bem, semântica. Tenho que ir encontrar minha esposa antes que ela gaste todo o meu dinheiro em Nova York. Lembre-se do que eu disse, amor, peça o que quer e não recue. Se um construtor vier, me ligue, e eu farei o que faço de melhor.

— Irritar as pessoas? — Declan pergunta.

Ele balança a mão e sai pela porta, me deixando um pouco espantada.

— Ele é maravilhoso — digo, com um sorriso enorme.

— Ele é alguma coisa.

— Obrigada, Dec. Você não faz ideia do quanto ele me ajudou. Realmente agradeço você tê-lo chamado para vir olhar a propriedade.

Sua raiva parece diminuir um pouco, e ele passa a mão pelo cabelo.

— Sente aqui e me conte o que ele falou.

Pego um pouco de leite e cookies, colocando-os na nossa frente, e depois me sento. Não há nada que me ajude a ficar calma como isso. Toda vez que eu chorava, me machucava, ou sentia como se meu mundo estivesse desmoronando, minha mãe arrumava isso para mim. Estaria magicamente aqui sempre que eu precisasse.

Mergulho o cookie no leite, deixando-o ficar macio e encharcado, e repasso para Declan as áreas com as quais Milo estava preocupado.

Ele as escreve em um papel, fazendo anotações, e apresenta sugestões enquanto conversamos.

Um pacote de cookies mais tarde, estou exausta.

— Então, você acha que algumas dessas coisas são possíveis? — pergunto.

— Acho que deveríamos focar em consertar as coisas maiores, pois as menores não vão importar para um fazendeiro.

Mordo a unha do meu polegar.

— Talvez, mas e se for uma construtora que vier aqui?

— Você quer ver condomínios sendo construídos aqui? O que uma construtora iria mesmo querer com esse tipo de terreno? Sugarloaf é uma cidade agrícola e realmente não é feita para qualquer grande indústria. — Declan se recosta à cadeira e bebe um grande gole de leite. Quando abaixa o copo, está com um bigode branco, e tento não rir.

Mas fracasso.

— Não tenho ideia.

— Por que você está rindo?

— Não estou.

Ele entrecerra o olhar.

— Você está claramente rindo.

Fico com dó dele e lhe entrego um guardanapo.

— Você gosta do seu bigode?

Ao invés de limpar, ele se inclina para frente.

— Você gosta de bigode?

— Não sei, nunca tive um.

Calor percorre meu corpo quando voltamos a ser as crianças que um dia fomos. Rindo de nós mesmos e um do outro o tempo todo. Não havia nada que pudesse nos constranger, e amávamos piadinhas bobas.

Fico feliz por ver que algo não mudou.

Ele limpa o leite do rosto e se aproxima.

— Mas quero que pense sobre isso, vender esse lugar para uma construtora.

— Milo acha que vou ganhar mais dinheiro dessa forma.

Ele esfrega a nuca e dá de ombros.

— Dinheiro nem sempre é tudo. Você pode não querer mais a fazenda, mas esse lugar é onde você cresceu.

É irônico para mim que ele esteja preocupado com herança agora. Foi ele quem se afastou de sua família e teria vendido aquela fazenda sem hesitar.

— Declan, você não acha que me dar esse conselho é... hipocrisia?

— Eu não amava o meu lar.

— Okay, mas lar é onde as pessoas que você ama estão. Essa fazenda significou tudo para mim por causa da minha família, mas eles não estão mais aqui. O que mais me resta para ficar?

Por favor, diga você. Por favor, me fale algo para me fazer ficar.

Ele me encara com olhos profundos que estão avaliando os meus, enquanto lhe dou a resposta mentalmente. Repito sem parar na minha cabeça, esperando ele dizer.

— Nada, eu acho.

— Nada? — Dou a ele outra chance.

Declan solta um suspiro trêmulo, mas, quando responde, não há nada além de aço em sua voz.

— Nada que valha a pena se segurar, pelo menos.

Eu o amo. Sempre vou amar, mas está claro que ele não vai tentar. Claro, ele me quer — é inegável quando estamos juntos. Só não é o bastante. Ele tem que querer mais.

Ele tem que querer tudo.

— Okay então. Fico feliz que resolvemos isso.

Só que não me sinto bem, ou feliz, ou resolvida. Sinto-me triste e como se uma parte da minha alma tivesse acabado de sair de mim.

Capítulo 15

Sydney

Argh. Essa coisa de vomitar é para os pássaros. Pensei que tivesse acabado esse lance de enjoo matinal, mas, pelo visto, não acabou.

Levanto-me, lavo a boca, e escovo os dentes. Hoje é a feira anual dos Tratores do Campo e afins em Sugarloaf. É uma das minhas coisas favoritas que fazemos, mas simplesmente não estou com vontade. Essa noite é a festa de despedida de solteiro conjunta da Ellie e de Connor, e não posso perder isso. Imaginei que, se pudesse descansar e manter meu estômago sobre controle, talvez, quando chegasse a noite, eu estaria bem.

Não que eu entenda por que diabos eles querem fazer isso na despedida de solteiro deles. Um pequeno show country não é exatamente minha ideia de diversão. Pelo menos, não mais.

Há muito tempo, eu amava o show da feira. Ouvíamos seja lá que banda local ou cantor que encontravam no bar de karaokê fingindo ser o próximo *American Idol*, dançávamos e nos divertíamos. Eu amava como Declan dançava comigo, rindo enquanto zombávamos dos cantores ruins, e conversávamos sem parar sobre o nosso futuro.

Não fui ao show uma única vez desde que ele foi embora. Não é mais a mesma coisa, mas, pelos meus amigos, vou aguentar.

Ouço uma batida à porta, e vou para lá, sem saber quem diabos estaria na minha casa agora.

Quando abro a porta, sou recebida pelo sorriso de uma das minhas pessoas favoritas, que acontece de estar nos braços do homem que protagonizou meus sonhos ontem à noite.

— Bom dia, tia Syd!

— Bom dia, senhorita Hadley!

— Eu trouxe o tio Declan. — Ela sorri.

— Estou vendo.

— Bom dia, Feijãozinho.

Eu realmente gostaria que ele parasse de me chamar assim. Não sou mais o feijãozinho dele.

— Dec.

— Nós vamos para o festival hoje! — Hadley grita.

— Vocês vão?

Ela assente depressa.

— O tio Declan disse que vamos em um encontro.

Eu rio e me encosto contra a porta.

— Bem, você é uma garota muito sortuda. Sabe, seu tio ama comprar coisas e carregá-las o dia inteiro. Então, garanta que você o leve em todas as barracas, e não tenha medo de pedir o que quiser.

Hadley sorri para ele.

— Verdade?

Declan olha para mim com os lábios franzidos, o que desaparece quando ele se vira para a sobrinha.

— Nem todas as barracas, mas...

— Ah, não deixe ele te enganar, princesa. Ele ama mimar as garotas da vida dele.

Declan pigarreia.

— Sabe, Syd, você tem razão. Eu amo. E é por isso que estou tão animado por você estar vindo com a gente.

Abro a boca, e tento pensar em uma saída, mas Hadley grita primeiro:

— Você vai! Eu sabia! Eu sabia que era por isso que a gente estava vindo. O tio Declan disse que tinha que fazer alguma coisa aqui e que depois poderíamos ir, mas eu esperava que a gente viesse te buscar primeiro. E eu tinha razão! Tia Sydney, vai ser tão divertido. Nós podemos ir ver os animais, comer todas as comidas e depois eles têm tratores e todos os tipos de brinquedos e jogos. Você tem que ir se vestir pra gente poder ir!

Olho para a minha roupa e coloco rapidamente os braços sobre o peito. Estou usando uma regata preta, meu short de dormir, e nenhum sutiã. Ótimo.

— Acho que a tia Syd podia ir assim mesmo.

Olho feio para ele.

— Engraçado.

— Bem, o que você me diz? Quer vir para a feira?

— É claro que ela quer! — Hadley responde por mim.

Acho que não tenho muita escolha.

— A criança decidiu — falo, com um sorriso.

— Ela faz muito isso.

Dou uma risadinha e assinto.

— Sim, ela faz. Mas o que te trouxe aqui mesmo? Sei que todos nós vamos nos encontrar mais tarde para a festa conjunta, mas eu não estava esperando ninguém tão cedo assim.

— Imaginei que pudesse vir para colocar a placa da venda no jardim, e queria te entregar a papelada. Você está oficialmente no mercado quanto à venda pelo proprietário. — Declan levanta a placa do gramado que estava do outro lado da porta.

— Oh, uau. Quero dizer, isso é ótimo.

Ele olha de novo para o meu peito e depois se vira.

— Por que você não se veste enquanto Hadley e eu colocamos a placa?

— É um bom plano.

Subo para o meu quarto, me sentindo um pouco tonta com o quão rápido meus planos para o dia mudaram. Dez minutos atrás, eu ia comer, tentar não vomitar de novo, e depois deitar na cama com um livro antes de ter que ir para o show. Isso meio que estraga tudo, mas não consigo dizer não para Hadley.

Depois de me vestir com um par de leggings e um suéter grande, vou lá para baixo. Estou longe do glamour, mas pelo menos estou confortável.

— Você está pronta? — Hadley salta no lugar.

— Calma, monstrinha, dê a ela um segundo para descer a escada.

Sorrio para ela e passo a mão por seu cabelo castanho-claro.

— Estou pronta.

— Quero comer tudo o que eles têm. Eu não pude ir à feira nos últimos três anos. Papai, er, Kevin — ela corrige — não deixava a gente ir, e a mamãe não queria que ele ficasse bravo, mas eu conseguia sentir o cheiro da comida da minha casa. Se eu fosse até o final da cerca dos fundos, dava para ouvir a música, e era tão legal.

Essa criança nunca deixa de partir o meu coração mais um pouco. Ela tem a alma mais linda entre qualquer criança que eu conheça, e tremo ao pensar em como a vida dela teria sido se Connor não a tivesse encontrado.

— Bem — Declan diz, com um aperto em sua voz —, acho que temos que parar em todas as barracas, comidas, e artesanatos, para ver o que conseguimos encontrar.

Vejo a dor e o amor que ele sente por ela. Seus lábios se abrem um pouco, e seu peito sobe e desce depressa. É difícil ver qualquer pessoa machucando Hadley, mas é evidente que Declan se importa e fará tudo o que pode para protegê-la, que é o lance dele.

O protetor.

Aquele que negará tudo a si mesmo se achar que é para um bem maior.

Ele é um idiota.

Porém, hoje, eu não quero brigar. Quero curtir o tempo com Hadley e dar a ela lembranças felizes da feira que cresci participando. Ela deveria sorrir, gargalhar, e ser mimada pelas pessoas que a amam.

— Onde estão Connor e Ellie?

Declan olha em volta e depois dá de ombros.

— Acho que eles tinham alguma coisa para fazer ou tinham que buscar algo. Provavelmente vão nos encontrar mais tarde.

Ah, eles estão fazendo alguma coisa, sim.

— Você deu a eles um tempo a sós, hein?

Ele ri e balança a cabeça, negativamente.

— Quero dizer, eu não duvidaria, mas não, Connor pegou a caminhonete e tinha que buscar alguma coisa.

Seja lá o que isso significa.

— Isso é bom para nós então, né? — pergunto para Hadley e Declan abre a porta traseira de seu Jeep.

— O quê? — ela pergunta.

— Que não temos que nos preocupar com a sua mãe ou o seu pai nos dizendo não. — Dou uma piscadinha, e ela sorri de volta.

— O tio Declan vai dizer não pra gente?

Abaixo a voz em um sussurro, mas sei que ele consegue nos ouvir:

— Eu conheço todos os truques para conseguirmos o que queremos dele, pode deixar comigo.

Ela prende seu cinto e se inclina para trás no banco.

— Eu te amo, tia Syd.

— Eu te amo mais.

A voz grave de Declan soa resignada.

— E eu estou tão enrascado.

— Sim, sim, você está — respondo, sentindo-me leve como há dias não sentia.

Capítulo 16

Sydney

— Podemos comprar outra raspadinha ou talvez um bolo de funil? — Hadley pergunta depois que passamos pelo minizoológico. Bem, se é que você pode chamar disso. Basicamente, é um porco da fazenda no fim da estrada, duas cabras, e algumas vacas, que podem ser do pasto e não parte do zoológico mesmo.

— Acho que seu estômago pode se rebelar se você continuar nesse ritmo — sugiro.

Por mais que negar essa criança seja a última coisa que eu queira, também não quero que ela passe mal. Desde que chegamos aqui, ela comeu pizza, um pretzel, um Oreo frito, e uma raspadinha.

— Okay, então podemos ir para os brinquedos?

Declan se inclina para baixo.

— Que brinquedos?

— Não faço ideia.

— Você vai contar a ela que é um monte de porcaria?

De jeito nenhum. Não vou partir o coração dela.

— Não.

Ele desce do banco da mesa de piquenique e estende a mão para me ajudar.

— Obrigada.

— Eu posso ser um idiota, mas sempre sou um cavalheiro.

Eu rio. Claro, ele não é.

— Como quiser.

— Vamos, tia Sydney! — Hadley segura meu braço, e começamos a andar.

Não demora muito para entrarmos na multidão das pessoas da cidade. Está movimentado, e as pessoas param para acenar quando as vejo. Essa cidade tem sido uma parte enorme de quem eu sou, e vou sentir saudade.

— Sydney! — a Sra. Symonds, diretora do colégio, me chama. — Você está se sentindo melhor, querida? Fiquei tão chateada quando ouvi que você não estava bem.

— Você estava doente? — Declan pergunta.

Minha boca fica seca, e falo depressa, ignorando-o:

— Eu não estava doente. Só estava muito cansada depois de uma ocorrência ontem à noite.

Ela afaga meu braço.

— Estou tão feliz por ouvir isso. Entendo sobre cansaço, administrando esse evento e trabalhando, é demais até mesmo para mim. Ouvi dizer que o Sr. Grisham caiu e quebrou a perna. Ele está bem?

Assinto.

— Sim, foi só uma fratura. Tenho certeza de que ele logo ficará bem.

Nós realmente precisamos encontrar um hobby para as pessoas nessa cidade. A Sra. Symonds é incrivelmente ocupada, mas ainda assim escuta a rádio policial como se fosse a rádio comum. Ela sabe tudo o que acontece nessa cidade. Também conhece todo mundo aqui já que ou ela deu aulas ou era a diretora quando estavam na escola.

— E você — ela desvia sua atenção para o homem alto, sexy, e imponente ao meu lado —, Declan Arrowood, você cresceu e se tornou um homem muito bonito e tão alto.

Ele sorri, segura a mão dela, e beija os nós de seus dedos.

— E você não envelheceu um dia sequer.

— Sem dúvida, você não perdeu aquela sua língua afiada.

— Nunca.

A menção da língua dele causa um rebuliço na minha barriga. Consigo sentir os seus lábios, o gosto de menta em seu hálito, e meu corpo anseia por isso.

A Sra. Symonds dá uma risada e depois bate as mãos.

— É maravilhoso ver vocês dois juntos aqui, parece quinze anos atrás quando iam escondidos para trás das tendas e achavam que ninguém os via.

Sinto o calor nas minhas bochechas. Declan estava sempre me roubando, me beijando toda vez que podia. Era impossível me manter longe dele naquela época, e parece que ainda sofro da mesma aflição.

— Isso foi muito tempo atrás — respondo, sem precisar de mais recordações e acabar no mesmo beco sem saída.

— Sim — Declan concorda. — E muita coisa mudou.

Ela estala a língua.

— É claro que sim. Nós todos crescemos e evoluímos, mas há pouquíssimos relacionamentos que vi na minha época que eram semelhantes ao de vocês.

Culpo cada maldito hormônio que está percorrendo meu corpo grávido pelas lágrimas que surgem. Nunca fui uma garota chorona. Tenho sido forte, revoltada, determinada a provar que as pessoas estão erradas. Eu choro? Claro, mas não assim. Viro a cabeça para esconder, mas sei que ele viu.

— Não há ninguém no mundo como Sydney.

— Tenho que concordar com isso — ela diz. — E você, senhorita Hadley Arrowood?

Ela assente.

— Oi, Sra. Symonds.

É claro, ela sabe quem Hadley é.

— Você está se divertindo?

— O tio Declan vai comprar um potro pra mim!

— Dois — corrijo.

Ele olha para o céu, e eu sorrio.

— Não faça promessas para uma criança.

— *Eu* não fiz. *Você* fez.

— Ela não parece pensar isso — respondo, cantarolando.

A Sra. Symonds observa a nós dois com um olhar fantasioso.

— Sempre esperei ver isso de novo. Vocês dois sorrindo um para o outro. Antes mesmo de serem um casal, vocês eram amigos de uma forma que só vi raramente em todos os meus anos. Nunca vi duas pessoas que simplesmente *entendiam* uma à outra.

Desvio o rosto, sem querer que nada nos meus olhos entregue os sentimentos do meu coração. Eu queria que fôssemos assim de novo também. Esperei por tanto tempo, e agora, estamos aqui, e tudo é tão... natural.

Declan e eu estamos apenas curtindo o dia juntos, sem pressão, sem falar do passado ou perdidos em antigas mágoas. Nunca pensei que poderia me deixar sentir isso outra vez. Uma amizade, qualquer coisa inferior a um amor completo, parecia impossível para nós.

Mas agora, vejo o quanto eu estava errada. No mais íntimo do meu amor por ele havia uma profunda amizade.

Brincamos com Hadley, rindo e fazendo palhaçadas, e é como voltar para casa.

Um lugar onde as coisas fazem sentido e o mundo está girando corretamente.

Declan fala primeiro:

— É algo pelo qual eu acho que nós dois somos gratos também.

— Podemos, por favor, ir ver as barracas agora? — Hadley interrompe, sua impaciência finalmente vencendo.

Nunca fui mais agradecida por essa criança do que sou agora.

— Sim. Com certeza, podemos ir, e depois vamos ver os potros!

— Ótimo, eu vou voltar e pegar meu talão de cheques — Declan diz, com uma risada.

— Vocês se divirtam, tenho que ir checar alguns vendedores. — A Sra. Symonds dá alguns passos para trás e se vira. — Oh, e você ouviu dizer quem é a cantora essa noite?

Balanço a cabeça.

— Não ouvi.

Seu rosto se ilumina, e ela junta as mãos sobre o peito.

— É Emily Young! A cantora country do Tennessee, que fez um tour com Luke e acabou de ganhar um CMA. É demais. Quando escrevi para ela, não pensei que fosse possível, mas então ela respondeu dois dias depois e, bem, não consigo acreditar que vamos ter um verdadeiro talento essa noite.

— Isso é maravilhoso! — digo. Pelo menos essa noite não vai ter um show de merda, e Connor e Ellie podem ter algo especial.

— Sim, é mesmo. Tudo bem, vocês três se divirtam — a Sra. Symonds fala, com animação em sua voz.

— Nós iremos! — Hadley sorri. — Vem, tio Declan, vamos fazer compras e depois ver os potros!

Ele a levanta em seus braços e beija seu nariz.

— Tudo bem, monstrinha, mas depois vamos ver se a gente consegue achar alguma coisa para enlouquecer a sua tia Sydney.

Ela ri, enquanto reviro os olhos. A única coisa que me enlouquece é o homem ao meu lado, e já sei que não irei tê-lo.

Quando essa casa for vendida, posso finalmente seguir em frente e permitir que Declan e eu tenhamos uma chance de encontrar nossos futuros.

Ellie e Connor saíram para comprar algo para ela comer enquanto Declan e eu ficamos encarregados de achar um lugar na grama.

Parece que todo mundo na área ouviu sobre Emily Young tocar aqui hoje à noite. Normalmente, você só vai para o show quando está seriamente bêbado. É melhor para os ouvidos.

— Acha que esse é um bom lugar? — ele pergunta.

— Acho que sim.

Ajudo-o a estender os dois cobertores que trouxemos e depois Declan e eu nos sentamos.

— Você se divertiu hoje?

— Sim. Foi ótimo passar o dia com você e a Hadley. Ela é mesmo uma criança incrível.

Ele dá um sorriso suave.

— Ela é, e foi legal sermos capazes de ser amigos de novo.

— É, acho que sim.

— Eu senti... — ele começa e depois para.

— Sim? — Nós nos aproximamos como se fosse a coisa mais natural do mundo.

O olhar de Declan desce para os meus lábios e me pergunto se ele vai me beijar de novo. Eu quero, mesmo que não devesse, pois há essa parte sádica em mim que sempre vai ansiar por mais. Partes dele são melhores do que nada, pelo menos é isso o que meu coração está dizendo.

Minha mente sabe que eu nunca ficarei satisfeita sem ele por completo.

— Foi como nos velhos tempos.

Aproximamo-nos ainda mais.

— E a sensação foi de quê?

— Perdão.

Meu coração está retumbando contra meu peito. Não sei o que nada disso significa, mas torço para que signifique alguma coisa.

— Bem. — A voz de Connor faz nós dois pararmos no lugar. — Acho que algumas coisas nunca mudam.

— Acho que não — falo, sem desviar o olhar do dele e me afasto.

Juro que estava ali, a vontade de dizer mais, porém o quê? Poderia significar que ele finalmente enxerga que vale a pena lutar pelos sentimentos que temos ou poderia significar que ele se perdoou por me deixar e acabou.

Declan se levanta.

— Alguém quer uma cerveja?

O que eu não daria por uma, mas não posso beber.

— Estou bem. Acho que preciso evitar adicionar o álcool essa noite.

— Eu vou com você — Connor diz e depois olha para mim e Ellie. — Imagino que vocês duas queiram conversar.

— Obrigada, querido. — Ellie acena e ele sai, depois seu olhar pousa em mim. — O que diabos foi aquilo?

— Fale baixo — sussurro asperamente. — Não foi nada. Nós só... tivemos um bom dia hoje. Foi legal, e não brigamos ou conversamos sobre o passado ou sobre eu me mudar. Nós nos divertimos com Hadley e, não sei, talvez seja apenas um momento de compreensão.

— Oh, eu compreendo, sim.

Solto um grunhido por dentro e olho na direção que os garotos foram. Declan está parado na barraca de cerveja, me observando também.

Sinto como se eu fosse um ioiô em uma corda, e é uma loucura. Eu tinha tanta certeza da vida até ele voltar. Agora, é como se, cada vez que tentasse ir para um lado, eu me encontrasse sendo puxada de volta para ele.

É sempre ele, e por isso tentei erguer paredes, que ele escalou tão facilmente.

Talvez seja porque essas paredes foram apenas montinhos. A verdade é que eu quero que ele as quebre e venha para mim. Quero que nós... sejamos algo — qualquer coisa — porque o amo.

Podemos ter mudado, mas os meus sentimentos não.

É por isso que eu realmente não deveria ser amiga dele.

Porque sempre irei querer mais.

Sinto-me tão sozinha, e preciso da minha melhor amiga.

— Ellie, há tanta coisa que eu quero dizer... que eu... não posso...

Ela coloca a mão sobre a minha.

— Você não tem que explicar nada para mim, Syd. Eu não sou burra. Sei que você o ama e ele te ama. Está claro para qualquer um que tenha olhos, por sinal, mas você está indo embora, e... ele é cabeça-dura.

E eu vou ter um bebê.

Olho-o outra vez, mas ele se virou, então só consigo ver seu perfil. Está em uma conversa séria com Connor, e me pergunto se é parecida com esta aqui.

Viro-me para Ellie, que me observa com carinho.

— Eu sei e, um dia, meu coração vai ouvir tudo o que a minha mente está dizendo.

Capítulo 17

Declan

Meu corpo está rígido como um arco. O show está ótimo. Depois que a minha língua deixou escapar para Connor sobre ser um homem melhor em relação à Sydney, eu me afastei e agora sinto como se estivesse me afogando.

Estou do outro lado de Connor e Ellie, me esforçando muito para focar na voz de Emily Young e suas músicas, ao invés de quão mais bonita Sydney está.

Fracassei em cumprir essa tarefa.

Em vez de estar perdido nas letras de seja lá qual terrível sofrimento essa cantora country está cantando, observo Syd balançando suavemente com a música. Seu cabelo loiro cai em ondas por suas costas e me lembra de trigo ao vento, movendo-se como se não pudesse resistir.

Quero passar meus dedos pelas mechas macias e sentir seu corpo contra o meu, mas isso seria errado em tantos sentidos.

Ainda assim, movo-me na direção dela, e então ouço meu irmão:

— Não faça isso, Dec — Connor fala baixinho, segurando Ellie protetoramente à sua frente.

Meu coração para, e fico no lugar. Não posso fazer isso. Ele tem razão. Iria desfazer todo o progresso que conquistamos hoje.

As luzes se apagam e apenas um holofote permanece em Emily.

— Eu gostaria de cantar uma música que talvez vocês conheçam. Eu a escrevi quando estava perdidamente apaixonada por um homem que não conseguia se decidir. Alguém conhece uma pessoa assim? — A multidão grita e bate palmas. — Imaginei que sim. De qualquer forma, eu o amava, e sabia que ele me amava, mas eu não conseguia lidar com a dor de ele me rejeitar todas as vezes que nos aproximávamos.

Jesus.

Eu quero fugir, mas meus pés permanecem enraizados.

Emily ri suavemente e depois dá um sorriso.

— Cooper e eu nos casamos dois anos atrás, caso estejam se perguntando. Então não desistam da pessoa certa, pessoal. Mas não o deixe te chamar de querida se não vai ficar por perto.

Ela começa a dedilhar seu violão, e Sydney se vira para mim. As perguntas em seu olhar enquanto caminha até a minha frente me fazem querer arrancar meu coração do peito, porque a dor é grande demais. Sydney não olha para mais ninguém, e minha determinação falha.

— Quer dançar?

Ela assente.

Ouço meu irmão fazer um barulho e ignoro. Ela disse sim, e vou me agarrar a isso.

Essa pode ser a última vez que vou segurá-la nos meus braços, e vou aproveitar a chance.

— Eu amo essa música.

Eu amo você.

— E por quê? — pergunto.

Seus braços se movem para o meu peito, e me pergunto se ela consegue sentir o retumbar do meu coração. Meus nervos são cordas de um arco, sendo puxadas com firmeza antes de a flecha estar pronta para voar. Tudo dentro de mim está tenso, mas mantenho a compostura.

Sydney e eu nos movemos, o mundo desaparecendo como sempre faz quando estou com ela. Sumiram as dores do meu passado, a incerteza do meu presente, e o arrependimento do futuro à frente. Agora, eu a tenho.

Ela está aqui, nos meus braços, onde deve estar.

Não ligo se as luzes no céu estão pegando fogo, porque ela é tudo o que eu vejo.

— Escute. — A voz de Sydney está baixa e melancólica. — Escute-a falando sobre ele desistir e ela pedindo para ele ficar.

E eu escuto. Ouço as palavras, e juro que ela está cantando para nós.

— Não me diga que é tarde demais — Emily cantarola. — Não vou desistir tão fácil assim. Não me chame de querida e diga que está indo embora. Não vire as costas. Pare de me afastar quando você sabe que quer se segurar. Poderia ser tão fácil para nós, amor. Eu estou aqui, mas você não me vê. Não me solte, se você não está pronto para que eu vá embora.

A guitarra acústica toma lugar enquanto a voz dela diminui.

— Syd — falo o nome dela como uma súplica, tanto para deixar ir quanto para segurar.

Suas mãos apertam a minha camisa.

— Não. Não solte. Não me afaste.

Vejo as lágrimas em seus olhos. Eu não quero afastá-la. Quero segurá-la perto, beijá-la sem parar, e amá-la até que ela saiba com todas as fibras de seu ser que é tudo o que eu quero.

Eu a vejo. Eu a sinto. Eu a reconheço em meus ossos, mas não serei capaz de ser quem ela precisa.

Não importa o quanto eu queira que fosse o contrário, não posso lhe dar a vida que ela quer com um marido e bebês. Tudo o que posso oferecer é uma amizade que tem uma data de validade, porque, quando meus seis meses acabarem e ela tiver se mudado, sei que não me permitirei vê-la outra vez.

A música termina, e nós dois paramos de nos mover, apenas observando um ao outro.

O feitiço que estava nos rondando parece se quebrar e consciência preenche seu olhar. Seus dedos afrouxam e se soltam de onde estavam segurando a minha camisa e ela dá um passo para trás.

A ausência dela é sentida em todos os lugares. Meu coração não parece bater tão forte, o frio atinge meu peito, tornando difícil respirar, e o vazio de sua perda me deixa fraco.

Naqueles minutos em que a segurei, o mundo fez sentido. E agora... eu preciso ir embora.

Capítulo 18

Sydney

— Onde Declan foi? — pergunto para Connor. Ele disse que tinha que ir ao banheiro, mas faz vinte minutos, e estou começando a imaginar se ele decidiu simplesmente ir embora.

Pego o cobertor e o enrolo à minha volta, sentindo a noite esfriar. Embora eu tenha me sentido assim desde que ele me largou depois da dança, prefiro culpar o tempo.

— Não sei, provavelmente foi colocar a cabeça em ordem depois de seja lá o que acabou de acontecer.

Olho para ele, tentando decifrar o significado de sua frase. Ele parece bravo ou talvez desapontado.

— O que te chateou?

— Ele. Eu falei especificamente para te deixar em paz, a menos que fosse te dar o que você merece.

— E o que eu mereço, Connor? — Agora, estou furiosa. — Você não tem direito.

— Uma ova que não tenho. — Ele joga as mãos para cima. — Você acha que eu não te amo como uma irmã? Sua amizade com Ellie e o seu relacionamento com a Hadley são tudo para nós. Meu irmão me prometeu que não iria fazer nada para prejudicar nossas vidas aqui, e nem uma semana depois que ele aparece, você decide que vai se mudar, porra. Não sou burro o bastante para achar que é uma coincidência.

Ouço cada uma de suas declarações e reflito. Connor está agindo como um irmão mais velho, o que é fofo, talvez um pouco tarde, e ele não tem todas as informações. E também, ele precisa parar com isso. Se Declan e eu queremos cometer um milhão de erros, então é isso o que faremos, ele não pode evitar.

— Eu fui até ele quando tocou aquela música. Fui até ele, porque precisava dele. Sei que você tem boas intenções, e amo você por isso, Duckie, mas eu o amo. Sempre amei. Nós dois somos adultos, e precisamos dar um jeito de ficarmos perto um do outro sem brigar.

Ellie coloca a mão no braço dele e depois nega com a cabeça.

— Nós só não queremos ver nenhum de vocês dois magoados. É difícil para ele voltar aqui e encarar as coisas que o assombraram no passado.

Coisas como a família dele e eu. Já sei de tudo isso.

Connor puxa Ellie para os braços e pega uma bebida.

— Vocês estavam brigando antes? — pergunto, lembrando-me de quando eles foram buscar cerveja.

— Não, mas estávamos conversando… violentamente.

Ellie solta um suspiro profundo.

— Quer parar de criticá-lo tanto?

— Não estou criticando — Connor fala, com irritação em sua voz. — Não vou mentir para ele. Se ele pedir a minha opinião, então eu vou dar.

Declan não é de fugir de conflitos, mas não consigo imaginar que seja fácil para ele ser repreendido pelo irmão. Olho para o campo e vejo algo se movendo na direção de onde fica o meu terreno. Não sei por que, mas sei que é ele.

— Vou ver se ele está bem.

Connor coloca a mão no meu ombro para me impedir.

— Syd.

— Eu o conheço melhor do que você, Connor. Vai ficar tudo bem.

— Eu só…

Ellie segura o pulso dele.

— Deixe ela ir. Está tarde, e estamos todos cansados. — Depois ela se vira para mim. — Você vai me ligar amanhã ou se precisar de mim?

— É claro. — Inclino-me e beijo a bochecha dela e depois a de Connor. — Eu amo vocês dois, mas essa luta é nossa. Se Declan e eu não conseguirmos resolver isso, então temos problemas maiores do que Duckie dar opinião de forma um pouquinho livre demais.

Com isso, sigo para onde vi alguém pela última vez. Está escuro, mas a lua está brilhando e as estrelas lá em cima estão tão lindas. Eu amo o céu noturno. Está repleto de maravilhas e um vasto desconhecido. Concentro-me na estrela para a qual quero fazer um pedido — como fiz em tantas outras noites —, e espero que dessa vez se torne realidade.

Luz da estrela, brilho da estrela, a primeira estrela que vejo esta noite. Desejar eu posso, desejar eu vou, torne o meu desejo realidade essa noite. Espero que Declan e eu possamos encontrar uma solução para o futuro. Espero que você possa curá-lo o suficiente para amar nosso filho e ser o pai que sei que ele pode ser... se ele se permitir.

Enquanto ando pelo campo, os sons da natureza preenchem meus ouvidos. Há grilos chilreando e, ao longe, uma coruja pia. Enquanto caminho além, o riacho que percorre os dois limites das nossas propriedades e os sapos que chamam a água de lar se acrescentam à sinfonia.

Eu amo como a natureza nunca é silenciosa. Nunca me sinto sozinha quando estou aqui fora.

A música que estava estrondosa nos fundos diminui para um suave zumbido. Não sei para onde ele foi, são centenas de acres entre nossas fazendas, e ele poderia estar em qualquer lugar, mas continuo andando.

Respiro fundo e me concentro, tentando sentir mais do que pensar.

Depois de mais quinze minutos deixando o meu coração liderar meus passos, eu o vejo.

Declan está de costas para mim, e seu queixo está próximo do peito, como se ele estivesse orando. Caminho até lá, sabendo que o tiro poderia sair pela culatra, mas também acreditando no meu coração que estar sozinho não é o que ele precisa agora.

Ele enrijece, mas continuo avançando.

— Você não deveria ter me seguido. — Sua voz está baixa, e ele não se vira.

— Você não deveria ter ido embora.

Ouço-o suspirar quando paro ao seu lado.

Esse lugar tem um significado para todos os irmãos. É onde a mãe deles descansa.

— Você se certificou de que esse lugar estava sendo cuidado para ela?

Balanço a cabeça, negando. Embora eu tenha feito questão de vir aqui e verificar o local, meu cuidado nunca foi necessário.

— Não, nunca precisei. Seu pai cuidou depois que todos vocês partiram.

Nós dois ficamos em silêncio. Houve tantas noites em que encontrei Declan aqui enquanto ele lidava com a sua perda. Tantas vezes em que ele quis o consolo de estar perto da mulher que o amava de todo o seu coração. Ela era o motivo pelo qual ele lutava pelos irmãos. As promessas que lhe fez quando ela morreu foram o que o motivaram a aguentar um golpe atrás do outro vindo de seu pai.

Por mais que o abandono que senti do meu próprio pai tenha doído, não conseguia imaginar o que ele suportou.

Encarar o pai dele e saber que acabaria em hematomas e numa crueldade que ninguém merecia partiu meu coração quando criança, assim como parte meu coração quando adulta.

Eu daria tudo para voltar no tempo e fazer alguma coisa para salvá-lo. Guardei seus segredos depois de ele ter me implorado. Ele tinha tanta certeza de que levariam ele e seus irmãos embora, que os separariam, e isso seria mais do que ele conseguiria aguentar. Nunca soube se fiz a coisa certa, mas, naquela época, a ideia de perdê-lo era o bastante para me fazer *querer* ficar quieta, e pelo quê?

Isso o destroçou, e nos destruiu.

Eu fracassei com ele, e nos perdi.

Declan levanta a cabeça para o céu e então finalmente fala:

— Ele a amava.

— É verdade.

O pai dele, apesar de todos os seus defeitos, nunca deixou o último local de descanso de Elizabeth Arrowood ruir. Toda vez que eu vinha, pensando que poderia estar coberto de vegetação, não estava. A lápide é preta com o nome dela gravado em branco como se o tempo tivesse parado aqui. Não importa quantos anos tenham se passado, este pedacinho da propriedade Arrowood foi mantido. A grama era sempre cortada, e as flores eram alternadas de acordo com a estação.

Nos oito anos da ausência deles, esse foi o único lugar do qual ele cuidou.

— Você veio conferir com frequência?

— Sim. Eu sabia que, mesmo estando longe, você gostaria que ela fosse cuidada.

Fecho os olhos, lembrando-me de como ele arrastava o cortador de grama da minha casa até esse lugar. É a mesma distância das nossas duas fazendas, mas ele o mantinha no meu celeiro para que o pai nunca tirasse dele como castigo.

Nós caminhávamos até aqui, e ele levava horas para garantir que tudo estava certinho.

— Ela o amava também — Declan disse, depois de um instante.

Ela amava a todos. Não havia uma alma que Elizabeth conheceu na qual ela não encontrava bondade. Seu coração era dez vezes maior do que seu corpo e era o epítome do que as pessoas deveriam se esforçar para se tornarem.

Contudo, nada chegava perto do amor que tinha por seus meninos. Não importava o motivo, eles vinham primeiro. Ela combatia o que fosse necessário para mantê-los em segurança, e todos a admiravam por isso.

Quando ela adoeceu, foi como se os anjos chorassem.

— Ela iria querer que você fosse livre, Declan.

— Como?

Há tanta coisa por trás dessa única palavra. Anos de ódio, insegurança e tristeza pelas coisas que sofreu. Se eu não conhecesse sua dor tão bem quanto conheço a minha própria, seria tão fácil odiá-lo por partir meu coração.

Tentei ao longo dos anos culpá-lo completamente por se afastar de mim. Eu me esforçava tanto, desejando enxergar apenas os meus próprios problemas, mas sempre enxerguei que Declan estava se esforçando também. Ele tinha que estar. Apesar do que dissemos naquele dia, eu o conhecia e, na minha alma, sabia que seja lá o que ele estivesse fazendo, ele acreditava ser o certo.

Não que isso tenha aliviado meu coração partido, mas foi o bastante para eu poder reprimir a dor.

Sem hesitar, seguro sua mão.

Ele entrelaça nossos dedos, as palmas unidas como se sempre devessem estar assim. Duas almas cujos pais as destruíram, que buscavam conforto uma na outra. Aqui, entre nós, encontrei a paz que por anos vivi sem.

Eu poderia dizer o que ele quer ouvir, mas não farei isso. Não porque não quero consolá-lo, eu quero, mas porque sei que não há consolo quando a dor está ali.

— Ele se foi, Declan. Ele se foi, e você não. Não há resposta para a sua pergunta, porque o único homem que poderia te dizer... não pode. E... — Eu paro, tentando pensar na forma certa de falar. — E não há nada que ele poderia dizer que fosse melhorar as coisas. O que ele fez com você, Sean, Jacob e Connor foi horrível, errado e imperdoável. Mas ela não iria *querer* que você vivesse assim.

Ele finalmente olha para mim e, mesmo que não consiga ver seus olhos através da escuridão, eu os sinto no meu interior.

É por isso que eu deveria ter permanecido longe. Esse sentimento profundo de estar exposta e aberta para ele é o que me assusta.

Declan aperta a minha mão e inclina a cabeça para baixo. Nossas testas se encostam, e não posso fazer nada além de respirar.

— Por que, Syd? Por que depois de todo esse tempo?

Levanto as mãos, apoiando-as em seu peito, precisando sentir as batidas de seu coração para me ancorar na terra. Sua pergunta me faz sentir como se eu estivesse flutuando.

Porém, não sei o que ele está perguntando.

— Por que o quê?

— Por que você me faz sentir assim? Por que estar perto de você... — Suas mãos agarram meus quadris, puxando-me para mais perto dele. — Por que isso me faz sentir tão perdido e encontrado ao mesmo tempo?

Talvez seja a escuridão e a dança que compartilhamos.

Talvez sejam os meus hormônios de gravidez insanos.

Talvez seja porque o quero mais do que tudo, mas sou egoísta demais para lhe oferecer o caminho mais fácil.

Tudo o que eu quero é ele. Nós. Essa proximidade e compreensão.

— Porque ainda estamos procurando o que nós perdemos — respondo. Declan segura o fôlego. — Estive sozinha e perdida por um longo tempo. Esperei e torci para que você voltasse, porque eu precisava de você. Agora que voltou, sinto isso ainda mais. Você era o meu melhor amigo. Minha "pessoa". Meu coração e a outra parte da minha alma. — Meu lábio treme, e me odeio por dizer isso, mas está no meu coração. Não consigo mais segurar. — Mas você não vai se devolver para mim, vai?

Sua respiração pesada flui entre nós, e o silêncio é toda a confirmação de que preciso.

— Não porque não te quero ou porque você não é tudo o que eu sempre quis. Não posso me devolver para você, porque você é o sol, as estrelas e o ar que respiro. Você é tudo, e eu nunca poderei ser mais do que a casca que sou agora.

Ergo as mãos para o seu peito, precisando que ele realmente me escute só dessa vez.

— É aí que você está errado — digo, sentindo-me menos corajosa do que a minha voz soa. — Você só está com medo demais de lutar por mim.

As pontas de seus dedos roçam contra os meus lábios.

— Esse sou eu lutando por você. Vá, Sydney. Vá antes que a gente cometa um erro irreversível.

Lágrimas preenchem minha visão, fazendo o rosto dele embaçar. Elas caem, escorrendo pelas minhas bochechas, e a dor de sua rejeição me destrói.

— Nós nunca poderíamos ser um erro.

Declan seca as lágrimas das minhas bochechas e depois dá um passo para trás.

— Nós dois sabemos qual é o nosso futuro. Eu vou voltar para Nova York, e você está se mudando para mais perto da sua irmã. Vá, Syd.

E então faço o que deveria ter feito quando o vi parado aqui... eu vou embora. Porque não há nada que eu possa fazer para ele mudar de ideia, não há esperança de nada entre nós, e meu coração simplesmente não consegue aguentar outra flecha de um Arrowood.

Capítulo 19

Sydney

— Você tem uma ligação — Devney diz, colocando a cabeça no batente da minha porta.

— De quem?

— Um britânico com um sotaque muito sexy.

Milo.

Faz uma semana desde que a minha casa foi colocada à venda. Recebi uma oferta e mandei para Milo para ver se eu estava louca. É acima do preço pedido, mas é uma construtora e querem dividir a fazenda em quarenta lotes de dez acres e depois construir grandes casas milionárias que eles afirmam que irão se enquadrar no estilo cidadezinha da área.

Não sei muito bem como isso funciona, já que a maioria das casas de fazendas aqui são originais. Não estamos próximos de uma cidade grande, então se mudar para cá não é ideal para o deslocamento. Não parece uma ótima ideia, mas eu não sei de nada.

— Eu vou atender. Por favor, feche a porta. — Ela assente e ouço o clique da fechadura. — Milo?

— Ahh, sabia que eu era inesquecível. Como estão as coisas? Alguma coisa travessa ou nova que queira compartilhar sobre Declan? — Seu sotaque desliza sobre o nome dele.

— Não, mas, se tivesse, eu provavelmente não te contaria.

— Garota esperta.

Dou uma risada.

— Você recebeu o meu e-mail?

— Recebi e, na verdade, agora estou aqui com a minha linda esposa, que é boa demais para mim. Ela deu uma olhada na oferta e tem suas próprias ideias também.

— Ah! — falo animada. — Oi, Danielle.

— Oi, Sydney. É um prazer te conhecer. Me desculpe por não ter ido à sua fazenda quando o Milo foi, mas estávamos em Nova York visitando nossa filha, e eu não pude dar uma fugida. Enfim, ouvi muito sobre você; além disso, escutei pedacinhos da parte de Declan ao longo dos anos.

Ele falou de mim para ela também?

— Querida, você está passando a ideia errada para a garota — Milo repreende. — Tenho certeza de que Sydney sabe que o nosso Declan é uma alma torturada que é o pior tipo de desgraçado miserável e que só reclama das mulheres. — Ele abaixa a voz e diz o restante como se falasse pelo canto da boca: — Nós devemos passar a ideia errada, assim ela vai querê-lo mais.

Danielle bufa.

— Você é um idiota. Ela deveria saber que ele pensou nela e que pelo menos a mencionou.

— Sim, mas *eu* já fiz isso.

Sorrio, e os dois continuam sem parar.

— Claramente, não fez bem.

— Vou te mostrar o que não fiz bem. — A voz de Milo sobe só um pouquinho.

— Me desculpe por isso. — Danielle volta sua atenção para mim. — Nós temos a tendência de ser um pouco teimosos e questionadores.

Dou uma risada suave.

— Eu entendo. Odeio ter que acelerar isso, mas tenho que estar no tribunal em uma hora...

— Não, não — Milo interrompe. — Eu analisei tudo, e entendo sua hesitação, mas, de verdade, não vai ser problema seu quando você vender. Sei que provavelmente não é isso o que você quer ouvir, porém, quando assinar, perderá o direito de escolher o uso do terreno.

Recosto-me à cadeira e deixo a informação ser absorvida. Eu sabia disso tudo, é claro. Ainda assim, esperava que fosse uma doce família de Chicago que estava cansada da vida na cidade e queria criar vacas sem ganhar dinheiro. É uma vida encantadora — mais ou menos.

— Está dizendo que eu deveria aceitar a oferta? — pergunto.

— Não.

— Sim.

Milo e Danielle respondem o contrário ao mesmo tempo.

— Sydney — Danielle começa antes que ele consiga —, eu sou dos Estados Unidos, então me sinto mais qualificada para falar sobre isso do que Milo. Se você vender, esse legado do qual falou será cortado e vendido. Agora, você pode aceitar essa oferta, que é boa, e ganhar muito dinheiro...

— Que é o que você deveria fazer — Milo diz. — Te garanto que nenhuma família virá comprar a sua propriedade a esse preço. Uma construtora como a Dovetail verá um lucro maior e te pagará o preço pedido.

Tudo faz sentido, mas parece errado.

Um suspiro compreensivo vem do outro lado da linha.

— Entendo sua hesitação. — A voz de Danielle é suave. — Sei que quer se mudar depressa.

— Eu preciso me mudar. Preciso estar estabelecida. Não posso ficar aqui. É melhor vender a casa, me mudar, e avisar a Declan sobre o bebê.

— Então me dê mais alguns dias — Milo sugere. — Deixe-me analisar essa empresa um pouco mais. Verei se consigo encontrar um jeito de fazer isso tudo funcionar da forma como você está esperando.

— Eu agradeço. De verdade. Essa fazenda está na minha família há quase um século, só é... complicado.

Fico tentando imaginar a vida longe de Sugarloaf, e fracasso todas as vezes. Minha irmã foi embora sem olhar para trás. Minha mãe disse que por ela não tinha problema nenhum passar a fazenda para mim quando foi embora e que não tem problema nenhum eu vender agora.

Milo pigarreia.

— Dê-nos um pouco de tempo, a única coisa que aprendi na minha vida patética é que sempre tem outro jeito. Até lá, garanta que vai deixar Declan arrasado pra caralho por te deixar. Nós, os idiotas e melancólicos, parecemos não conseguir resistir a uma mulher que não nos quer.

Danielle solta uma gargalhada.

— E, confie em mim, ele sabe disso.

— Fugindo de novo? — Sierra pergunta, antes de beber seu café.

Depois de passar a manhã olhando casas, parei na cafeteria em sua cidade e liguei para ela, esperando por algum conselho de irmã. Agora, me arrependo da minha linha de pensamento.

— Não, vim me assegurar que estava fazendo a escolha certa e encontrar algum lugar para morar.

Sierra abaixa seu copo e depois dá de ombros.

— E você descobriu se é a coisa certa? Já contou para Declan sobre o bebê?

Balanço a cabeça, negando.

— Planejo contar assim que a casa for vendida e eu souber que vou embora. Se fizer antes disso e ele me oferecer alguma vida grandiosa, vou voltar atrás, tenho certeza.

— Acho que é um plano inteligente. O senso de certo e errado de Declan vai prevalecer.

E esse é exatamente o problema.

— Ele vai se oferecer para casar comigo porque quer fazer o que acha que é a coisa honrável, não porque me ama.

Ela coloca a mão sobre a minha.

— Sinto muito.

Eu fungo e depois me afasto.

— Essa é a parte mais triste, Sierra, pois ele me ama, sim. Sei que ama. Ele só não acha que merece ser feliz.

— Por que você pensa isso?

— Porque ele admitiu. Ele disse que me quer, me beija como um homem que está desesperado, mas é muito cabeça-dura e não vai ceder. Eu não entendo. Por que ele acha que me afastar é melhor para mim ao invés de me amar e nos deixar simplesmente ficar juntos? Sinto como se pudesse aceitar tudo se eu *realmente* soubesse que ele não me ama.

Sierra se recosta à cadeira e esfrega o lábio inferior.

— Vocês dois sempre pareceram tão inabaláveis, sabe? Acho que fiquei mais surpresa com ele indo embora do que quando nosso pai foi. Era quase como se nada fizesse sentido.

— Não diga.

— Você perguntou a ele?

— É claro que perguntei.

Sierra dá um sorriso suave.

— Não, quero dizer diretamente. Por que você terminou as coisas?

Solto um suspiro forte, sentindo como se o peso do mundo estivesse sobre mim.

— Acho que perguntei. Quero dizer... talvez. — Penso nisso, percebendo lentamente que nós não chegamos mesmo a lugar algum. Eu perguntei e ele evitou, ou, quando quis conversar, eu não consegui lidar. — Ele me disse quando terminamos que não me amava.

— E nós todos sabemos que isso não é verdade.

— Okay. — Posso reconhecer isso. Também não acredito. — Ele disse que estava fazendo o que tinha que ser feito para me proteger.

Vejo a mente de Sierra trabalhando para juntar as peças. Posso ser advogada e boa em compreender as coisas, mas minha irmã ganha de mim. Ela seria uma excelente detetive.

— Te proteger do quê?

— Dele mesmo, suponho. Acho que ele acredita que muito do pai vive nele. Ela revira os olhos.

— Por favor, nada daquele idiota está em nenhum daqueles garotos.

— Eu concordo.

— Bem, mas tem outra coisa. Não sei o que é ou por que ele não está te contando, mas não acredito que, depois de todo o tempo em que vocês estiveram juntos e planejando uma vida, ele de repente acordou em um dia aleatório e pensou tipo, acabou.

Penso sobre isso e tento enxergar por uma ótica diferente. Não era um ângulo que já vi antes, mas talvez alguma coisa tenha acontecido que o convenceu de que precisava se afastar de mim. Eu não acreditaria nem por um segundo que ele me traiu — esse tipo de traição não está no sangue daquele homem. Porém, é a única coisa em que consigo pensar que o levaria a esse ponto.

Seja lá o que fosse, se é que houve algo, não entendo por que ele simplesmente não me conta. Nós não tínhamos segredos. Meus pensamentos, meu coração, meu mundo eram abertos para ele e era da mesma forma — pelo menos, eu achava — dele para mim também. Nada que ele pudesse dizer ou fazer mudaria a maneira como me sentia em relação a ele.

— Isso importa mesmo? — pergunto.

— Não sei, mas importaria para mim.

— Acho que essa é a questão. Se ele me amasse, de todo o coração, então por que não viria até mim com seu problema, se é que havia um? Por que não confiaria em mim e me deixaria ajudá-lo, como iguais?

Sierra ergue as mãos e depois as apoia na mesa.

— Longe de mim tentar entender a mente dele. Você saberia disso melhor do que eu.

Talvez anos atrás, mas não agora. Não conheço de verdade o Declan de hoje. Ele mudou tanto e não ri de forma tão livre ou ama tão abertamente quanto antes. É como se uma parte dele estivesse fechada.

— Só estou dizendo que, no fim, nada disso faz diferença. Vou vender a fazenda, me mudar para cá e ter um bebê.

— Sim, mas você não vendeu a fazenda, se mudou, ou contou a ele sobre o bebê — Sierra salienta. Depois minha irmã dá aquele sorrisinho que me dá vontade de sufocá-la.

— Foi você quem sugeriu que eu vendesse a fazenda!

— E quando diabos você já me escutou?

Juro que Deus criou as irmãs como castigo por Eva ter comido a maldita maçã. Eu nunca consideraria colocar a fazenda à venda, se Sierra não tivesse sugerido ir embora da cidade.

— Por que você está dizendo isso agora?

Sierra se remexe na cadeira.

— Porque não quero ver você se arrependendo. Sim, está na hora de seguir em frente, mas você ama aquela cidade, a fazenda, a sua vida em Sugarloaf.

— Eu também vou ficar sozinha, com um bebê, sem ajuda, uma fazenda, um escritório de advocacia, e um milhão de outros motivos pelos quais preciso ir embora de lá.

— Jimmy administraria a fazenda — ela contrapõe.

— Sim, mas ele quer se aposentar. Tem feito isso há um longo tempo, e é egoísmo da minha parte pedir para ele ficar. Se ele fosse embora, eu teria que contratar outra pessoa e orar para Deus para que fizessem as coisas que precisamos para sustentar a fazenda. Mesmo assim, não sei se consigo. Preciso da minha família.

— O que você realmente precisa é de Declan.

Jogo a cabeça para trás, e solto um grunhido. Minha irmã é pior do que eu, e estou grávida e emotiva. Declan não vai me dar o que quero, então essa conversa não tem sentido.

— Morar perto de você pode me fazer finalmente enlouquecer.

Ela bufa uma risada.

— Por favor, você enlouqueceu muito tempo atrás. Olha, eu te amo de todo o coração, mas ninguém te falou para colocar a fazenda à venda um dia após eu sugerir isso. Não achei que fosse mesmo desistir. Foi você quem sonhou em criar os filhos lá e envelhecer com as vacas. Eu nunca sonhei com isso. A ideia de me mudar de volta para Sugarloaf é o bastante para me dar arrepios. — Ela estremece quando pensa no assunto. — Falei aquilo porque queria ver o que você iria fazer. — Abro a boca para dizer algo, mas ela levanta a mão. — Não que eu não te ame e queira que você esteja mais perto. Deus sabe que seria ótimo ter outra pessoa para me ajudar a lidar com a mamãe, mas a questão é que não achei que você realmente colocaria à venda. Ameaçar, claro. Talvez conversar com um corretor, okay, tudo bem, mas não vender de verdade.

Encaro minha irmã, e então de repente uma onda de tristeza varre meu corpo. Lágrimas enchem os meus olhos, e quero me jogar em seus braços e simplesmente desmoronar.

— Syd?

— Por que isso é tão difícil?

Sierra não hesita antes de me envolver nos braços e pressionar minha cabeça contra seu ombro.

— Ah, Syd, é para ser difícil. A vida é difícil e as pessoas não prestam. As coisas não acontecem como queremos, mas nós improvisamos.

Levanto a cabeça, me sentindo estúpida por cair em prantos.

— As pessoas vão embora, Sierra. Os homens nos deixam. Olhe quantas vezes já aconteceu. Não posso ficar por perto, esperando que ele seja diferente. Eles sempre vão embora.

— Alex não foi. Eu o afastei, a maioria das vezes sem nem querer, e ele ficou. Cada vez que penso que finalmente chegou a hora, ele prova que estou errada.

— Ele é uma raridade.

Ela sorri.

— Talvez, mas se ele é, então ao menos sabemos que eles existem. Você tem o direito de estar magoada, mas também está julgando Declan pelo passado e, o que eu acredito, por apenas metade da informação. Não estou te dizendo o que fazer, mas pelo menos converse com o cara. Diga a ele que você está tendo o filho do amor de vocês e veja o que ele faz.

— E se ele partir o meu coração?

Sierra inclina a cabeça para o lado.

— Então vou cortar as bolas dele.

Capítulo 20

Declan

Estou sentado nos meus aposentos, se é que posso chamar assim, lendo e-mails. Meus clientes entenderam meu novo cronograma, e tem sido bom seguir um ritmo levemente mais devagar. Os outros dois consultores financeiros do meu escritório têm me ajudado também, trabalhando bastante por lá.

Quatro anos atrás, isso não teria sido possível. Eu não conseguia tirar uma folga. Não podia montar meus próprios horários, e certamente não confiaria em ninguém para fazer o que eu podia fazer. Agora, estou aprendendo que eu era um idiota.

Chega um e-mail de Milo, e o abro na mesma hora.

> Declan,
>
> Pesquisei um pouco sobre a empresa que fez uma oferta para a fazenda de Sydney. Está tudo em ordem, mas percebo que ela está apreensiva. Recebeu algum sinal sobre para qual caminho ela está inclinada?
>
> A melhor pessoa do mundo,
> Milo

Reviro os olhos para sua assinatura e respondo.

> Palhaço,
>
> Não, ela não mencionou nada para mim. Por que ela está apreensiva?

O homem com o maior pau de todos,
Declan

Mal posso esperar para ver sua resposta.

Claro, apenas alguns segundos se passam e recebo um e-mail.

Idiota Iludido,

Nem vamos começar com isso, irmão. Quanto à adorável Sydney, só sei que ela não estava totalmente confortável. A oferta foi acima do pedido, e a aconselhei a aceitar, mas ela precisava de tempo. Não posso evitar sentir como se ela estivesse fugindo de alguma coisa, não que nós todos não saibamos o que poderia ser... sabe, VOCÊ.

Eu acredito, assim como Danielle, que ela quer que uma família se mude para lá. Alguém que não vá dividir a propriedade e vender os pedaços, mas morar lá e amar o lugar como ela ama.

O incontestável deus entre os homens

Ignoro o final e a vontade de lhe bater e me concentro em Sydney. Ela nunca mencionou querer um tipo específico de comprador. O objetivo dela é sair de Sugarloaf, então imaginei que, se recebesse uma boa oferta, ela aceitaria.

Uma família comprar é uma ótima ideia, mas não é realmente o que a atual situação econômica está gerando — comprar pequenas fazendas leiteiras no meio da Pensilvânia. Não, as pessoas aqui têm estado aqui. É uma cidade geracional. A maior probabilidade seria os fazendeiros locais comprarem o terreno dela para aumentar o seu próprio.

A necessidade de consertar a situação começa a crescer.

Sei que ela está indo embora porque estou aqui, não importa o que diga sobre querer estar perto de sua família. Não há motivo para ela fazer isso por minha causa. Ela vai se arrepender dessa decisão em alguns meses, e não posso deixar isso acontecer.

Eu a amo, e tudo o que sempre quis é que ela esteja feliz e satisfeita. Forçá-la a se mudar para longe de seu lar e de sua vida é exatamente o contrário do que passei a minha vida tentando fazer. Torna o sacrifício que fiz oito anos atrás completamente inútil.

Eu posso fazer isso.

Envio três e-mails.

O primeiro é para o meu contador, instruindo-o a criar uma LTDA, que agirá como uma empresa de fachada para esconder quem eu sou.

O segundo é para a minha empresa de investimento, descrevendo meu pedido para transferirem dinheiro da linha de crédito da minha empresa para a de fachada quando ela for criada. Preciso de alguns dias para liquidar esse tipo de dinheiro.

O terceiro é para Milo.

> Eu vou comprar a fazenda dela. Quero que atue como meu corretor. Não mencione o meu nome, mas feche o negócio para mim.
>
> Declan

Recebo uma resposta de Milo na mesma hora.

> E aí está um grande gesto, se é que já vi um. Ainda quer continuar mentindo sobre como não está apaixonado por ela, quer se casar com ela, e ser feliz?
> Não se preocupe, vou cuidar disso.
>
> Milo

Parece que terei raízes em Sugarloaf, não importa quais sejam os meus planos.

Dessa vez, não parece uma pena de prisão. É a escolha certa, e algo que posso dar a ela, porque não tenho mais nada a oferecer. Sei, no meu coração, que Sydney não quer mesmo ir. Ela ama essa cidade, seu lar e a fazenda. Só estou aqui temporariamente e, quando for embora, ela terá o que mais importa em sua vida.

— Quanto tempo você vai ficar fora? — pergunto para Sean. Hoje à noite, mais cedo, ele torceu o joelho ao tentar roubar a segunda base.

Geralmente não assisto aos jogos dele, mas Connor e eu ficamos presos em casa, enquanto Ellie e Hadley estavam tendo um dia das garotas com Devney e Sydney. Então, pudemos ver a coisa toda.

Assim que aconteceu, eu liguei para ele, mesmo sabendo que não fica com o celular durante os jogos, mas pareceu horrível na televisão. Também não ajudou ouvir os apresentadores dando suas opiniões não profissionais sobre a situação.

Por horas, Connor e eu esperamos Sean finalmente ligar de volta.

— Ainda não sei. Tenho outra RM amanhã, mas, até agora, eles não viram nada nos primeiros exames, então isso é um bom sinal.

— Sinto muito, cara.

Beisebol é a vida de Sean. É o que o impede de enlouquecer. Ele vive pelos dias de jogos, e sei que irá matá-lo ficar de fora.

— Tanto faz. Se eu tiver que fazer uma cirurgia ou alguma outra coisa, pelo menos será oportuno para voltar... aí.

Ele já resolveu vir aqui fora da temporada de qualquer maneira, então acho que funciona de alguma forma.

— Não é tão ruim quanto achei que seria — admito.

— Bem, a Syd está aí.

— Sim, mas não é por isso.

Sean ri.

— Eu te amo, Dec, mas você é a porra de um idiota. Eu daria tudo por uma mulher como ela.

Ele poderia ter uma mulher como ela. Devney tem sido sua melhor amiga desde que um idiota o empurrou, e ela deu um soco no cara. Eles estavam na segunda série. Isso foi o bastante para ele se apaixonar por ela, só que nunca teve coragem de dizer. Ao invés disso, eles fingem que não há nem uma maldita coisa entre eles, o que é uma loucura.

— É claro que não daria.

— Não comece com essa merda sobre a Devney de novo. Ela e eu não somos nada além de amigos. Se eu realmente me importasse assim com ela, não seria capaz de lhe dar conselhos amorosos e outras merdas.

Ele é tão iludido. Nenhum deles nunca teve nada sério o bastante para assustar um ao outro. Eles namoram, às vezes por mais tempo do que eu conseguiria lidar, mas, no fim, sempre há algo de errado com a outra pessoa.

Isso permite que eles continuem com essa enrolação e permaneçam descomprometidos caso o outro encontre coragem.

— Eu poderia dar conselhos amorosos à Syd se soubesse que nunca importaria.

— Tudo bem, idiota, faça isso para mim. — A voz de Sean é dura, e sei que estou o irritando. — Pense na Sydney com um cara... qualquer cara... e me diga que poderia dar dicas a ela sobre como deixá-lo feliz.

Raiva de outro homem que não existe me percorre. Minhas mãos começam a suar e bile sobe pela minha garganta. Essa reação é exatamente o motivo pelo qual nunca penso nessa merda. Ela é minha, e eu faria qualquer coisa por ela, incluindo gastar milhões para comprar sua fazenda sem ela saber. O aperto na minha garganta dificulta minha respiração, e odeio meu irmão por me fazer sequer ventilar a ideia.

— Muito justo.

— Foi o que pensei. — Ele dá uma risada. — Imagine amá-la como você ama e tentar ajudá-la a fazer as coisas funcionarem com algum idiota. Não iria rolar. Não importa quão forte você tente dizer a si mesmo que é.

— Eu também nunca neguei que a amo. Sei qual é a sensação de tê-la, de ver os olhos dela nos meus e saber que ela me ama. É uma coisa diferente, Sean. Não estou dizendo que você não pode colocar seus sentimentos de lado. Nós todos sabemos que você é mestre nisso.

— Não sou mestre nisso. Só não quero brigar o tempo todo. Tivemos o bastante disso na nossa infância, mas gostaria de ter um pouco de paz, caramba.

— Não há paz aqui — falo, e depois belisco a ponte do nariz.

Sean fica em silêncio por um segundo.

— Você poderia ter paz, Dec. A guerra dentro de você não tem nada a ver com Sugarloaf. Tem a ver com arrependimento. Nós todos pensamos que seríamos como o nosso pai, então fizemos tudo ao contrário de propósito. Não nos casamos, não tivemos filhos, não nos permitimos criar raízes ou começar uma família. E, no final, até onde sabemos, ele morreu feliz. Mas olhe para nós.

É, olhe para nós. Estou agonizando cada vez que vejo Sydney.

— Você está infeliz? — pergunto.

— Eu não sei. Amo beisebol e tenho uma vida ótima, mas... claro, tem espaço para mais. Vamos mudar de assunto. — Sean não deixa margem para debate. — Voltarei na semana que vem para o casamento e, quem sabe, terei algumas respostas sobre o meu joelho. Até agora, parece não ser nada e estarei de volta para as próximas temporadas.

— Que bom, acho que pareceu pior do que foi.

— É, graças a Deus.

Minha cabeça está uma bagunça, mas a última coisa que quero é que meu irmão seja infeliz.

— Olha, só quero dizer mais uma coisa. Pode ser tarde demais para mim, mas não é tarde para você encontrar alguém. Você é um bom homem, e sei que filhos e uma esposa são coisas que você sempre quis.

Sean fica quieto por um minuto.

— E por que é tarde demais para você?

Olho na direção do campo que me separa do que mais quero no mundo e agarro o parapeito da janela.

— Porque perdi a única pessoa que vale a pena, mas não sou bom o bastante. Ela está indo embora e tenho que deixá-la ir.

— E é aí que você é um tolo. Aquela mulher acha que você é mais do que o bastante. Talvez seja hora de você mesmo começar a acreditar nisso.

Capítulo 21

Sydney

— Essa... essa é uma ótima oferta, certo? — Olho para Devney, que está lendo o e-mail de Milo por sobre meu ombro.

— É o que você queria.

É o preço total pedido, que é menos do que recebi da construtora, mas Milo conhece o comprador pessoalmente. Ele enviou a oferta, e estou em choque. O comprador quer permanecer anônimo, porque a pessoa é influente, mas seja lá quem for, está procurando por uma casa pitoresca no campo com um terreno há dias. Pelo visto, querem um descanso da vida na cidade onde suas vacas podem perambular e eles podem trabalhar.

— Acha que é alguém famoso? — Devney pergunta.

— Bom, faz sentido.

Ela sorri.

— E se for Emily Young e o marido? Ela estava bem aqui, certo? Poderia ter se apaixonado pela nossa cidadezinha e quer fazer seu próximo grande hit em Sugarloaf.

Pode ser. Não sei se Milo a conhece pessoalmente, mas faz sentido.

— Não sei, eu deveria me importar? É exatamente o que eu queria. Sabe? Assim, esse é o tipo de coisa que eu esperava. Não um construtor que viria e destruiria o terreno, e construiria shoppings ou condomínios.

Devney coça a lateral da cabeça e depois move os lábios de um lado para o outro.

Solto um grunhido, sabendo que isso não vai acabar enquanto ela não disser o que pensa.

— Desembucha.

— Tudo bem. Você poderia ficar. Não precisa vender a fazenda. Já falei antes, e é sério, Declan vai embora em alguns meses. Por que você precisa se mudar?

— Porque é difícil demais!

— O quê? Ele tem estado tranquilo. Vocês não estão brigando e você não tem estado enfurnada na sua casa só para evitá-lo. Caramba, se não queria vê-lo, tudo o que tinha que fazer era apenas... dizer para ele ir embora quando estivesse no lugar. Sinto como se tivesse mais alguma coisa que você não quer me dizer, o que *não* é do seu feitio.

Há muito mais. Sierra não ajudou, e agora Devney também não. Tudo está pesando tanto sobre mim, e não aguento. Sinto como se estivesse me despedaçando e ninguém entende.

— É demais! Eu o amo, Dev. Eu o amo, e não posso continuar andando por onde deveríamos estar, sabe? Tipo, eu vejo o celeiro e penso em como fizemos amor ali. Não posso nem mesmo ir à porra do lago. Tudo naquele lugar me lembra dele.

— Por que é tão pior agora? — Sua voz é carinhosa, e há um pouco de compreensão ali.

— Ele sempre esteve por toda parte, mas, agora que estou perto dele de novo, sei que, quando for embora, terei que sentir aquela perda de novo. Tudo o que poderíamos ter sido voltará com força total, e não serei mais capaz de fingir. Fiz isso por tanto tempo, mas não serei capaz de voltar àquilo.

Ela coloca a mão sobre o peito e assente.

— Eu entendo. Odeio ver você ir embora. Gostaria de poder fazer alguma coisa... qualquer coisa... para facilitar para você. Gostaria de poder ir com você, Syd, mas... não posso.

Penso na ideia.

— Por que não pode? Nós poderíamos começar do zero.

Ela abre a boca e depois suspira.

— Existem coisas que não posso deixar.

— Como o quê?

Devney dá um sorriso suave.

— Minha família está aqui.

Balanço a cabeça, discordando. Não é segredo algum que Devney não suporta sua família. Ela e a mãe brigam o tempo todo. Ela foi para a faculdade e fiquei chocada quando ela voltou. Pensei que certamente ela ficaria por lá.

— Dev...

— Olhe, eu não posso ir. Tenho coisas que são importantes para mim aqui. E você também, Sydney. Não quero que tenha arrependimentos.

Isso é o que mais temo. Não acho que vá acontecer de imediato. Estarei perto da minha irmã e da família, e eles vão me ajudar com isso. Sei que não estarei sozinha. É com o futuro, quando o bebê estiver mais velho e quiser saber sobre a fazenda ou Declan, que me preocupo.

Porém, quem sabe o que vai acontecer quando eu contar para Declan. Ele pode ficar feliz por eu estar ainda mais longe, já que deixou claro que filhos e uma vida comigo não é o que ele quer. Ele pode voltar para Nova York e viver sua vida, e vou cuidar de todo o resto.

E então há a possibilidade de que ele queira participar. Só não sei o que fazer, mas tenho que tomar decisões e então lidar com isso. Se Declan quer estar na vida do bebê, é claro, eu encorajaria. Só não significa que tenho que ficar aqui. Pelo menos, em um lugar novo, não haverá o passado me assombrando.

— Sydney? — Devney irrompe meus pensamentos.

— Desculpe, é, também não quero, mas me preocupo que me arrependa de não fazer o que posso para preservar o restante do meu coração.

Seu sorriso não alcança os olhos.

— Bem, você tem uma grande decisão para tomar, espero que seja feliz, não importa o que escolha. Sei bem demais o quanto é difícil viver com as suas escolhas.

Ela sai do cômodo, e inclino-me para trás, afastando-me da mesa. Apoio a mão sobre a barriga e penso na vida que está dentro de mim.

Há tantas incógnitas. Todas elas dependem do que vai acontecer quando eu finalmente contar a Declan, o que ainda tenho que fazer. Meu ultrassom é em menos de uma semana, e está na hora de encararmos nosso futuro, seja lá qual for.

Tudo isso está pesando sobre mim, e estou cansada.

Não sei por mais quanto tempo serei capaz de esconder minha gravidez também. Estou no fim do primeiro trimestre, que é o que todos os livros dizem ser o período perigoso de uma gravidez. Não há mais motivos para evitar dizer a ele.

— Acho que deveríamos vender a fazenda e ir para onde somos queridos — falo, para o meu ventre. — Será difícil, mas teremos a sua tia e a vovó por perto. Não posso ficar aqui, por mais que eu queira. — Uma lágrima escorre pelo meu rosto. — Amo tanto o seu papai, pequenino. Eu daria tudo para que ele nos escolhesse, mas não acho que fará isso.

Com isso em mente, mando um e-mail de volta para Milo, dizendo que aceitarei a oferta.

Capítulo 22

Sydney

— Você está absolutamente linda — digo à Ellie, ficando de pé atrás para observá-la. Ela está brilhando de verdade. O sol está começando a se por atrás da linha das árvores, e Connor está lá esperando por ela.

— Não acredito que já estou me casando. Parece que estou com ele há séculos, e agora nós realmente seremos marido e mulher.

Sorrio para ela e seguro as lágrimas.

— Estou tão feliz por você, Els.

— Eu não poderia ter chegado a esse ponto sem você. Sua amizade é tudo para mim.

As lágrimas caem, e a puxo para um abraço cuidadoso.

— Eu amo vocês. Os dois merecem ser felizes.

Ela ri e então abana os olhos.

— Eu não quero chorar.

Não há dúvida alguma na minha mente que ela não será capaz de se segurar quando vir Connor e o celeiro.

Todos os irmãos Arrowood estão na cidade e trabalharam muito para fazer algumas surpresas para Ellie.

— Você está pronta? — pergunto.

Ela assente.

— Estou.

Nós vamos para fora, encontrando o céu pintado de tons de vermelho e laranja. Tudo está tão lindo, e alegria enche o meu coração pela minha amiga. Ela merece se casar com o homem perfeito nesse dia perfeito.

Hadley aparece correndo.

— Eu joguei as pétalas, como você disse, e agora estou aqui porque me disse para voltar.

Ela se abaixa e então segura o rosto da filha em suas mãos.

— Eu te amo, Hadley.

— Eu também te amo, mamãe.
— Você está feliz?
Hadley assente.
— Você está bonita. Você está feliz?
O sorriso no rosto de Ellie é largo e cheio de amor e esperança pelo futuro.
— Eu estou tão feliz. Amo demais o seu papai.
— Eu também. Ele é o melhor. Eu tenho a melhor mamãe, papai, amiga, e agora vou ter uma irmã ou um irmão. Podemos ir agora?

Coloco a mão sobre a boca, mais lágrimas escorrendo. Casamentos são sempre comoventes para mim, mas adicione o fato de que é o casamento de Ellie em um celeiro, não havia chance alguma de eu conseguir me segurar.

Ellie olha para mim e assente. Está na hora.
— Tudo bem, Hadley. Você vai andar com a sua mamãe pelo altar depois que eu for. Okay?

Hadley endireita um pouquinho a coluna e os ombros.
— Estou pronta.

Sim, elas estão. Elas estão prontas para seguir para o próximo capítulo de suas vidas, assim como eu.

A música começa a tocar, e caminho até o celeiro.

A porta de trás está aberta, oferecendo um fundo pitoresco para a cerimônia, e há luzes de ponta a ponta por todo o caminho interior. Há flores por toda parte, brancas, com nuances amarelas e a cor favorita de Ellie: rosa. Os rapazes penduraram lanternas de papel no lugar todo e está mesmo de tirar o fôlego. Enquanto ando pelo caminho revestido com pétalas, sorrio para os convidados. Alguns dos amigos militares de Connor, professores da escola de Ellie, Devney e seu namorado, e então meu olhar encontra os irmãos Arrowood.

Connor está de pé ali, as mãos unidas à sua frente, transbordando com um nervosismo que não me lembro de ter visto nele antes. Quando meu olhar se prende no homem atrás dele, o restante simplesmente desaparece.

Ali está Declan. Em um terno preto com o cabelo castanho-escuro cortado apenas um pouco mais curto do que na última vez em que o vi. Ele me observa caminhar em sua direção, e me pergunto se está pensando a mesma coisa.

Poderia ter sido nós.

Deveria ter sido nós.

Meu estômago está embrulhando enquanto continuo andando, desejando que estivesse no vestido branco e Declan na frente de Connor. Eu o teria amado com tudo o que sou. Eu amo agora, mas não é o bastante. Declan e eu somos a trágica história de amor.

As lágrimas que haviam sumido quando comecei a caminhar enchem minha visão outra vez, mas eu as afasto. Não vou chorar, nada de lágrimas de tristeza hoje.

Hoje é dia de alegria. Hoje é dia de Ellie. Hoje é dia de despedidas.

— Dança comigo? — Jacob pergunta para mim.

— O quê?

— Dança comigo, Syd. — Ele se levanta e vem na minha direção, a mão estendida.

Connor e Ellie acabaram de finalizar sua primeira dança, e agora Declan está com ela. Jacob fica ali, esperando, com um sorriso astuto.

— Tudo bem — falo, e permito que ele me leve para a pista de dança.

Da última vez que vi Jacob, sua cabeça estava raspada para um papel que ele estava fazendo em um filme e, graças a Deus, já cresceu.

— Você está bonito.

— Você também.

— Obrigada pelo elogio.

Jacob se inclina e apoia a cabeça na lateral da minha.

— Sabe, eu sempre tive tanta inveja do Declan.

— É? Por quê?

— Porque ele tinha você. — Jacob me vira de leve para que fiquemos ainda mais longe de seu irmão.

— Uh — balbucio. Não sei o que diabos isso significa.

Ele ri e depois me gira.

— Relaxe, não estou dizendo que sou secretamente apaixonado por você. Estou dizendo que ele tinha você. Ele tinha… alguém. Connor e eu éramos as ovelhas solitárias no bando. Sean tinha Devney, e Declan tinha você. Era bom para ele.

— Até que não era.

Ele olha na direção de sua família e depois de volta para mim.

— Talvez. Não foi fácil para ele perder você, Syd. Não foi fácil para nenhum de nós, sendo sincero.

— Não precisava, Jake. Você poderia ter voltado a qualquer momento, e eu teria chorado nos seus braços.

Não houve um instante em que não desejei que pelo menos um deles voltasse para a minha vida. Eles escolheram ficar longe, e isso me quebrou um pouquinho a cada dia.

— Eu gostaria que fosse tão simples assim — ele diz, me girando pela pista de dança com facilidade.

— Por que vocês foram embora?

Jacob engole em seco e depois nega com a cabeça.

— Não sou eu quem deve falar sobre isso, Syd. Eu queria que fosse, mas depende de Declan.

Não achei que ele me contaria. O melhor que eu esperava era que ele confirmasse que havia algo que não podia me contar, o que ele acaba de fazer.

— Posso interromper? — a voz grave de Declan pergunta atrás de nós.

Jacob olha para mim com um sorriso compreensivo e depois assente.

— É claro. Ela sempre foi sua, de qualquer forma.

Começo a abrir a boca, mas, antes que eu possa, Declan está me guiando para fora do celeiro no ar noturno.

A música ainda está tocando atrás de nós, as pessoas dançando, rindo, e aproveitando a celebração, mas, aqui fora, somos só nós.

— Declan?

Ao invés de responder, ele me puxa para seus braços, e não consigo falar.

Ele está tão lindo. Tão absurdamente lindo.

Seu terno cabe perfeitamente, lhe passando um ar de autoridade que faz meus joelhos tremerem. Há uma barba por fazer ao longo de sua mandíbula forte, o que aumenta o atrativo. Seus olhos estão suaves e um pouco sombrios. Ainda assim, sei que ele está feliz por seu irmão. Connor afastou seus medos e ama Ellie com uma ferocidade que rivaliza com qualquer história de amor.

Uma das mãos de Declan está sobre as minhas costas, segurando-me com força contra si, enquanto a outra segura a minha mão entre nossos peitos. Ele se move apenas o bastante para não ficarmos parados, mas sinto uma forte pulsação entre nós.

É como se a dança que compartilhamos no show fosse apenas o começo da canção que estamos criando a harmonia nesse momento. Agora, estamos construindo alguma coisa. Sinto nos meus ossos, e isso me apavora.

Nossos olhares estão conectados, ambos fazendo perguntas e buscando pelas respostas.

— É como o baile de novo — falo, precisando quebrar o silêncio.

Ele sorri e balança a cabeça.

— Eu gostaria de pensar que crescemos um pouco.

— Talvez, mas me lembro de sentir esse nervosismo com você naquela época também.

Naquela noite, eu sabia que me entregaria a ele. Estava tudo planejado, e nós dois tentamos aguentar a noite sem chamar atenção. Eu o amava de todo o coração e queria que ele tivesse o meu corpo também.

Nós fizemos amor, que era exatamente o que significava para nós — amor.

— Eu me lembro de querer te jogar sobre o meu ombro e te levar para o celeiro. Tinha feito aquela cama de palha e estava desesperado por você.

— Bem, talvez não seja nada como o baile — respondo, tentando brincar.

— Não, acho que é exatamente como o baile. Só que agora eu sei qual é a sensação de te amar, te beijar e te segurar nos braços, sabendo que nada mais nunca chegaria perto do que nós temos.

Desvio o olhar, sem querer ouvir isso.

— Declan...

— Eu sei — ele fala, depressa. — Sei de tudo. Sei que te machuquei. Sei que não mereço te tocar ou respirar o mesmo ar que você, mas esta noite, Sydney, não consigo me impedir. Você está tão linda. Tudo o que pude fazer o dia inteiro foi te observar, desejando que eu fosse um homem melhor e que estivesse me casando com você. — Fecho os olhos, segurando as lágrimas. — Você não faz ideia...

— Não faço ideia? — pergunto, com uma risada. — Você acha que eu não estava imaginando a mesma coisa? Sabe o quanto o meu coração está se partindo enquanto olho para você e sei que, se você apenas confiasse em mim, nós poderíamos dar um jeito... juntos?

— Você não...

— Não. Você não sabe, Declan. Você não entende o quanto a minha alma está chamando por você. Eu quero você. Quero você mais do que qualquer coisa, e nunca poderei te ter.

Ele balança a cabeça, negando, ainda me segurando perto de si.

— Você é a única pessoa que já me teve.

— Teve. Não quero o tempo passado. Eu quero você... você inteiro. Quero as partes quebradas e as partes amáveis, aquelas que têm medo de mim e as que irão lutar por mim.

— Essas partes que você quer... — Ele respira pesado, os olhos repletos de sofrimento. — Elas não valem a pena.

— Tudo bem então — falo, sem vontade de continuar fazendo isso.

— Tudo bem?

— Sim.

Os braços de Declan se apertam apenas um pouco.

— O que você está dizendo?

Meu coração está batendo tão rápido, meu estômago está revirando e deixo de lutar.

— Não vou mais continuar te pressionando. Não consigo. Não posso fazer você tentar ou ser sensato. Nós dois estamos aqui, agora, querendo e precisando um do outro.

— Sydney, é...

— Não, é a verdade. — Há resignação e tristeza em cada palavra. Ele pode estar lutando, mas eu já tentei. Fracassei. Estou balançando a bandeira branca e aceitando a derrota. — Eu precisava que você lutasse, Declan. Queria e implorei para você lutar por mim. Por nós. Pelo amor que compartilhamos e a vida que poderíamos ter, mas você não vai fazer isso, e não posso te obrigar. Eu te amo, mas está na hora de aceitar que não voltaremos. — Movo a mão para seu rosto. Seu lindo rosto que posso ver quando fecho os olhos. Roço o polegar contra sua bochecha. — Tenho muita coisa que preciso falar, mas não aqui e não agora. Hoje é pelo seu irmão.

— O que você está dizendo?

Minha garganta está apertada enquanto o encaro.

— Você não tem que lutar mais, Declan. Entendi tudo agora e sinto muito mesmo por ter te pressionado nesses últimos meses. Me desculpe por não ter te escutado. Pensei que, se eu pudesse te fazer lutar...

Declan me solta, dando alguns passos para trás, seu peito subindo e descendo. Há raiva, mágoa e frustração em seus olhos.

— Eu estou lutando por você! — ele brada, antes de andar para frente e segurar meu rosto entre suas palmas suaves. — Estou lutando com tudo o que sou porque te amo. — Sua voz quase saiu como um sussurro. —

Eu preferiria arrancar o meu próprio coração do que te machucar de novo. Você não vê isso? Entende que eu não cair de joelhos e implorar para você simplesmente amar todas as partes que disse que quer é para te salvar? Não é que eu não te queira, Sydney. Eu não te mereço, porra! Preciso de você mais do que qualquer coisa nesse mundo!

É aí que ele está errado. Seguro seus pulsos e ando para frente. Suas mãos seguram meu rosto enquanto ele me puxa até estarmos a um centímetro de distância e depois ele junta nossos lábios. Ele me beija com tudo de si, e então, beijo Declan de volta. Dois planetas colidindo não se comparam à forma como nos conectamos.

A sanidade e o bom senso desapareceram, tudo o que existe somos nós.

Eu o seguro, com medo de que me solte, mas ele não o faz.

Declan me puxa com mais força contra si, suas mãos se movendo pelo meu pescoço e depois sobre as minhas costas.

Nossas línguas se movem em uníssono e absorvo tudo o que é ele. Seu poder, sua força, e dou de volta tudo o que sou.

Nós somos mais fortes juntos.

Suas mãos descem, segurando a minha bunda, e solto um gemido em sua boca. Preciso dele mais do que tudo. Mais uma vez, ele me enlouquece, só que, nesse momento, não é com a necessidade de dizer adeus. É com a esperança de algo mais que está me levando à loucura.

Sim, eu estou me mudando.

Sim, ele está indo embora.

Mas, Deus, e se... nós pudermos ser mais?

E se ele enxergar que poderíamos ser uma família?

Podemos dar um jeito nisso e não vou desistir ou fugir.

É isso o que nós dois estamos fazendo, e estou cansada demais para dar outro passo. Então, terá que depender dele me parar.

— Preciso de você, Declan. Preciso de você, então, por favor, não me afaste — imploro e depois o beijo de novo. Se seus lábios estiverem nos meus, ele não pode me recusar.

Por um breve segundo, ele se afasta, e eu quero gritar, mas então ele se inclina para baixo e me segura nos braços.

Apoio a mão em seu pescoço, e ele me encara.

— Sou eu quem precisa de você.

Capítulo 23

Declan

Isso é tudo contra o qual venho lutando, mas segurá-la, beijá-la, e ver o sorriso dela fodeu a minha cabeça.

Sydney deveria ser o meu para sempre. Enquanto Connor falava seus votos, era como se uma parte de mim se quebrasse. Vi os olhos dela, a forma como as lágrimas chegaram às bordas, e fui eu quem caiu.

Pude ver tudo, e então, observei ir embora quando ela saiu do altar.

Agora, Syd está aqui, pedindo por tudo de mim, e sou incapaz de recusar.

Nos meus braços, seguro tudo o que importa. Desviar o olhar daqui não é possível, porque isso tudo poderia ser uma miragem. Assim que eu soltar, ela pode desaparecer, mas Sydney é real. Ela me encara de volta ao entrarmos no pequeno espaço.

— Isso não é o que eu imaginei… — A voz dela é o som mais doce que já ouvi.

— Não? — pergunto, ligando a lareira e depois me aproximando.

Envolvo os braços ao redor dela, segurando a única coisa no mundo que importa. Quando ela disse tudo aquilo, cedeu, foi como se eu tivesse um estalo. Tudo o que eu temia desapareceu, porque não importa o que eu tenha tentado me convencer, perdê-la de novo seria o fim.

— Não me solte — Sydney suplica.

Ando de volta para a cama e a abaixo. Olho para a mulher que amo, querendo dizer todas as coisas que estou sentindo. Dizer a ela a verdade de que sou o comprador da casa, sobre a noite em que fui embora, e todos os sonhos fodidos que tenho sobre o futuro.

Por algum motivo, ela acredita em mim.

Ela vê o homem que posso ser em vez do homem que sou. Para ela, não estou quebrado, não sou um fracasso, ou indigno.

Eu daria tudo para que isso fosse verdade.

— Você não faz ideia do quanto é linda. Do quanto eu quero você.

Ela se inclina, colocando a mão sobre os meus lábios.

— Quando falamos, dizemos coisas que não podemos voltar atrás.

Roço meu polegar contra sua bochecha.

— Então me deixe te mostrar tudo o que quero dizer.

Eu juro, bem aqui, amá-la com tudo o que sou para que amanhã ela talvez me odeie um pouco menos. Talvez ela sinta tudo o que eu queria que fôssemos.

— Declan, eu deveria...

É a minha vez de impedi-la de falar, pressionando os lábios contra os seus. Quando sinto a luta desaparecer, murmuro contra sua boca:

— Nada de conversar, Sydney. Apenas me deixe te amar.

Um suave e doce ofego escapa de seus lábios, e ela assente. Seus dedos traçam linhas pelas minhas bochechas e a beijo com mais reverência dessa vez. Não é para silenciá-la. É porque passei tanto tempo sem isso, e quero me afogar em seu toque, me alegrar em seu amor, e ficar aqui, no lugar ao qual não pertenço.

Ela inclina a cabeça para trás, e deixo beijos molhados ao longo de seu pescoço. Na última vez em que estivemos juntos, foi frenético e apressado. Eu estava louco de desejo, e nós éramos como adolescentes.

Essa noite, quero marcá-la na minha alma.

Nada dessa vez será apressado.

Abaixo lentamente sobre seus ombros as alças finas do vestido, movendo meus lábios na direção em que elas caem.

— Declan. — Ela suspira meu nome e entrelaça os dedos no meu cabelo. — Eu preciso de você.

— Você me tem — digo a ela, e falo sério. Não vou me afastar, não até o sol nascer e não tivermos mais a escuridão para ocultar tudo o que está errado e esperar que possamos encontrar um caminho de volta para a luz.

Abro o zíper de seu vestido e o abaixo. Ela solta cada botão da minha camisa, observando-me com o lábio inferior entre os dentes. Syd afasta a camisa social, um sorriso travesso agora presente em seus lábios.

Ela é absolutamente linda. Está usando um sutiã de renda que faz minha garganta secar.

Então ela levanta as mãos, tira alguns grampos do cabelo loiro, e o deixa cair ao seu redor, emoldurando seu rosto, e congelo. Não sei se posso respirar. Tudo sobre esse momento é demais. Sei que falei que a deixaria ir embora, mas não acho que consigo.

Sydney é a resposta para as perguntas que procuro e não sou forte o bastante para perguntar mais.

Cansei de me manter distante.

Lutei contra meu bom senso e, ainda assim, aqui estamos nós de novo. Meu coração sempre foi dela e, se conseguirmos passar dessa noite, depois que lhe contar tudo, então talvez eu consiga parar de lutar pela coisa errada.

— Eu não... — tento falar. Dizer o quanto ela é magnífica e o que eu quero, mas as palavras não vêm.

Sydney me encara com as bochechas coradas.

— O quê? — pergunto, sem saber se quero a resposta.

— Isso é exatamente como o baile.

Talvez, mas não quero que seja assim. Quero lhe dar prazer, mostrar a ela o quanto a amo. Quero me segurar à lembrança dessa noite para sempre. Ellie pode ter sido o centro da atenção de todas as outras pessoas hoje, mas tudo o que vi foi Sydney.

Dou uma risadinha e desço a ponta do dedo pelo seu peito.

— Mas não sou um garoto agora.

— Não, você não é.

— E não vou me atrapalhar com o que fizer com você — garanto a ela.

— Não duvido disso. Mas estamos em uma fazenda, bem-vestidos, e prestes a repetir o que fizemos naquela noite.

O corpo dela treme levemente quando subo o dedo outra vez, dessa vez roçando seu mamilo. Inclino-me para baixo, minha língua saboreando o pedaço de seda, e ela joga a cabeça para trás.

— Eu fiz isso na noite do baile?

— Não — ela murmura.

Seguro e puxo até que ela cai na cama com uma risada suave.

O olhar de Sydney segue para a janela que toma toda a parede e a vista ao nosso redor é realmente linda. Acordo com a luz do sol e durmo com as estrelas.

— É como se estivéssemos do lado de fora — comenta.

— Porém ninguém consegue nos ver. — Garanti que o vidro espelhado fosse completamente privado. A última coisa que eu queria era Hadley vindo passear na casinha minúscula e me encontrando... em uma posição comprometedora.

— Então eles não podem nos ver fazendo isso? — pergunta, colocando a mão dentro da minha calça, envolvendo os dedos ao redor do meu pau e o esfregando para cima e para baixo algumas vezes.

— Não, e graças a Deus não conseguem nos ver fazendo isso também.

Nós nos beijamos pelo que parece uma eternidade. Suas mãos perambulam pelas minhas costas, braços e peito, tocando todos os lugares que ela consegue alcançar.

Meus lábios traçam a inclinação de seu pescoço e depois seguem para sua orelha.

— Eu vou fazer muito mais, Syd. Vou te dar tanto prazer que você não será capaz de pensar direito. Vou fazer amor com você até nós dois colapsarmos, e depois, vou fazer de novo.

Ela se apoia nos cotovelos, o olhar provocante ao inclinar a cabeça apenas um pouco para o lado.

— Isso é muito papo para um homem que disse que não queria conversar.

Deus, eu a amo.

Eu me mexo, observando sua respiração acelerar, e seus olhos se enchem de desejo. Não há pressa, e eu me demoro, indo centímetro por centímetro em uma lentidão agonizante.

Quando nossos lábios estão quase se tocando e o calor de seu hálito está na minha boca, eu espero. Sua respiração preenche o espaço pequeno, e me deleito com o fato de que sou eu quem está deixando essa mulher desesperada.

— Posso pensar em outra forma que eu gostaria de usar a minha boca, e você?

— Sim.

— Ótimo.

E então eu a beijo.

Nossas línguas duelam, ambas disputando por controle, mas ela não me fará ceder. Sydney sempre quis o controle, mas não agora. Não quando preciso tanto dela. Quero conquistá-la, possuí-las de todas as formas.

Nós dois nos erguemos para que eu possa tirar seu sutiã.

— Eu amo você de renda.

— Eu amo você nu — ela retruca.

Sorrio, amando como o calor da lareira ilumina sua pele perfeita.

Em vez de responder, inclino-me para baixo e coloco seu mamilo na boca, chupando e passando a língua sobre ele. Sydney geme, e os seguro para que possa chupar, lamber, e acariciar os dois ao mesmo tempo.

Coloco seus braços sobre a sua cabeça.

— Mantenha-os aí — ordeno.

Então deslizo sobre seu corpo, beijando todo o caminho. Ela segura o fôlego quando chega em sua barriga, e sorrio. Ela sabe exatamente para onde estou indo.

Abaixo sua calcinha de renda, e então é a minha vez de segurar o fôlego. Aqui está ela, exposta como a porra de um banquete para mim. A visão ficará gravada no meu cérebro. Levo meus lábios para o seu centro e coloco as pernas dela sobre os meus ombros.

Minha língua se move enquanto ela faz sons incoerentes. Sinto seu gosto, lambendo seu clitóris, e ela agarra os travesseiros, sem mover os braços. Continuo a enlouquecê-la, seus calcanhares pressionando minhas costas.

— Estou perto. — Sua voz está ofegante, e aumento a pressão da língua. Consigo sentir a tensão no corpo dela, suas pernas se contraindo ao redor da minha cabeça. Eu chupo, aperto, e depois repito, até que um grito alto sai de seu corpo.

Eu continuo, extraindo cada gota de prazer que consigo.

A rigidez em seu corpo se solta, e subo outra vez, abaixando a calça e observando seus olhos pesados de desejo piscarem.

— Isso definitivamente não aconteceu na noite do baile.

— Não, eu não tinha muita certeza sobre como fazer isso. Não até pelo menos a quarta vez. — Rio e inclino-me para beijá-la. As mãos de Sydney descem para a minha cueca boxer, e ela a abaixa por meus quadris.

E então não há nada entre nós, exatamente como eu queria que fosse.

— Eu gostava de nós quando não tínhamos experiência.

— Verdade?

Ela assente e afasta o cabelo da minha testa.

— Nós aprendemos juntos. Crescemos como um casal, e foi lindo.

— Você ainda é linda.

Ela nega com a cabeça e percorre a mão pelo meu peito.

— Não quero dizer desse jeito. Porém, fico feliz que você ainda ache que sou bonita. Quero dizer da maneira como encontramos um ao outro.

— E agora é dessa forma? — questiono, odiando a pergunta no instante em que sai dos meus lábios.

— Agora, é... diferente. Nós dois estamos diferentes.

Eu queria que não fosse verdade, mas é. Nós passamos por coisas nos últimos oito anos que não podemos fingir que nunca aconteceram. Não posso desfazer o passado, mas posso dar a ela o que nós dois queremos — um futuro.

— Talvez nós estejamos, mas preciso de você mais do que tudo. Você me torna outra pessoa... alguém melhor.

Sydney se ergue para que nossos lábios se toquem.

— Faça amor comigo.

— Nós precisamos... — Procuro uma camisinha, mas Sydney puxa meu rosto de volta para o dela.

— Essa noite não.

— Tem certeza?

Seus olhos lampejam com alguma coisa e depois ela assente.

— Está tudo bem. Eu prometo.

Ótimo, porque não quero nada entre nós. Sinto o calor dela quando adentro, seu corpo me envolvendo, me puxando profundamente.

Nunca senti tanto prazer antes. Talvez seja por causa de tudo o que aconteceu hoje, mas dessa vez parece o paraíso.

Os olhos de Sydney permanecem em mim enquanto me afundo até a base. Meu corpo inteiro sente como se estivesse sendo virado do avesso.

Eu não me movo, precisando me ater a essa sensação pelo máximo de tempo que consigo.

Ela se contrai ao meu redor e solto um grunhido, incapaz de me segurar mais. Deslizo para dentro e para fora, nós dois ofegando com o esforço. É tão bom. Não sei dizer onde eu começo e ela termina. Somos simplesmente nós — duas pessoas que se encaixam perfeitamente.

Eu a amo. Preciso dela mais do que jamais poderia explicar.

A ideia de deixá-la outra vez é incompreensível, e farei qualquer coisa para mantê-la.

— Declan — ela geme meu nome, seus dedos apertando minhas costas. — Não consigo segurar.

— Se solte, Syd. Se solte, estou com você... sempre.

Ela joga a cabeça para trás, seu pescoço se arqueando e as unhas arranhando meus braços. Deslizo a mão entre nossos corpos e esfrego seu clitóris. A respiração de Sydney acelera.

— Olhe para mim, Syd.

Quando ela o faz, há tanto amor em seu olhar que meus pulmões têm dificuldade para respirar. Ela entrega livremente e aceito, como o desgraçado ganancioso que sou. Sempre que me sentia para baixo, ela me animava, e não percebi o quanto precisava disso até agora.

Seus olhos se fecham quando outro orgasmo a percorre, e sigo logo atrás.

Ofegante e saciado, rolo para o lado, puxando-a para os meus braços, sem ligar para mais nada. Preciso segurá-la, inspirar seu cheiro de lavanda e baunilha que passam a sensação de lar.

Nós dois nos acalmamos, ela apoia a mão no meu peito e dou um beijo em sua testa.

Quando olho de volta para ela, uma lágrima escorre por sua bochecha. Encho-me de preocupação. Caralho. Eu a machuquei... ou talvez ela já esteja se arrependendo.

— Syd?

— Me desculpe — ela fala depressa.

— Por que você está chorando? Fiz alguma coisa? Te machuquei?

Ela se senta, colocando minha camisa.

— Não, não, é só que... me desculpe por não ter dito isso antes.

— Dito o quê?

Outra lágrima cai, e ela aperta a camisa com mais força.

— Eu estou grávida.

Capítulo 24

Sydney

Eu espero, e ele me encara.

— Já? Nós acabamos de... e como...

Seco a lágrima que está na minha bochecha.

— Não de agora... da última vez. Quando estávamos no lago.

— Você está... grávida de *meses*?

Encho-me de culpa, e assinto.

— Quatro meses. Bem, mais perto de cinco agora.

— Mas você nem está...

— Com barriga? — termino por ele. — Eu sei, mas está começando a aparecer, tenho uma pequena barriguinha aqui. — Movo a mão para onde parece que estou inchada.

Declan encara e abre e fecha a boca algumas vezes.

— Aí está... o bebê?

— Sim.

Quando perguntei à médica algumas semanas atrás, ela disse que era muito normal não aparecer até a metade do segundo trimestre, se você for magra e nunca tiver tido um bebê antes.

Declan esfrega a mão no rosto e então pisca algumas vezes.

— Você algum dia ia me contar?

— É claro que sim.

— Quando?

A raiva está evidente em sua voz.

— Hoje. Amanhã. Não sei. Eu queria que as coisas estivessem resolvidas para mim.

— Resolvidas?

Meu lábio estremece, e luto contra o medo que cresce a cada segundo. Não achei que as coisas seguiriam por esse caminho. Pensei que faríamos sexo e depois ele me afastaria. Depois que estivesse quebrada e sozinha, eu contaria a ele e nós nos separaríamos.

Mas então ele me segurou.

Ele me amou.

Ele me deu mais do que eu poderia querer, e não consegui me segurar.

Ele beijou minha barriga, e pensei, bem naquele instante, que choraria.

Quando nós dois terminamos e ele me puxou para perto, não consegui segurar por mais tempo.

Nós vamos ter um bebê, e se pudemos compartilhar o que acabou de acontecer, então talvez possamos ser mais.

Agora, ele está agindo como se eu o tivesse traído.

— Sim, eu queria que a casa estivesse vendida para que, quando você nos rejeitasse, eu tivesse um plano.

— Então é por isso que você está se mudando?

Fecho os olhos e sinto as lágrimas caindo.

— Sim.

— E quanto a mim?

Abro-os de novo para encará-lo.

— O que tem você? O que tem *você*, Dec? Você deixou bastante claro que não queria a mim ou um bebê. Praticamente gritou isso e zombou do seu irmão. Eu estava lá, eu ouvi. Fiquei ali, já grávida e apavorada, e escutei você falar sobre se jogar de um penhasco. O que queria que eu pensasse?

Ele bufa e passa as mãos pelo cabelo.

— Eu não sabia.

— Não, mas então fiz comentários e disse pequenas coisas para avaliar o seu posicionamento e, ainda assim, você foi claro sobre não querer uma vida comigo. Você foi tão decidido a me dizer repetidas vezes que nunca existiria um nós.

Eu me sinto estúpida e envergonhada, mas fiz o que achava ser certo para mim e para o bebê.

— E você pensou que isso significava o bebê?

— Eu nunca esconderia essa criança de você. Nunca. Quero que você ame ele ou ela. Quero que faça parte da vida dele, mas foi você quem disse que não queria uma vida assim.

— Puta que pariu, Sydney, é o nosso bebê! Eu... eu não te deixaria para criar a criança sem ajuda.

Sem ajuda. Duas palavras que eu temia ouvir dele.

— Me diga qual é a sua versão de ajuda.

Declan diz que não vai me deixar sozinha para criar uma criança, e eu acredito nele, mas agora quero mais. Eu quero tudo.

— Eu não sei — responde, saindo da cama. Declan coloca uma calça de moletom e depois começa a andar pelo espaço minúsculo. — Preciso de um minuto.

— Me desculpe por não ter te contado.

Ele balança a cabeça, negando.

— O que você quer, já que planejou isso?

Há uma amargura em sua voz que me deixa nervosa. O amante doce e carinhoso que me segurou desapareceu.

— Eu não planejei isso. Só sabia que precisava me situar.

— Se mudando.

— Sim — admito. — Quero estar perto da minha mãe e de Sierra.

— E qual era o meu papel?

Mordo o lábio e luto contra as lágrimas.

— Eu não tinha certeza do que você iria querer. Sei que não nos abandonaria ou não cumpriria com as suas obrigações.

Declan bufa.

— Eu iria, é claro, ajudar financeiramente.

Ele está bravo e tem todo o direito de estar, mas dói. Tenho que me lembrar de que tive bastante tempo para absorver isso e... bem, ele não teve. Não apenas isso, nós acabamos de ter um momento muito especial.

Eu me aproximo, mantendo a voz estável.

— Sim, presumi que ajudaria. Mas e quanto ao amor, Declan? E quanto a ser pai? E quanto a passar tempo com a criança? Amar ele ou ela? Dar uma família ao bebê?

— Que porra eu sei sobre família? — ele grita, e depois se vira e respira fundo. — Eu... eu não sou o cara que você acha que sou.

— E que cara é esse?

Quando ele se vira para mim, não vejo raiva em seus olhos, vejo medo. Ele está absolutamente apavorado.

— O que pode ser um pai. Não sei nada sobre o que um pai faz. Tudo o que conheço são punhos, raiva, e não ser o bom o bastante.

— E quanto à forma como você criou os seus irmãos? E quanto ao homem que foi acertado por aqueles punhos para que outros não precisassem?

— É isso o que você quer perto de uma criança? Um cara que consegue levar uma surra?

Deus, ele não enxerga. É desesperador.

— Você. — Dou um passo em sua direção. — Você é um bom homem. Você é amoroso, sincero e faria qualquer coisa por alguém que ama.

— Tipo deixá-los? Abandoná-los? Foi isso o que fiz com você — ele retruca.

Meu coração está disparado, mas tento deixar meus próprios sentimentos de lado para que me concentre nele. Tive quase cinco meses para assimilar isso tudo, porém ele acabou de receber a notícia.

Ainda assim, quero gritar com ele, jogar algo na sua cara e colocar um pouco de juízo em sua cabeça.

Isso parece outra desculpa. Sim, ele me deixou. Sim, disse que era para me proteger, mas nunca deu explicações. Há um motivo e não vou a lugar algum sem saber qual é.

— Por que você me deixou tantos anos atrás?

— O quê?

— Por que você foi embora? O que houve naquela noite que fez você partir?

Coloco minha armadura sobre o coração e me recuso a deixar qualquer coisa passar por ali. Não até eu ter a verdade.

— Você sabe o porquê.

Eu retruco:

— Me fale de novo.

— Porque eu não te amava, porra!

— Mentiroso.

— Não me chame de mentiroso.

— Não minta para mim! — grito de volta. — Você não me amava? Papo furado! Se não me amasse, então não teria significado nada quando me viu alguns meses atrás. Você não teria me procurado no lago. Não teria tentado ajeitar as coisas entre nós. E... — Minha respiração está saindo entrecortada enquanto as emoções se emaranham e se chocam dentro de mim. — Você não teria *dito* às pessoas que me amava! Sei que você me amava, seu covarde! Sinto isso na pele.

— Isso não muda nada! — Suas mãos estão tremendo quando ele as estende para mim, só para puxá-las de volta no último segundo. — Não importa se eu te amava naquela época ou agora, eu tinha que ir. Não tive escolha. Fiz o que era melhor para todos nós. Nenhum de nós sabe se tenho mais do meu pai em mim do que queremos acreditar.

— Você não vai me machucar.

— Você não sabe disso.

— Eu sei. Por que você foi embora? — pressiono de novo.

Essa pode ser a última chance que eu tenho. Agora, ele não está pensando e as paredes que construiu com tanto cuidado não vão aguentar por muito tempo. Preciso derrubá-las e chegar no cerne da questão.

— Eu te falei o motivo.

— A verdade, Declan.

Ele balança a cabeça, negando, e tenta andar para trás, mas não há para onde ir.

— Não importa.

— Acho que importa. Acho que alguma coisa aconteceu, e você e seus irmãos decidiram ir embora. Acho que teve a ver com seu pai, e seja lá o que tenha acontecido, foi tão ruim que você sentiu que não poderia me contar, então, em vez disso, você foi embora. Estou certa?

Seu olhar encontra o meu e sua mandíbula é cerrada com força.

— Syd.

— Tem alguma coisa que você não está contando, e não vou deixar isso passar. O que aconteceu com seus irmãos? Do que você está os protegendo?

A única coisa que faria Declan ir embora tinha que ter relação com seus irmãos. Não sei como não enxerguei antes, mas, agora que vejo, é claro como cristal.

Declan dá um passo à frente, suas mãos ainda trêmulas.

Vou em sua direção, sabendo que ele está lutando contra a vontade de me contar, mas há uma necessidade profunda de proteger aqueles que ama.

— Me escolha, Declan — suplico, suavemente. — Escolha a nós e só me conte o que te fez ir embora oito anos atrás.

— Deixe isso pra lá.

— Por que você me deixou? Por que desistiu de tudo? Por que não me escolheu naquela época?

— Mas que merda, Sydney! Eu não posso fazer isso!

Consigo ver a agonia, mas não posso recuar. Por mais que eu queira, não posso. Então, aproximo-me dele até que quase não haja nenhum espaço entre nós.

— Por quê? Por que você me deixou? Por que mentiu para mim? Por quê?

— Porque meu pai matou alguém e nós todos estávamos lá! — Sua respiração está acelerada, e dou um passo para trás.

— O quê? — Coloco a mão sobre a barriga, sentindo que talvez eu passe mal.

— É por isso que eu te deixei. Meu pai pegou o carro de Sean e dirigiu bêbado. Ele jogou duas pessoas para fora da estrada, matando-as na mesma hora. Nós estávamos lá. Nós quatros vimos isso, assistindo em horror enquanto eles capotavam e ele fugia.

Balanço a cabeça em negação.

— Você não está fazendo nenhum sentido.

Declan dá uma risada seca e depois belisca a ponte do nariz.

— Nós estávamos lá, Syd. Nós o vimos matar aquelas pessoas e depois fugir, mas fica muito pior.

A forma como a voz dele falha no final faz meu peito doer. Sento-me na cama, o combate deixando meu corpo enquanto me preparo para um tipo diferente de resposta.

— Me conta.

Ele se recosta contra a bancada, parecendo abatido e cansado.

— Nós confrontamos meu pai, exigindo que ele se entregasse, mas ele riu e disse que contaria aos policiais que estava em casa a noite toda e que foi um de nós. Syd, ele estava dirigindo o carro de Sean, mas não podíamos ter certeza se alguém realmente tinha visto nosso pai atrás do volante. Não tínhamos escolha. Não tínhamos nada e ele tinha todas as cartas.

— Declan...

— Não, deixe-me terminar. Você quer saber tudo? Bem, aqui está. As pessoas naquele carro... eles eram os pais de Ellie.

Arquejo, e coloco a mão sobre a boca.

— Não.

— Sim. Meu pai matou os pais de Ellie. Então, você pergunta por que eu te deixei? É por isso. Meu pai era um assassino, era o carro do meu irmão que estava envolvido, e eu te amava tanto que sabia que a única maneira de te manter livre de tudo era me afastando.

Consigo ver os tremores percorrendo seu corpo, mas, pela primeira vez desde que conheci Declan Arrowood, não sei o que fazer.

Eu o vi em seu momento mais frágil, mas isso vai além.

Estou com medo por Declan.

Do que isso fez com ele.

Por todos esses anos, ele segurou isso dentro de si e afastou pessoas que achava que amava, e fez tudo isso por causa de erros que não pertenciam a ele.

Meu coração se parte por ele.

E então penso em Ellie e no quanto isso deve ter sido impossível para ela. A noite em que apareceu na minha casa, despedaçada e inconsolável, dizendo coisas que eu não entendia na época, mas que fazem tanto sentido agora. Ainda assim, ela perdoou Connor.

Caramba, ela acabou de se casar com ele.

Olho para Declan, me perguntando por que ele ainda está se punindo.

— Você não matou aquelas pessoas. Sean, Jacob e Connor também não. O seu pai matou, e você passou oito anos da sua vida protegendo seus irmãos. Você não precisa mais fazer isso. — As palavras saem com suavidade, como se eu estivesse lidando com uma criança pequena e machucada, o que ele é, em parte. — Você não tem mais que me salvar, Dec. Eu estou aqui. Estou bem.

— Porque eu não voltei para você. Você não vê? Se eu tivesse voltado, então como nós estaríamos?

— Juntos — sussurro a palavra.

Ele balança a cabeça, discordando.

— Não, isso não muda as coisas. Agora você sabe exatamente do que essa família é capaz. Ellie pode ter perdoado Connor e o restante de nós, mas eu não.

E aí está o cerne do problema. Nada mudou. Ainda estamos aqui, mesmo com nossas vidas inteiras alteradas. Vamos ter um bebê, ele me contou tudo e, ainda assim, não se dá a chance de ser feliz.

Ele sempre será o pai do bebê. Sempre vou me importar com ele e torcer para que tenham um relacionamento, mas é onde meu coração tem que se libertar. Pelo bem do nosso filho.

Fico de pé, tiro sua camisa e pego meu vestido, colocando-o de volta. Não posso ficar aqui nem mais um minuto. Preciso de um pouco de tempo para pensar, processar e ponderar sobre tudo o que aconteceu.

— Para onde você está indo? — Declan pergunta, atrás de mim.

— Para casa.

— Então você me pressiona para falar e depois vai embora? E quanto a tudo que contei?

— Eu ouvi tudo, e sinto muito mesmo por você ter sofrido. Eu teria estado lá por você oito anos atrás, mas entendo que você fez o que achava que era melhor. Porém, agora eu tenho que fazer o mesmo. Preciso pensar, assim como você. Há muitas decisões para serem tomadas por nós dois e ambos estamos emotivos demais para fazer isso agora. Você precisa colocar nessa sua cabeça dura que vamos ter um bebê, eu não sou frágil, e não preciso que você me proteja, preciso que me escolha. — Olho para a cama onde me senti completa em seus braços. — Você fez amor comigo. Me mostrou, me fez sentir cada grama do seu amor. Foi tão lindo que eu chorei.

De jeito nenhum você pode me dizer que não foi real ou que não me quer. Mas se você não pode, então... isso é com você.

Ele passa os dentes sobre os lábios e depois suspira.

— Eu não vou negar que te amo. Tudo era para ter sido diferente essa noite! Caramba, Sydney! Eu... eu te deixei entrar e agora descubro isso. Não posso fazer tudo em uma noite. Não posso te devolver o que você quer *e* fazer a minha mente entender que vou ser pai.

— Eu *sei* que você me ama, e você diz que não pode ser o que eu quero que seja, mas tudo o que eu sempre quis foi você... as suas partes boas, as ruins e as quebradas. Mas, Declan — ando em sua direção, me sentindo nua e exposta, lágrimas escorrendo pelas minhas bochechas —, nós vamos *ter* um bebê. Um que precisa ser amado de todo o coração, mesmo que você não consiga encontrar a coragem para fazer isso por mim.

Ele se levanta, movendo-se na minha direção, mas dou um passo para trás. Lágrimas são a criptonita dele em geral, mas as minhas lágrimas... elas o destroem.

— Não sei o que você quer... ou sei, mas de jeito nenhum posso apagar o passado.

Vou até ele e coloco a mão sobre seu coração disparado.

— Não estou te pedindo isso, mas você tem que fazer uma escolha. Seu passado é turvo e repleto de dor, mas você tem algo no futuro. Uma linda possibilidade e uma mulher que, apesar de tudo, ainda te ama de todo o coração. Em dois dias, tenho um ultrassom marcado em Conyngham. Vou te mandar os detalhes por mensagem. Espero que esteja lá para ver o nosso bebê e escolher o futuro.

Inclino-me e pressiono os lábios nos dele, que se mantém completamente parado. Minha mão está na maçaneta quando a voz dele preenche o espaço ao nosso redor:

— Você fala sobre deixar o passado para trás, mas também está fugindo. Está vendendo a fazenda e se mudando para longe, mesmo sabendo que está grávida. Você escondeu isso de mim, e agora o que eu devo fazer?

Meus dedos apertam o metal frio na mão e dou um suspiro, buscando forças. Quando me viro para encará-lo, mantenho-me forte e falo as quatro únicas palavras em que consigo pensar:

— Corra atrás de mim.

Capítulo 25

Declan

— Onde diabos você esteve? — Connor pergunta, quando paro no batente da porta do celeiro, debatendo se posso sequer voltar para a festa.

— Perdido.

— Perdido? — Ele inclina a cabeça para o lado, como se eu fosse um idiota. E eu sou.

Sou um maldito idiota.

Eu sabia que era melhor não a tirar para dançar. No minuto em que toquei sua pele, já era. Foi difícil o bastante me afastar dela depois que dançamos no show, mas esta noite... foi impossível. Lutei contra a vontade de ir até ela tantas vezes, e simplesmente não conseguia mais fazer isso.

Agora eu realmente fodi tudo.

— Eu estava com a Sydney.

— Imaginei. Nós todos já esperávamos isso.

Olho para meu irmão mais novo e sinto um fiozinho de raiva.

— Você sabia?

— Sabia o quê?

— Sobre a Sydney...

Connor franze o cenho e olha para mim de um lado para o outro.

— Você bateu a cabeça? Você disse que estava perdido, será que não ficou doente?

Ando em sua direção, minha voz baixa e tensa.

— Me diga se você sabia e se esteve escondendo de mim.

Connor solta um suspiro pesado e dá um passo para trás.

— Por mais que eu ame te dar uma surra, hoje é o dia do meu casamento, e minha esposa provavelmente não gostaria disso. Não sei o que diabos está acontecendo com você e Sydney, mas ela veio correndo para cá, beijou Ellie e eu, disse que sentia muito, mas que não estava se sentindo bem, e depois foi embora. Vim aqui fora ver onde você estava, porque imaginei que tinha ferrado alguma coisa, mas te encontro divagando e pronto para arrancar a cabeça de alguém. O que diabos aconteceu?

Não é da conta dele, e está claro que ele não sabe sobre o bebê. Não faço ideia se Ellie, Devney, ou alguma outra pessoa sabe, mas não consigo dizer as palavras agora.

Ela escondeu isso de mim por tanto tempo. Meses dela planejando fugir e… o quê? Fingir? Ela achou que eu não ia descobrir? A pequena barriga que está agora só irá crescer, e ainda tenho pouco mais de dois meses aqui.

— Nada.

Connor segura meu braço, enquanto tento dar a volta nele.

— Não, Dec, me desculpe, não é nada. Você sempre foi o adulto, mas eu sou seu irmão, não seu filho. Seu presente de casamento para mim pode ser o cheque gordo que escreveu e também me contar o que fez vocês dois fugirem de novo.

— Eu a amo.

— Nós todos sabemos disso.

— Eu a amo, e contei a ela sobre os pais da Ellie.

Connor coloca a mão na nuca e assente.

— Você contou tudo para ela?

— Depois que… nós… esta noite, ela estava inflexível. Ela não desistia, e eu meio que surtei e contei para ela.

Connor solta um suspiro pesado e depois dá de ombros.

— Estou feliz que tenha feito isso. Porém, você provavelmente deveria ter feito de forma diferente, já que tenho certeza de que não teve tato.

— Não, não tive. Mas não sei se contar a ela foi certo.

— Estava na hora de nós pararmos de agir como se tivéssemos feito algo errado. É, nós fizemos algumas escolhas ruins, mas o culpado é nosso pai. Olhe para ela. — Connor aponta o queixo na direção de Ellie, que está do lado de dentro do celeiro. — Eu não a mereço. Nem por um maldito segundo eu sou bom o bastante para estar no mesmo universo que ela. Ela é linda, gentil, e me deu mais do que o meu traseiro inútil poderia querer. Mas ela me ama. Ela ama você, Sean e até mesmo Jacob, Deus sabe o porquê. Ela perdeu tudo por causa daquela noite e, mesmo assim, ali está ela como minha esposa. Se Ellie pôde nos perdoar, então a Syd também e todos os outros que nós afastamos.

Não é tão simples assim, mas há muita sabedoria em suas palavras.

Eu só queria que não estivéssemos indo tão rápido. Não estou pronto para ser pai e acabei de finalmente ficar pronto para seguir em frente com ela. Nós todos sabemos que eu não mereço a Sydney, mas nunca mereci.

Tudo é tão complicado. Meu instinto é correr atrás dela, porém minha cabeça está tão confusa que sei que não vou dizer a coisa certa. Vou acabar a afastando ainda mais ou a fazendo enxergar que não mereço suas lágrimas, e preciso consertar isso primeiro.

Tudo em dois dias.

Ela é a única coisa que eu sempre quis, e ela está me dando um presente — um filho. Eu queria que ela tivesse me contado antes. Eu teria... não sei, estado lá. Então essa noite teria sido diferente para nós de tantas maneiras. Em vez disso, depois que falei que a amava e que estava disposto a tentar, ela jogou uma bomba em mim.

Agora, eu fui lá e fodi tudo.

— E se ela não me perdoar pela forma que me comportei essa noite? — pergunto a ele, mesmo sabendo que ele não faz ideia que há muito mais do que presume.

— Então você não conhece a Sydney nem um pouco, irmão.

Ele tem razão. Ela já me perdoou, porque me conhece. Só preciso de tempo para compreender tudo. Depois eu posso provar como me sinto ao invés de dizer palavras que ela não acreditará. Sydney me aceitará de volta, e vou garantir que nunca mais a decepcione outra vez.

— Quando você ficou tão esperto?

Connor ri, dando um tapinha nas minhas costas.

— Quando eu aprendi que vale a pena lutar por algumas coisas.

— Vale a pena lutar pelo quê? — Sean pergunta ao se juntar a nós dois.

— Sydney — Connor responde.

— O que tem a Syd? — Jacob questiona, vindo na nossa direção.

— Que ótimo, vocês três de uma vez — falo, com o sarcasmo evidente na voz. Amo meus irmãos individualmente, mas, quando estamos juntos, costuma acabar com alguém sangrando ou machucado.

Jacob empurra meu ombro e olha em volta.

— Ninguém vai me colocar a par?

— Eu acabei de chegar aqui — Sean responde. — Ouvi esse idiota — ele aponta o polegar para Connor — dizer algo sobre lutar por alguma coisa. E adivinhe o que eles estavam discutindo?

Connor sorri como se isso fosse hilário.

— Eu só estava informando ao burro do nosso irmão que ele precisa tirar essa cabeça de dentro do rabo.

É, mas ele não sabe da coisa toda.

— É fácil para todos vocês quando estão olhando do lado de fora — afirmo, tentando me defender.

Sean dá de ombros.

— Talvez sim, mas você está de volta aqui há algum tempo agora e ainda tem que conquistar isso.

— Ah, ele conquistou uma coisa — Connor acrescenta, inutilmente.

— Espere... — Jacob prolonga a palavra. — Onde diabos você estava? Olho feio para Connor. Ele e sua maldita boca grande.

— Eu estava aqui.

— Onde? Eu não vi você ou a Syd desde que nos interrompeu.

Jacob acabou de se tornar meu irmão menos favorito.

Sean olha para Connor, que levanta as mãos.

— Não me pergunte. Cabe ao Declan dizer a vocês que ele e Sydney foram para aquela casinha minúscula e se pegaram loucamente, e depois ele a deixou ir embora. Quero dizer, seria muita grosseria da minha parte contar isso a vocês.

— Odeio todos vocês e, se não fosse o seu casamento, eu te dava uma surra.

Jacob ri, negando com a cabeça.

— Cara, você é mesmo um idiota.

— Eu sei disso — admito. Os três me observam. — O quê?

Connor esfrega o queixo.

— É só que você sempre foi aquele que tinha tanta certeza das suas decisões.

Quando se trata da Sydney, eu nunca tenho certeza. É como se nós dois estivéssemos em níveis diferentes e eu nunca serei seu igual. Ela é melhor do que eu em todos os sentidos. Agora, tudo é muito complicado. Nós vamos ter um filho, o que nunca pensei que fosse acontecer para mim.

Se eu ceder, me permitir amá-la, e não der certo... não vou me recuperar. Por tanto tempo, lutei contra enxergar um futuro que não fosse o meu trabalho. Agora, tudo isso mudou.

— Não sei se já tive certeza, Connor. Só fiz a escolha e vivi com ela.

Sean bufa.

— Exceto no que diz respeito à Syd. Olhe, Dec, nós não somos mais crianças estúpidas. Todos nós temos vivido no passado.

— O que a fez ir embora depois da conversa? — Jacob questiona, me encarando mais de perto.

— Eu contei tudo a ela.

— Tudo? — Sean pergunta.

Connor apoia a mão no ombro de Sean.

— Sim, o acidente, como aconteceu, e por que fomos embora da cidade. Era a coisa certa a se fazer. Seja como for, afetou todos nós, incluindo a Syd.

Olho para meu irmão, grato por tê-lo como parte da família.

— Então, ela não reagiu bem? — A voz de Jacob está cheia de curiosidade.

Solto um suspiro.

— Foi mais eu que não lidei bem.

Os três riem.

— Que surpresa — Sean brinca comigo.

— Tem mais coisa, mas não posso explicar agora.

Hoje é para Connor, e já tomei demais da atenção.

— Além disso, Ellie está olhando feio para nós enquanto estamos todos parados aqui fora.

— Todo mundo sorria — Jacob diz, levantando a mão para acenar. Nós três o imitamos.

Connor fala em meio ao seu sorriso:

— Eu sou um homem morto.

— É mesmo — Sean concorda.

— Nós parecemos idiotas — comento. Nós quatro estamos sorrindo e acenando, como se estivéssemos em um maldito desfile.

Ellie nega com a cabeça e caminha até outro convidado. Depois os três se viram para mim. Connor fala primeiro:

— Nós podemos parecer idiotas, mas você está agindo como um. Vá até ela amanhã e conserte isso.

E depois ele volta para sua esposa, beija sua têmpora e sinto uma pontada de inveja tão forte que quase caio de joelhos.

Eu quero aquilo. Bem ali. Eu quero tudo.

A cama está com o cheiro dela. O lugar inteiro está.

Eu rolo, pressionando o rosto no travesseiro, e suspiro. A lavanda e a baunilha agarram-se ao tecido, e eu me sento. Não aguento isso.

Hoje é o dia em que irei até ela e direi que quero um futuro. Vou lutar contra os demônios que me afligem sobre ser pai e resolver as coisas.

Giro de lado e pego meu celular pela décima vez, verificando se ela ligou ou mandou mensagem.

Nada.

É inútil ficar deitado quando preciso lidar com a confusão que está a minha vida. Pego meu laptop e encontro um e-mail de Milo.

> Declan,
> Ela aceitou o acordo na semana passada e concordou com a data limite original, mas recebi um e-mail dela tarde da noite de ontem dizendo que quer agilizar a venda e concluir até o final da semana ou aceitaria a outra oferta. A papelada está sendo enviada pelo correio para o seu escritório para ser assinada até amanhã.
> Mas que porra você fez com ela?
>
> Milo

Caralho.

Ela está fugindo. Eu ferrei tudo ontem à noite ao não dizer como realmente me sentia, e agora ela acha que não a escolhi. Bem, tenho algumas notícias para ela. Não vou deixá-la fugir com meu filho. Não vou permitir que tome essas decisões sem mim, não quando eu a amo tanto.

Quando a poeira abaixar, nós vamos resolver tudo — juntos.

A noite de ontem não foi um acaso. Já estava mais do que na hora de eu enfrentar as coisas.

Pego uma caneca de café e jogo algumas roupas em uma mala. Preciso ir para a cidade, assinar os papéis para que ela não venda a fazenda para alguma outra empresa aleatória e voltar para cá.

Ligo para Milo, e ele atende no primeiro toque.

— Sério, que merda você fez?

— Eu disse a ela que a amava.

Ele ri.

— Já não era sem tempo.

— E depois ela me disse que está grávida.

Puro silêncio.

— Você sabe que não quero fazer a pergunta seguinte.

Agora, é a minha vez de rir. Aposto que ele não quer.

— É meu. Nós dormimos juntos alguns meses atrás e, bem, acho que nós todos sabemos do que ela estava fugindo. Porém, eu fui um tolo quando apareci e a magoei. Me senti culpado por ela estar indo embora porque voltei para sua vida.

Milo solta um longo suspiro do outro lado da linha.

— Então, obviamente você decidiu comprar a fazenda dela?

— Ela não quer vender, e eu a amo. Quero que crie nosso filho onde quiser. Se isso significa passar por obstáculos para que aconteça, então que seja. Quando os papéis vão chegar lá?

— Amanhã. Preciso ligar para ela assim que desligarmos aqui e avisá-la que você concordou em acelerar o processo.

— Ótimo.

— Tem certeza quanto a isso, Declan? Sei que você tem boas intenções, mas não sei se ela vai enxergar dessa forma e é muito dinheiro.

Entendo por que ele pensa isso, mas vejo como uma forma de fazer exatamente o que me pediu... correr atrás dela.

Só que, dessa vez, eu vou alcançá-la e não a soltarei.

— Tenho certeza. Chego ao escritório em algumas horas. Preciso assinar os papéis e depois voltar para Sugarloaf.

— Você já tem o dinheiro?

— Sim, eu tinha o dinheiro que peguei emprestado da empresa.

Milo pigarreia.

— Se você apenas soubesse o quanto você é burro por tê-la deixado desde o início.

Dou uma risada e jogo a mala no carro.

— Ah, eu sei, mas não sou burro mais.

Finalizo a ligação e ouço a notificação de uma mensagem.

> Sydney: Aqui está a informação sobre a consulta amanhã às duas horas. Dei a eles o seu nome como pai e avisei que talvez compareça, então não deve ter problemas para entrar.

> Sydney: Quero que saiba que apenas Sierra sabe sobre o bebê. Não sei se você contou a alguém, mas eu não contei. Não menti para ninguém, mas pensei que você deveria saber antes de qualquer outra pessoa. Quanto à outra noite, eu esperava, demais, que você visse o quanto te amo. Não sei mais o que posso fazer, mas, se você escolher não vir, então terei minha resposta.

Ah, ela terá sua resposta, e depois terá que fazer sua própria escolha também.

Capítulo 26

Sydney

Minha perna não para de balançar enquanto estou sentada na sala de espera, esperando. Não somente pela minha consulta, mas por Declan.

Não tenho notícias dele há dois dias, e meu coração está quase parando com a ideia de que ele não virá.

Verifico o celular de novo, procurando por alguma chamada perdida, que não tem nenhuma, e depois envio uma mensagem para Ellie:

> Eu: Ei, você viu Declan?

> Ellie: Ele saiu ontem para Nova York.

O ar sai de meus pulmões como se eu tivesse levado um soco. Ele foi embora?

> Eu: Tem certeza?

> Ellie: Sim, ele parou lá em casa para avisar Connor e eu que ficaria fora por um tempinho.

Ele me deixou. Ele... ele foi para Nova York. Eu sabia que era idiotice criar esperanças, mas criei mesmo assim. Pensei que talvez ele fosse escutar o que falei e nos daria uma chance. Sou tão idiota.

Inúmeras vezes, ele me mostrou o que quer e continuo tentando acreditar no contrário. Por que eu nunca aprendo?

— Srta. Hastings? — uma enfermeira chama meu nome.

— Sim. — Levanto-me e coloco o celular na bolsa.

Posso estar com vontade de cair no chão e chorar, mas não farei isso. Hoje é o dia em que verei meu bebê. Vou ouvir o coração dele ou dela e, quem sabe, descobrir se é menino ou menina. Posso estar sozinha, mas sou forte o bastante para fazer isso.

— Por aqui — ela diz e estende o braço. — Meu nome é Jenna, e estarei com você durante o ultrassom. Preciso que entre aqui e se troque. Quando estiver pronta, passe por aquela porta.

Assinto, sabendo que ainda não consigo falar. Posso me sentir determinada, mas estou despedaçada ao mesmo tempo. Esse não é o Declan que conheço. Ele não faria isso comigo. Também não abandonaria uma criança.

Estou furiosa, e nunca o perdoarei por isso.

Soltando outro suspiro profundo pela boca, fecho os olhos e tento afastar tudo isso do meu coração.

Mas dói.

Dói tanto que é difícil respirar.

Como posso amá-lo quando ele está tão disposto a partir o meu coração assim? Por que não consigo deixá-lo como ele fez comigo?

Outra lágrima escorre pelo meu rosto enquanto entro nesse cômodo vazio e tiro as roupas. Concentro-me nas coisas banais, como dobrar minhas roupas com perfeição. Coloco a camisola e estremeço. Sinto-me fria, entorpecida, furiosa e decepcionada.

Dei a ele uma última chance de me escolher, e não há resposta mais clara do que ele não aparecer hoje.

Saio pela porta e forço um sorriso no rosto.

— Está pronta para ver o seu bebê? — Jenna pergunta, e subo na maca.

— Sim, nós vamos descobrir o sexo?

— Se você quiser, com certeza podemos tentar. Às vezes o bebê não coopera.

Sorrio e luto contra a vontade de dizer: então ele seria como o pai.

— Entendo.

Ela fala sobre o que estará procurando e como a consulta deverá proceder.

— Mais alguma pergunta?

— Acho que estou bem. Só estou pronta para ver ele ou ela.

Jenna toca o meu braço.

— Estamos esperando alguém?

Olho para a porta e depois nego com a cabeça.

— Não. Estou fazendo isso sozinha.

— Tudo bem. — Sua voz é suave e compreensiva.

Coloco um cobertor sobre as pernas e depois me deito, enquanto ela diminui as luzes. Depois de um segundo, ela se senta no banquinho ao lado da maca e sobe delicadamente a camisola para expor minha barriga.

— Sua barriguinha está começando a aparecer apenas agora.

— Eu tive sorte, acho.

— No meu primeiro, não começou a aparecer até cerca de vinte e três semanas. As pessoas simplesmente presumiam que eu estava comendo muito. — Ela solta uma risadinha e depois ergue o aparelho do ultrassom. — Vou começar agora, se você precisar que eu pare ou alguma coisa, é só me avisar.

— Obrigada.

Jenna coloca uma coisa pegajosa na minha barriga, usa o bastão do ultrassom para espalhar e depois pressiona o pequeno aparelho com firmeza contra meu abdômen inferior.

O ruído sibilante preenche a sala, e viro a cabeça para olhar a máquina, me perguntando o que diabos é aquilo.

— Esse é o coração do bebê.

— Parece tão rápido — comento.

— É, é muito mais rápido do que a pulsação de um adulto. Parece saudável, porém. — Ela inclina o aparelho, pressionando-o. — Aquele ali é o coração. Se você olhar de perto, consegue ver as quatro cavidades.

Lágrimas caem, porque meu bebê tem um coração... e ele bate... e tem todas as cavidades. Encaro a tela, sem saber muito bem o que diabos estou vendo, mas o sorriso tranquilo de Jenna me faz sentir melhor.

Então vejo um rosto. Um rostinho, mas está claro como o dia. Ali estão dois olhos, um nariz e uma boca. O bebê se move um pouco, e o perfil é muito nítido. Coloco a mão sobre os lábios e seguro o fôlego, mais lágrimas escorrendo.

— Como já posso amar ele ou ela? — pergunto.

Ela sorri e depois move o aparelho de novo.

— Porque você é mãe.

— Deixe-me só dar uma olhada e tirar algumas medidas. — A voz de Jenna muda só um pouquinho quando ela começa a pressionar teclas e balançar a cabeça para si mesma.

Acho que vejo um braço, mas a criança poderia ser um polvo até onde sei por conta de quantas vezes as coisas se mexem, mas Jenna parece ter certeza do que está vendo. Ela tecla um pouco mais, inclinando a cabeça e se aproximando da tela, olhando algo.

— Está tudo bem? — pergunto, me sentindo nervosa de repente.

— Estou apenas medindo, só isso. — Jenna sorri e então continua. — Você está com cerca de vinte semanas, certo?

Assinto.

— Sim. Sabe, tive um pouco de cólica nas últimas duas semanas, mas a Dra. Madison disse que é completamente normal.

— Sim, cólicas são normais enquanto seu útero está se esticando.

Jenna parece concentrada, então me forço a focar em ficar calma. Se tiver algo errado, irão me contar. Não posso surtar só porque acho que houve alguma mudança no ambiente.

Porém, meus instintos não me permitem fazer isso.

Minha garganta está apertada, e há uma sensação torturante no meu âmago que não tem nada a ver com o bebê.

— Jenna — sussurro, porque falar alto demais parece trazer azar. — Está tudo bem?

— Vou só chamar a radiologista e pedir para ela ver uma coisa. Não quero que você fique alarmada, o que sei que é impossível, mas saiba que está tudo bem. Apenas não consigo ver uma coisa, e quero que outra pessoa tente, okay?

Assinto, porque o que mais posso fazer? Estou deitada nessa maca — sozinha. Minha cabeça está apoiada no travesseiro, e começo a contar. Conto, porque é irracional e não exige esforço. Levanto-me no número mil e trinta e cinco antes de Jenna e mais duas mulheres entrarem.

Uma delas sendo a Dra. Natasha Madison.

— Não está tudo bem, está?

A Dra. Madison vem para a lateral da maca e coloca uma mão tranquilizadora no meu ombro.

— Não sabemos se o que Jenna está vendo está certo. Eu não queria que você ficasse sozinha, então só estou aqui para dar apoio.

Se ela sente que precisa estar aqui e segurar a minha mão, não sinto conforto, porque é ruim.

— O que tem de errado com o meu bebê? — pergunto, mais lágrimas escorrendo pelo meu rosto.

— Não tem nada de errado com o bebê, só estamos vendo uma coisa aqui — a outra médica diz, apontando para a tela. — Essa é a sua placenta, e há uma sombra que não deveria estar ali. A medida do bebê está um pouco pequena, e eu gostaria que você fizesse outro tipo de ultrassom que vai me dar uma visualização melhor do que está acontecendo.

Balanço a cabeça, tentando afastar as lágrimas.

— Eu não entendo.

Natasha aperta a minha mão.

— Quero te mandar para Lehigh Valley para um exame. Vou ligar antes para a equipe lá.

— Eu preciso ficar assustada?

— Não a essa altura. O bebê está bem, o coração, pulmões, tudo está bem. Achamos melhor pecar pelo excesso quando encontramos algo anormal em um ultrassom. Isso faz sentido? — Seu sorriso é suave, e suas palavras provavelmente são para serem reconfortantes, mas tudo o que escuto é "anormal".

E eu pensando que esse seria um dia ótimo. Declan teria vindo, nós teríamos visto nosso bebê, descobriríamos o sexo, e então talvez começaríamos a planejar de forma diferente.

Em vez disso, recebi a notificação de Milo de que o comprador concordou em agilizar a data limite, Declan está em Nova York ao invés de aqui comigo, e agora isso.

Elas me ajudam a sentar porque estou tremendo demais para fazer isso sozinha. Nunca me senti tão vulnerável quanto agora.

— Tem alguém que possa te levar?

Nego com a cabeça.

— Não, eu posso dirigir.

— Prefiro que não dirija. Você está nervosa, então vamos pedir para alguém te levar, okay?

Quero discutir, mas não há mesmo outras opções. Ninguém além de Sierra e Declan sabe. Não posso contar para Ellie, não com ela estando grávida. Eu poderia ligar para Devney, mas nem consigo pensar direito.

— Vou ligar para a minha irmã e pedir para ela me encontrar aqui e depois me levar — falo para Natasha, que assente.

— Eu vou para lá em cerca de uma hora.

Uma hora de espera, pensando, e procurando na internet seja lá quais são as possibilidades e quão sério isso poderia ser. Não posso perder esse bebê.

Não quando pode ser a única coisa que terei dele que não me deixará.

O exame está feito. Só vomitei uma vez desde que cheguei aqui, e agora estou descansando em um quarto. Os únicos confortos que tenho são que Sierra está a caminho e que o som do coração do bebê está ecoando pelo quarto.

Pelo menos eu sei que ele ou ela está ali. Vivendo. O coração batendo. Ainda não sei o que estão procurando, mas as duas radiologistas estavam muito seguras que tinham encontrado seja lá o que tivesse alarmado minha médica.

Há uma batida suave na porta e depois Natasha coloca a cabeça para dentro.

— Oi.

— Por favor, não esconda isso de mim. Seja lá o que for, eu preciso saber. Estou enlouquecendo.

Ela se senta na lateral da cama e segura minha mão.

— Não quero que você surte. Durante o primeiro ultrassom, descobrimos que o bebê era apenas um pouquinho menor do que gostaríamos de ver com o tempo que você está. Não é grande coisa, considerando que todos os bebês crescem e se desenvolvem de formas levemente diferentes, mas quando não vemos uma quantidade de crescimento apropriada entre ecografias, procuramos por outros sinais possíveis para o motivo.

Assinto, segurando a vontade de vomitar de novo. Tremores percorrem meu corpo enquanto chego mais perto de perder o controle.

— Apenas fale.

— Se chama corioangioma, que é um tumor na sua placenta. Às vezes, isso acontece e é pequeno, não causando problemas, mas o seu é muito grande, e... estou preocupada. Com o tamanho menor do bebê e a localização da placenta estando perto do cordão umbilical, precisamos discutir opções.

O chão some abaixo de mim, e sinto que vou desmaiar. Eu tenho um tumor e ele poderia estar machucando o bebê?

— E quanto ao bebê? — pergunto, desesperada.

Esse bebê que nunca planejei é a única coisa que importa. Eles têm que ajudá-lo. Nós precisamos fazer todo o possível para que ele ou ela cresça. Tudo está dando errado, e tenho que impedir isso.

— Relaxe, Sydney. — Ela tenta me acalmar. — Sei que é muita coisa para absorver, e tenho vários colegas ponderando sobre isso, um no hospital infantil na Filadélfia. Há opções, e quando conseguirem avaliar a sua condição, e você, eles farão o melhor procedimento. Contudo, quero que você vá agora mesmo. Precisa ligar para alguém?

— Não, Sierra deve chegar aqui logo.

Liguei para ela na mesma hora, surtando e chorando, e ela disse que estava a caminho. Ela deveria chegar em três horas, mas estou aqui há quase duas agora. Oro para que ela esteja aqui depressa. Preciso que alguém segure a minha mão e me diga que vai ficar tudo bem.

— Ótimo, você precisa ligar para Declan? Presumo que ele...

Balanço a cabeça.

— Ele é, mas Declan não apareceu ou ligou, então não estou muito disposta a ligar para ele até ter mais informações.

Coloco a mão na barriga, onde o bebê está.

— Okay, então. Mais alguma pergunta?

Tenho apenas uma.

— Sabe se é menina ou menino?

Os olhos de Natasha suavizam, e ela sorri.

— É um menino.

Seguro-me até ela sair do quarto, mas, assim que a porta se fecha, desabo, e lágrimas escorrem pelo meu rosto até eu adormecer.

Capítulo 27

Sydney

— Hoje? Você quer operar *hoje*? — pergunto para o médico, que acabei de conhecer algumas horas atrás.

— Agora mesmo. Onde tudo está localizado, é imprescindível que não esperemos. Me preocupo com o fluxo sanguíneo para o bebê, que poderia levar a outras complicações. Essa é uma condição muito rara, Srta. Hastings. O tamanho do seu tumor é a preocupação. A última coisa que queremos é que fique maior. Sei que é assustador, mas eu não me precipitaria se pensasse que existe outra opção.

— Certo. Não. Eu… eu entendo.

— Syd. — A voz de Sierra soa sufocada e ela segura minha mão. — Se eles acham…

Sei o que ela está dizendo, e tem razão. Se eles não estivessem preocupados, eu não seria transferida imediatamente para a Filadélfia.

Não sei se já chorei tanto assim. No hospital, na ambulância, agora aqui, são lágrimas constantes. Chorei pelo bebê, por mim mesma, pelo fato de que Declan não está aqui comigo. Preciso dele aqui. Esse bebê é dele também, e ele está em Nova York.

Estou com raiva de tudo isso.

— Você pode explicar tudo de novo? — pergunto.

Ele assente e começa a falar sobre como chegaram ao diagnóstico, o que isso significa para o bebê e para mim, e então o que consideram ser o procedimento mais seguro. Planejo tudo por natureza. Tenho que saber que existem algumas contingências também. Não importa quantas vezes ele me garanta que é relativamente seguro, isso ainda é assustador, e é uma cirurgia enquanto estou grávida. Tudo isso está acontecendo tão rápido.

Ele termina de falar e espera eu dizer alguma coisa.

Qualquer coisa.

Mas não sei se ouvi uma palavra do que ele disse. Foi quase como se eu estivesse olhando a cena inteira de longe.

— Sydney? — Sierra me pressiona para responder algo.

— Eu só... estou com medo — admito. — Não quero perder o bebê. É cedo... demais... eu... nós não estamos prontos. Era para eu fazer um ultrassom. Isso não deveria acontecer. — Começo a chorar de novo. — Quero ir para casa e apenas começar de novo.

Sierra envolve os braços ao meu redor e me aperta.

— Sei que está com medo, mas você é muito forte. Vai ficar bem, eles têm uma ótima equipe aqui.

Ela tem razão — esse é um dos melhores lugares para estar. Natasha já me assegurou disso dez vezes. Ela estava irredutível para eu ir para o melhor hospital de ponta que tem.

É um pequeno consolo, enquanto meu mundo inteiro parece desmoronar ao meu redor.

Mas então penso no meu filho. A pequena vida dentro de mim que precisa que eu faça a escolha certa. É ele quem irá sofrer por causa do meu medo.

— Quando você fará a cirurgia? — pergunto, secando as lágrimas que escorreram.

— Nas próximas horas. Eu normalmente faria esse procedimento com anestesia local e mais ao anoitecer, mas vejo no seu prontuário que você teve algumas reações adversas?

Assinto.

— Sim, nas últimas duas vezes foi necessário muito esforço para fazer efeito e acordei em ambas.

Ele anota alguma coisa.

— Vou conversar com nosso anestesiologista, mas gostaria de ter você completamente sob a anestesia para podermos trabalhar depressa e essa situação não acontecer. Contudo, depende totalmente de você. Isso aumenta um pouquinho o risco, mas acho que é a melhor escolha.

— Okay. Eu preferiria isso também. Estou... estou nervosa e eu... eu não consigo. — Minha voz mal sai em um sussurro, e as palavras parecem me rasgar.

— Não se preocupe, nós vamos conversar e voltar com as opções de novo, okay?

— Obrigada.

Sierra esfrega as minhas costas e o médico sai do quarto.

— Preciso do meu celular — falo, de repente agitada. Tenho duas horas, e preciso trazer um advogado aqui para escrever uma coisa para mim.

Sierra se senta e pega o celular em seu bolso.

— Você vai ligar para Declan?

— Não, mas você pode me dar alguns minutos?

Ela parece dividida, mas depois de um segundo, concorda e sai. Ligo para um amigo da faculdade de direito que tem uma firma na Filadélfia. O celular fica chamando e o tempo todo estou tremendo. É como se as paredes estivessem se fechando.

Tenho que proteger o bebê. Preciso resolver isso assim que possível.

Chama e ninguém atende.

Tem que ter mais alguém. Se algo acontecer comigo...

Ligo para outro número, mas também não atendem.

Merda. O que diabos eu faço?

Quebro a cabeça para me lembrar de qualquer coisa sobre testamentos e diretrizes médicas. Sierra bate à porta e coloca a cabeça para dentro.

— Posso entrar?

Assinto. Terei que fazer isso da melhor forma que consigo e orar para que ninguém conteste nada. Minha irmã vai honrar meus desejos, tenho que acreditar nisso, mas não tenho certeza quanto à minha mãe.

Olho para a minha irmã mais velha e seu lábio estremece.

— Sinto muito, Sydney. Eu... Você decidiu ligar para Declan?

Balanço a cabeça, negando.

— Não, não sei se devo ou se posso. Estou tão despedaçada agora que não sei se consigo falar com ele.

Ela afasta o cabelo de seu rosto como fazia quando eu era pequena.

— Você não está despedaçada.

Meu coração está tão apertado que dói respirar.

— Eu contei a ele sobre o bebê. Falei que o amo e que ele tinha que escolher. Ele não me escolheu, Sierra. Ao invés de ir para o ultrassom hoje, ele foi embora.

— Foi embora?

— Ele voltou para Nova York. E nem me contou! — grito, minhas emoções tomando conta de mim. — Ele deixou a mim e ao bebê, e... agora, Deus, eu não consigo. — Eu me encurvo, pensando em todas as coisas que preciso fazer. Eu deveria estar mais preparada. Todo esse tempo, eu já sabia. Graças a Deus, tenho um testamento, mas agora preciso fazer isso. Preciso estar tão preparada quanto possível. — Quero dar um nome a ele, caso... — confesso.

— Sydney, não.

— Não, por favor, não diga nada. Eu quero que ele tenha um nome. Quero que esse bebê saiba que o amo, não importa o que aconteça. Eu *preciso* dar um nome a ele.

Sierra parece entender e então espera. Penso no que Declan diria se soubesse que tem um filho. Tantos anos atrás, nós brincamos do jogo do nome, e há somente um nome para esse bebê. Fecho os olhos, imaginando como ele será. Espero que tenha os olhos Arrowood, verdes com pequenas partículas douradas e a borda preta, deixando o verde ainda mais brilhante. Imagino-o com as bochechas gordinhas como eu tinha quando era bebê, e então penso em um sorriso que me faria chorar.

Quero um nome que tenha um significado, e também quero que lembre o meu filho de quem ele é, não importa quem esteja em sua vida.

— Você pode me dar um pedaço de papel?

Minha irmã parece confusa e depois anda até sua bolsa, pegando um bloco de notas.

— Carrego isso por aí caso os meninos precisem.

Abro o caderninho e encontro uma foto dos meninos segurando as mãos que presumo serem de Sierra. O sol está brilhando e há nuvens sobre eles. Todos estão sorrindo, e a dor no meu peito aumenta.

Ela é a mãe deles.

Eles a amam.

Talvez eu nunca tenha desenhos de um menino segurando minha mão. Talvez eu nunca conheça as alegrias da maternidade. Contudo, se algo acontecer comigo, sei que minha irmã irá amá-lo como se fosse dela.

Pelo que o médico explicou, sou eu quem está mais em risco, então tenho que garantir que meus desejos sejam claros e realizados.

Eu, Sydney Hastings, de mente e corpo sãos, escrevo isso como uma carta para complementar minha última vontade e testamento. Funcionará como minha diretriz médica. Concedo todas as decisões médicas, se eu estiver incapacitada, para a minha irmã, Sierra Cassi. Esses são os meus desejos a serem seguidos por ela.

1. Se eu morrer, quero que meu filho se chame Deacon Hastings-Arrowood. O pai dele é Declan Arrowood, e minha esperança é de que ele assuma as responsabilidades parentais, mas, se escolher não o fazer, então a custódia deve ser concedida para Sierra e Alexander Cassi.

2. Se eu não falecer, gostaria de permanecer no suporte de vida até o momento em que meu filho puder nascer com segurança. Quando isso acontecer, gostaria de ser retirada de todos os aparelhos e permito o óbito.

3. Se a decisão de vida ficar entre meu filho nascituro e eu, a decisão deve ser de salvar a criança.

Olho para a minha irmã.
— Você pode chamar um médico e uma enfermeira, por favor?
— Claro, mas por quê?
— Só, por favor, faça isso.
Ela nunca entenderá isso, e preciso garantir que seja legal.
Um médico que não conheço e a enfermeira que é designada para mim entram.
— Está tudo bem? — ela pergunta.
— Sim, eu escrevi uma diretriz médica que preciso que seja testemunhada por vocês dois. Por favor, leiam primeiro, e depois eu vou ler em voz alta e assinar. Vocês dois vão precisar assinar também.
Minha irmã ofega.
— O quê? Não! Pare de pensar assim.
Entrego o papel para o médico primeiro, um olhar de compreensão passa entre nós antes de ele desviar sua atenção para minha diretriz, e volto-me para minha irmã.
— Estou pensando como uma mãe, Sierra. Estou pensando como uma pessoa que sabe exatamente o que quer. Você pode não decidir como eu, mas, antes de entrar lá, precisa saber o que eu quero e que estou tomando as decisões que você nunca irá querer tomar por mim. É porque eu te amo que estou fazendo isso.
Minha irmã se joga em uma cadeira ao lado da minha cama e apoia a cabeça no colchão enquanto chora. O que estou pedindo para ela é extremamente difícil e injusto, mas Sierra me salvaria ao invés dessa criança, tenho certeza, e é por isso que eu precisava dizer.

Tenho que saber que o bebê que Declan e eu fizemos sobreviverá. É a única opção no meu coração.

O médico assente e entrega para a enfermeira ler. Quando ela termina, devolve a folha para mim.

Eu leio em voz alta.

Lágrimas escorrem pelo meu rosto, e minha irmã chora mais a cada palavra. Sierra sempre foi a mais forte, mas nem ela consegue suportar esse sofrimento. Nós duas tememos o pior, mas estou preparada para qualquer coisa. Eu vivi. Amei. Fui quebrada e reparada. Quero que meu filho seja o que as pessoas se lembrem de mim.

— Preciso da caneta, por favor — digo, quando termino. O médico a entrega para mim. — Obrigada.

— Você sabe que o resultado provável é que você vá ficar bem, certo? — ele pergunta.

— Sim, mas a advogada em mim precisa saber que, não importa o que aconteça, tudo ficará bem.

Sierra se senta e me encara com os olhos vermelhos.

— Por favor, não morra, porra.

Sorrio para ela porque, mesmo em meio à dor, ela me faz sentir esperançosa.

— Não vou.

— Então isso tudo é apenas uma formalidade — Sierra fala, enquanto assino o papel.

As testemunhas fazem o mesmo e, quando se viram para sair, os olhos da enfermeira estão molhados, seus lábios tentando se erguer, mas sem conseguir.

Ela sobe na cama ao meu lado, como fazíamos quando crianças se nos sentíssemos tristes ou sozinhas. Quando me senti indigna, Sierra era a única pessoa além de Declan que podia me ajudar a encontrar valor em mim.

— Vai ficar tudo bem — ela me diz.

— Eu sei.

— Tudo aquilo foi só... pompa e circunstância.

— É.

Sierra levanta a cabeça.

— O bebê vai ficar bem.

— Sei que vai. — Não importa o que aconteça, acredito que o meu filho vai ficar bem. Declan tem uma grande capacidade de amar, e acredito no meu coração que ele fará a coisa certa. Se não fizer, minha irmã é a melhor pessoa que conheço.

Quero pedir a ela para fazer todo tipo de coisa, como contar a ele sobre mim. Espero que contem as histórias sobre o quanto eu o amei e como estava disposta a morrer apenas para que ele pudesse sobreviver. Quero que saiba que sua mãe o colocou acima de tudo. Fecho os olhos, coloco a mão sobre a barriga, e digo a ele o que está no meu coração.

Quer você saiba ou não, você veio do amor. Seu pai pode não fazer as melhores escolhas quando está assustado, mas eu o amei quando você foi feito. Ele sempre foi um bom homem, faz o melhor que pode, mas às vezes é estúpido, então, por favor, perdoe-o. A vida dele não tem sido fácil, e ele criou o hábito de se punir quando sente o menor sinal de felicidade. Mesmo que não tenha me escolhido, ele nunca virará as costas para você. Sei disso no meu coração, porque você será a melhor parte dele.

Sabe, você nunca foi planejado, mas é a prece que nunca pensei que seria respondida. Nunca vou me arrepender de um único momento em que te amei. Como eu poderia? Você é a prova de que amor verdadeiro existe. Você é o milagre que eu não sabia que precisava. Espero que isso tudo seja por nada. Que, em algumas horas, eu esteja acordada te falando que a mamãe conseguiu. Só preciso que você saiba que, se eu não conseguir, você é muito amado, Deacon.

O médico entra, fala sobre a cirurgia de novo e me informa que será anestesia geral.

Seco as lágrimas, e Sierra me observa com um olhar perturbado.

— Você tem que lutar, Sydney. Por ele. Por Declan. Por mim, pela mamãe e por todo mundo que te ama mais do que tudo. Por favor, me prometa.

Ela não tem que se preocupar com isso. Eu nunca desistirei.

— Prometo.

Capítulo 28

Declan

Ligo para Sydney de novo, mas ela não atende, e eu não a culpo. Nos últimos dois dias, tudo o que podia dar errado, deu. A papelada que era para ter chegado naquele dia não chegou até essa manhã. Depois, aconteceu um acidente na rodovia que a fechou, me impedindo de voltar para Sugarloaf a tempo.

A porra da bateria do meu celular acabou, e não tinha um carregador no carro, porque não era para eu ter passado a noite lá. Agora, estou a caminho da casa dela, preparado para me humilhar, implorar, e torcer para que me perdoe.

Eu chego lá, e o carro dela não está estacionado na garagem.

Merda.

Ligo para Ellie, esperando que ela saiba.

— Oi, você falou com a Syd?

— Mais cedo. Ela me perguntou se eu sabia onde você estava.

Pavor percorre meu corpo, e fico parado ali, a mão na maçaneta da porta.

— O que você disse a ela?

— Que você foi embora.

Caralho. Fecho os olhos e bato a mão no capô do carro.

— Você sabe onde ela está agora?

— Não, está tudo bem?

— Não sei. Se você souber dela, me avise.

De jeito nenhum ela ainda estaria na consulta, mas talvez...

Corro para dentro do carro e dirijo por vinte minutos, esperando e torcendo enquanto isso para que ela me ligue de volta. É um pesadelo. Eu ferrei tudo a cada passo e vou implorar pelo perdão dela. Podia ter pedido para Milo adiar a data limite. Poderia ter parado em alguma loja no caminho e comprado um carregador. Todas essas coisas simplesmente pareciam me atrasar. Agora, vejo o quanto fui tolo.

Nada deveria ser menos importante do que avisá-la de que estava indo até ela.

Agarro o volante e então entro no estacionamento.

Felizmente, o carro dela está ali. Encho-me de alívio e entro na clínica. Há uma enfermeira parada na mesa.

— Oi, estou aqui por Sydney Hastings. Estou atrasado, mas vi que o carro dela está aqui. Sou Declan Arrowood — falo depressa, sem parar para respirar. — Eu sou o... o pai.

A enfermeira me dá um sorriso suave e depois coloca o cabelo atrás da orelha.

— Sinto muito, Sr. Arrowood, vejo que está listado aqui para ter permissão de entrar na consulta dela, mas, infelizmente, ela não está no consultório.

Isso não faz sentido algum.

— Mas? O carro dela — olho para fora das grandes janelas e aponto — está bem ali. Ela foi à consulta? Alguma outra pessoa veio?

Sydney não deixaria o carro dela para trás.

— Não posso te dar mais nenhuma informação além de que ela não está aqui.

— Então onde ela está?

— De novo, não posso te dar mais nenhuma informação.

— Posso falar com a médica?

A enfermeira afasta o olhar e liga para um número.

— Dra. Madison, há um Sr. Declan Arrowood aqui perguntando sobre a Srta. Hastings. Você poderia falar com ele? — Uma pausa. — Sim. Okay. — Ela me lança um olhar que beira a irritação e o desapontamento, mas depois aponta para a porta. — Vou te levar para ver a doutora.

— Obrigado. — E falo sério. Talvez a médica possa me dizer algo que ela não pode.

Quando a porta abre, vejo um rosto familiar e agradeço a Deus por milagres.

— Natasha.

Ela caminha para frente, uma versão levemente mais velha da garota que conheço há bastante tempo. Ela ainda é baixinha, tem um longo cabelo castanho e um sorriso que diz que ainda é travessa, mesmo em sua profissão muito séria.

— Declan, é bom te ver. — Ela me puxa para um abraço.

— Cadê a Syd? O carro está aqui, e estou ligando para ela sem parar.

Ela levanta a mão.

— Ela nos deu o consentimento para permitir que você vá às consultas, mas não posso fornecer suas informações médicas. Acabei de reler a carta que ela escreveu, e não posso te dizer nada sobre a consulta sem ela estar presente.

— Não estou pedindo isso, só perguntando se você sabe onde ela está.

Ela faz um barulho que é um suspiro e um resmungo.

— Eu sei disso e, como sua *amiga*, adoraria poder te dar essa resposta, mas, já que ela também é minha *paciente*, eu não posso mesmo.

Balanço a cabeça, negando, irritado por estarmos andando em círculos. O que diabos uma coisa tem a ver com a outra?

— Tive um dia horrível e tudo o que quero fazer é tentar defender o meu caso e fazê-la me perdoar. Eu queria estar aqui. Estava fazendo tudo o que podia, mas a rodovia estava fechada e depois fiquei sem bateria, e então não quis parar para comprar um carregador, porque só teria desperdiçado mais tempo. Eu só... por favor, estou te implorando, como amigo, onde está nossa outra amiga?

Meu coração está retumbando no meu peito. Nunca me odiei tanto quanto agora. Eu deveria ter estado aqui. Nunca deveria ter arriscado nada disso.

Ela olha para cima, mordendo os lábios.

— Tudo o que posso dizer é que talvez você queira ligar para Sierra.

Saio da cadeira antes que ela possa dizer mais alguma coisa.

— Obrigado.

Corro para fora do consultório, de volta para o meu carro. Não faço ideia de como entrar em contato com Sierra, mas tenho certeza de que Jimmy sabe. Vou suplicar a qualquer um para conseguir.

Estou voltando para Sugarloaf, minha mente pensando sem parar sobre por que a Sierra saberia onde ela está e por que seu carro estava lá, quando meu celular toca.

Sydney.

Graças a Deus.

— Syd? — falo depressa. Há uma pausa e continuo, precisando dizer tudo: — Syd, eu sinto muito. Eu estava a caminho e alguma coisa aconteceu na rota 80 e depois fiquei sem bateria. Juro, eu estava indo para a consulta. Acabei de sair de lá, e eu... Deus, não posso dizer nada além de me desculpe. Essa será a última vez que vou te decepcionar. Eu te amo. Tanto e... por favor, me perdoe.

Não há nada do outro lado da linha e o pânico cresce. Jesus, eu realmente fodi tudo.

Depois ouço uma fungada.

— Syd?

— Declan, é a Sierra.

Meu coração começa a disparar, e minha boca fica seca.

— Sierra, cadê a Sydney?

A respiração dela está alta através da ligação.

— Estamos na Filadélfia. Eu acho, não sei... não era para eu te ligar, mas...

— Me diga onde você está — peço, parando o carro no acostamento. — Por favor, eu preciso explicar para ela.

— Tem um problema, e acho que você deveria vir.

— Que problema?

— Com a Sydney. Eles acabaram de levá-la para a cirurgia...

Meu coração para e o tempo paralisa.

— Ela está em cirurgia? Ela perdeu o bebê? Foi isso o que aconteceu? — Lágrimas enchem os meus olhos, a visão da vida que eu daria para ela desaparecendo. — O bebê? — Mal consigo dizer.

— Ai, Deus — ela se apressa para falar. — Não, não é o bebê, é ela. Eles encontraram alguma coisa e... só venha para cá e vou te contar tudo. Com sorte, a cirurgia terá terminado quando você chegar aqui.

Ela me dá a informação do hospital e para onde ir.

— Estou a caminho agora, vou ligar para esse celular quando chegar aí.

Quando desligo, oro para que eu chegue lá e que as coisas fiquem bem, depois dirijo como se já tivesse perdido tudo.

— Sierra — chamo, entrando na pequena sala de espera.

— Declan!

Ela se levanta e corre até mim um instante depois. Eu a seguro e ela começa a chorar de novo. Eu a conheço praticamente a vida inteira e acho que nunca a vi tão transtornada assim. Seus dedos agarram a minha camiseta enquanto ela me abraça.

— Está tudo bem, só... me fale o que está acontecendo. — Eu nos levo até as cadeiras.

Ela respira fundo e começa a falar:

— Recebi uma ligação de que eles encontraram alguma coisa no ultrassom hoje. Ela estava histérica, e a Syd não fica histérica, sabe? Cheguei ao hospital, onde fizeram um tipo diferente de ultrassom, e tudo foi muito confuso. Nem preciso dizer que não foi nada bom, e eles a transferiram para cá, onde decidiram operar.

— Mas ela está grávida.

— Sim, e eles disseram que podem fazer, mas, Dec, ela estava apavorada. Estou surtando pra caralho. Ela me fez pegar essa carta. — Sierra mexe na bolsa e a entrega para mim. — Não posso fazer isso. Não posso escolher.

— Escolher? Escolher o quê?

Abro a carta e começo a ler. Minhas mãos estão tremendo e tenho que me concentrar para ficar calmo.

— Não — solto, quando leio seus pedidos. Ela não pode pedir isso. Para salvar o bebê em vez dela. — O bebê nem está aqui. Não. Isso é loucura. Pode ter outro bebê, mas não terá outra Sydney.

As palavras saem dos meus lábios, o pavor enchendo meu coração. Ela não pode pedir isso. Não, mais do que isso, ela não pode morrer.

Sierra apoia a mão no meu braço.

— Ela disse que precisava fazer seus desejos conhecidos para que eu não tivesse que escolher. Estou enjoada, e só fico dizendo para mim mesma que essa é a versão planejadora da Sydney. A garota que precisa ter todas as coisas em ordem.

Não posso pensar nela morrendo. De jeito nenhum, porque acabei de tê-la de volta. Acabei de decidir que iríamos fazer funcionar e amar de novo. Então, ela não vai morrer. Não há coisas para pôr em ordem.

— O médico disse alguma coisa sobre os riscos? — pergunto.

— Sim. Há uma chance de que ela ou o bebê entrem em sofrimento. É uma cirurgia, enquanto está grávida, mas disseram que simplesmente não podiam esperar. O tumor está em uma área que poderia machucar o bebê. Ela estava devastada, Dec. Eu nunca a vi tão destroçada. Bem, eu vi, mas foi quando...

Quando eu parti o coração dela. Ela não tem que dizer, sei disso muito bem. Provavelmente também foi a última vez que me senti tão fora de controle. Tudo parece estar desmoronando outra vez. Quero gritar e arremessar alguma coisa.

— Por que ela não me ligou?
Sierra olha para baixo e depois para cima.
— Você a magoou.
— Eu estava vindo.
— Ela não sabia disso. Ellie disse que você foi embora, e...
— Vocês todos presumiram que foi de vez. — Meu histórico provaria que esse é o caso. Agora, eu poderia perdê-la ou perder os dois. Leio a carta de novo, vendo o nome. — É um menino?
Ela assente.
— Ela quer que ele se chame Deacon. Suponho que, por mais que você a tenha magoado, ela ainda tem fé em você.
Passo a mão pelo rosto e depois apoio os cotovelos nos joelhos antes de virar para ela.
— Fé que eu não mereço.
— Talvez não, mas não é isso o que é a fé?
Olho para Sierra, sentindo uma sensação esmagadora de tristeza.
— Eu a magoei, mesmo tentando fazer tudo o que podia para deixá-la feliz.
Ela inclina a cabeça para o lado.
— O que exatamente você estava fazendo?
— Eu comprei a fazenda.
Ela arregala os olhos, e separa os lábios em surpresa.
— Nossa fazenda?
— Sim. Eu sabia que ela não queria realmente vender, então pensei em comprá-la, mantê-la para ela, e depois ela poderia ter de volta quando percebesse que foi um erro.
Ela se recosta à cadeira e sorri para mim.
— Você comprou nossa fazenda.
— Me ajudou muito. Perdi a consulta hoje porque eu... — Fico em silêncio, odiando o fato de que vou ter que admitir isso. Eu fui tão idiota, e agora, tenho que esperar para dizer a ela como me sinto.
— Porque você o quê? — Sierra continua.
— Porque eu não lutei por ela. Eu a deixei ir embora naquela noite, e passei os dois dias seguintes me assegurando de comprar a casa ao invés de garantir que ela sabia que eu amava o bebê e ela.
Sierra esfrega as minhas costas e depois suspira.
— Sabe, minha irmã te ama desde sempre. Ela ficou despedaçada depois que você foi embora, mas nunca conseguiu realmente te deixar no

passado, não importa o quanto eu tenha pressionado. Sydney não sabe como seria seu coração se você não tivesse um pedaço dele. Um amor assim não desaparece.

Peço a Deus que isso seja verdade.

— Eu nunca parei de amá-la.

— Acho que ela sabe disso; no fundo do coração, pelo menos.

Balanço a cabeça, negando e querendo que eu pudesse me certificar de que ela sabia disso em sua mente também. Falhei com ela de tantas maneiras. Deveria ter feito tantas coisas de formas diferentes e, assim que ela acordar, planejo lhe dizer tudo isso.

Penso no filho que estamos prestes a ter, e como me sairei melhor com ele.

Volto a olhar para Sierra.

— Nós vamos ter um menino.

Ela dá um sorriso suave.

— É. Vocês vão.

— Ela vai ficar bem. — Não tem outra opção. Os dois vão sair dessa e depois vou encontrar uma forma de explicar para Sydney. Nós dois vamos fazer isso funcionar e ser uma família.

— Sydney não é de desistir.

— Não, ela não é.

Ela tem que ficar bem. Os dois têm.

Logo depois o médico entra, e Sierra se levanta. Procuramos por quaisquer sinais vindos dele e, quando seu olhar cai para o chão, meu coração faz o mesmo.

Capítulo 29

Declan

Houve momentos na minha vida em que me senti desamparado, mas isso traz um outro significado para a palavra. Quando minha mãe morreu, pensei que meu mundo acabaria. Quando meu pai causou o acidente que mudou a minha vida, eu sabia que nada seria o mesmo.

Ouvir o médico tentando explicar o que está acontecendo com a Sydney acabou comigo.

— Eu não entendo — Sierra diz, segurando meu braço, lágrimas escorrendo pelo seu rosto.

— A cirurgia foi bem, e o tumor foi retirado, mas estamos com dificuldade de acordá-la da anestesia. Não tenho certeza do que está acontecendo, mas estamos fazendo exames para ver o que está deixando-a inconsciente.

Minha respiração está acelerada, tentando me manter calmo e compreender o que diabos está acontecendo.

— Então, ela está viva? — pergunto.

— Sim, ela está viva e respirando sozinha, mas não está acordando ou respondendo.

— Houve alguma complicação durante a cirurgia? — peço por mais explicações. — Ela não consegue simplesmente acordar? Isso é normal?

O médico balança a cabeça.

— Não, não é normal, e nós não encontramos nada que não esperávamos. Ela perdeu um pouco mais de sangue do que eu gostaria, mas nada que me preocupasse.

— E quanto ao bebê? — Minha voz está tensa, até mesmo para os meus próprios ouvidos.

— O bebê foi monitorado o tempo todo, e ele está ótimo. A frequência cardíaca ainda está forte. Não quero que você entre em pânico — ele fala depressa. — Pode não ser nada, mas estamos de olho nela de qualquer forma e, como eu disse, nós vamos fazer mais alguns exames para garantir que ela não está tendo uma reação à anestesia. Saiba que estamos fazendo tudo o que podemos, e vamos continuar mantendo-a na UTI só para que ela tenha um cuidado contínuo.

— Podemos vê-la? — A voz de Sierra falha.

— Só um por vez.

Viro-me para Sierra, que seca o rosto.

— Você deveria ir primeiro, tenho que ligar para a... família e... Vá vê-la, Dec.

Isso não pode estar acontecendo. Não posso perdê-la agora. Acabei de tê-la de volta. Ela vai acordar, só precisa de um motivo para fazer isso. Sigo o médico até o quarto, sem dizer uma palavra, desejando que, quando eu entrar lá, ela esteja me encarando e que eu possa cair de joelhos e implorar para ela entender.

Direi tudo a ela, provarei que a amo e vou explicar que não estava longe porque a deixei, mas porque queria lhe dar algo que ela estimava.

Tudo isso será esclarecido, eu sei. Tem que ser, porque nenhum deus é cruel o bastante para tirar de mim a única coisa que me resta.

Claro, eu tenho meus irmãos, mas eles não são a Sydney.

Eles não são a minha razão de viver.

A porta de vidro de seu quarto desliza para a esquerda, e o tempo para.

Todas as mentiras sobre isso não ser real são verdadeiras.

Lá está ela.

Deitada ali, parada, com os olhos fechados, monitores apitando ao seu redor.

Minha Sydney, a garota que tinha mais vida em seu corpo minúsculo do que mil pessoas, está imóvel. Sua risada e seus comentários espertinhos não estão preenchendo o ar.

Em vez disso, está silencioso.

Assustadoramente quieto.

E eu quero morrer.

Eu a quero de volta. Quero poder implorar para ela me perdoar, prometer me permitir amá-la, e lhe dar a fé que falhei em mostrar a ela.

E então, faço algo que não fiz desde que perdi minha mãe... eu choro. Lágrimas escorrem pelas minhas bochechas enquanto o desespero toma conta de mim de uma forma que nunca senti antes desse momento.

Por favor, Deus, não faça isso. Por favor, me dê outra chance para consertar as coisas. Não tire tudo o que eu nunca soube que precisava. Deixe-me... por favor.

Caminho para frente, o pavor fazendo meus pés parecerem pesar toneladas. Meu coração está batendo rápido, e não consigo falar enquanto ando até a lateral de sua cama e seguro a mão dela.

Lágrimas caem livremente pelo meu rosto, mas não as afasto. Deixo-as escorrerem pelas minhas bochechas, direto para o meu coração.

— Ela pode... ela está? — Tento formar uma pergunta, mas as palavras saem confusas e interrompidas enquanto elas se prendem na minha garganta.

— Ela está viva e respirando por conta própria, não temos certeza se ela pode ouvir, mas ela não está respondendo a essa altura. Vou te dar um tempo antes de a levarmos para outro exame. Talvez ouvir a sua voz ajude. — O médico abre a porta e sai.

Não tenho certeza do que fazer. Nada parece certo, e há um vazio dentro de mim.

Afasto seu cabelo loiro de seu rosto.

— Syd, você tem que acordar. — Ela não se move. — Sabe, não posso viver em um mundo onde você não existe, e não posso lidar com a sua perda, então preciso que você acorde. Sei que o que estou pedindo é egoísta, e você não tem motivo para se importar se estou em agonia sem você, mas eu preciso de você. — Sento-me na cadeira, minha mão ao redor da sua. — Eu deveria ter ido atrás de você naquela noite. Deveria ter corrido até você e implorado para que me perdoasse por ser um covarde. Se eu te contasse sobre tudo... meus planos, meus medos, meu coração... então talvez você estivesse acordada agora. Eu te amo, Sydney. Eu te amo mais do que jamais poderia expressar. Mas você precisa acordar para que eu possa te dizer tudo isso. Quero compensar você e o nosso filho. — Minha garganta se aperta, minha voz falha e começo a chorar de novo.

Nosso filho.

Ele está dentro dela agora mesmo enquanto ela dorme. Ele sabe que sua mãe o ama mais do que sua própria vida? Ele sabe quão perfeita ela é e o quanto ele tem sorte por tê-la? Ele será o motivo de ela continuar lutando?

Esfrego o polegar sobre o topo de sua mão e espero por qualquer coisa.

— Eu comprei sua fazenda. Compraria cem delas, se significasse que você estaria feliz. Fiz tantas coisas erradas, Syd. Por favor, abra os seus olhos e me deixe compensar você.

Há uma batida na porta de vidro antes de ela abrir, e o médico retorna.

— A irmã dela está pedindo para entrar, mas vocês dois não podem ficar aqui enquanto esperamos os resultados dos exames.

Minha mão aperta a dela, e afasto a vontade de me enfurecer contra toda essa injustiça.

— Okay.

— Vou voltar à sala de espera e chamar vocês dois quando a acomodarmos.

Eu me levanto, incapaz de soltar sua mão. Duas enfermeiras entram e começam a ajustar fios e tubos. Eu ainda não me movo. Não posso soltá-la.

Não consigo fazer minhas mãos se mexerem.

Eu a observo, desejando que ela abra os olhos e pare com isso.

— Por favor — minha voz é apenas um sussurro, mas soa como um grito no quarto.

Todos param de se mover e então a enfermeira coloca a mão sobre a minha. Olho para seu rosto, que é caloroso e gentil. A enfermeira talvez esteja no final de seus cinquenta anos e me lembra a minha mãe de alguma forma. Ela não me oferece nada além de conforto e algo a que me segurar.

— Não posso soltá-la — admito.

Ela aperta apenas um pouco.

— Nós estaremos com ela o tempo todo, observando.

— Ela é o meu mundo. — Só que ela não sabe disso.

A enfermeira sorri suavemente e assente.

— Eu entendo. Deixe-nos cuidar dela.

Ela tira a minha mão da de Sydney, e sinto a sua perda na alma. Tenho que deixá-la ir, e orar para que não seja para sempre.

— Declan. — A voz de Connor faz meus olhos se abrirem, e me levanto.

— O que você está fazendo aqui?

Ele nega com a cabeça, como se eu fosse um idiota por perguntar.

— Nós viemos assim que Sierra ligou.

Faz seis horas. Seis horas e a mesma quantidade de exames para tentar descobrir por que Sydney não responde. Eles não têm respostas que digam o que está acontecendo, apenas que ela não está acordando.

Ela tem atividade cerebral, sua glicemia está normal, e não há indicação de AVC, mas, ainda assim, continua dormindo.

— Certo. Desculpe. É claro. É só que...

— Sem mudança.

— Nenhuma. — Respiro algumas vezes pelo nariz, tentando me acalmar. Não posso desmoronar agora. Tenho que ser forte, claro, e acreditar que Sydney ficará bem. Seja lá o que esteja acontecendo pode ser resolvido.

— Syd vai acordar.

Eu assinto, porque é verdade.

— As pessoas não simplesmente entram em coma, certo? Não quando não há nada apontando o motivo de estar acontecendo. Elas acordam quando estão prontas. Até onde sei, essa é a maneira de ela me castigar. — Rio, sem achar graça. — Está funcionando também, então ela pode se sentir bem com isso.

— Ela não é tão cruel assim.

— Mas ela é, não? Ela não me contou sobre o bebê até dois dias atrás. Depois descobre que há algo errado e que está com a porra de um tumor, mas não me conta. — A raiva e a frustração começam a aumentar. — Eu descubro *enquanto ela está em cirurgia*, e ela nem sabia o motivo de eu não ter conseguido ir à consulta.

— Que foi? — Connor pergunta.

— Eu estava ocupado comprando sua maldita fazenda, da qual ela acelerou a venda. Ou era vendida naquele dia ou ela aceitaria a oferta de outro comprador.

Connor dá um sorrisinho.

— Então você está puto com ela?

— Estou puto... não, estou furioso, porra. Não posso perdê-la! Preciso que ela acorde. Preciso que ela viva. Ela escreveu essa merda de diretriz que fala que, se estiver entre ela e o bebê, nós temos que salvá-lo. Eu não posso...

Connor dá um passo à frente, me puxando para seus braços. Meu irmão mais novo, para quem fui mais um pai do que qualquer outra coisa, está me confortando. Bato minha mão em suas costas, e ele faz o mesmo. Ele segura meus ombros, me afastando, e depois cerra a mandíbula.

— Não chegará a esse ponto.

— Eu desperdicei tanto tempo. — Dou um passo para trás e caminho até a janela. — Todos esses anos, eu tinha tanta certeza de que ficar longe era a coisa certa. Pensei que estava dando a ela a chance de uma vida que eu não poderia proporcionar. Agora, eu quero apagar tudo. Eu desistiria de tudo para ter tempo com ela. Só quero uma segunda chance para corrigir as coisas.

Ele se senta na cadeira ao meu lado.

— Um verdadeiro segundo disparo irá partir a primeira flecha e criar um caminho sólido.

— Esse conselho serve muito agora. Sei o caminho que eu quero, está claro e sólido, mas ele pode ter um fim.

Connor dá uma risada sem graça.

— Sinto como se a mamãe estivesse nos dizendo coisas que precisávamos escutar, mas não éramos espertos o bastante para realmente ouvir.

— Estou apavorado com a ideia de perdê-la — confesso meu medo mais profundo.

Sua mão aperta o meu ombro.

— Não perca a esperança, Declan. Sydney precisa acreditar que tem algo pelo que lutar. Seja isso para ela.

Serei tudo o que ela precisar.

Capítulo 30

Declan

— Faz vinte e quatro horas. Preciso que você me escute, Syd. Acorde. Abra seus olhos azuis e me deixe te ver. — Tento incentivá-la a acordar de novo. Não consigo dormir. Não consigo comer. Tudo o que faço é intercalar com Sierra ou Ellie para ficar ao lado da cama dela. Na maior parte das vezes, porém, ninguém consegue me tirar daqui.

— Declan — Ellie diz suavemente ao lado da porta de vidro. — Por favor, faça uma pausa.

— Vou descansar quando ela estiver acordada.

Ela entra no quarto e me observa.

— Connor e eu temos que ir para casa. Vou pegar algumas roupas limpas para você e trazer amanhã.

— Tudo bem.

Ela solta um suspiro pesado, olhando para mim e depois para Syd.

— Você está enlouquecendo-o — Ellie sussurra, mas é alto o bastante para que eu consiga ouvir. — Ele não se barbeou, tomou banho, ou fez qualquer coisa além de te importunar. Liberte-o de seu sofrimento, Syd. Ele te ama, e prometo que você pode matá-lo se ele te magoar de novo. Temos terreno suficiente entre nós duas para esconder um corpo.

Bufo com um sorriso, pensando no quanto ela amaria isso.

Ellie se vira para mim.

— Me liga se alguma coisa mudar?

— Ligo.

Ela vem até mim e beija minha bochecha.

— Pelo menos tente comer alguma coisa. Você não irá ajudá-la se estiver exausto.

Não digo nada, porque comida é a última coisa com a qual me importo.

Mais horas se passam, mas nada muda. Tudo o que posso fazer é ficar sentado, esperando por qualquer movimento que não vem. Observo, pensando que talvez suas pálpebras vão se agitar. Talvez seus dedos se contraiam, mas isso não acontece. Eu imploro, suplico, e barganho com ela, mas Syd não se move.

Inclino-me contra a cadeira, frustração percorrendo meu corpo e deixando meus membros pesados. O médico explicou para Sierra e para mim essa manhã que eles fariam outra bateria de exames, porque isso definitivamente é anormal.

Alguma coisa está errada, e eles não fazem ideia de por onde começar.

Tudo sobre essa situação, desde a hora em que cheguei em Nova York até este momento, tem sido surreal e anormal. Preciso que o universo se organize e se endireite antes que eu enlouqueça, porque não sei se aguento muito mais tempo.

Meus irmãos ligam, mas eu não atendo, não há nada a ser dito e não posso explicar a situação de novo.

Fecho os olhos por apenas um segundo, o peso caindo sobre mim. Estou exausto, mas não posso desistir.

— *Você vai me amar para sempre?*

— *Para todo o sempre* — respondo, enquanto Sydney me dá um sorriso malicioso e mergulha os dedos dos pés no lago.

— *Boa resposta.*

Em apenas algumas semanas, nós dois iremos para a faculdade. Foi um verão que nenhum de nós irá esquecer. Depois de toda a merda que sofri, cada momento com ela é o paraíso. Sydney é a melhor coisa do mundo.

— *E quanto a você?* — *pergunto de volta para ela.*

Syd dá de ombros com um brilho em seu olhar.

— *Vai depender se você merecer.*

Coloco a mão sobre o meu peito.

— *Você me feriu.*

Ela corre até mim, suas mãos cobrindo meu machucado de mentira ao me beijar.

— *Nunca. Eu te salvaria.*

— *Você já me salvou.*

— *É?*

Mais do que ela poderia imaginar. Apenas seu sorriso torna mais fácil respirar. Seu toque alivia os machucados e a dor infligidos pelas mãos do meu pai, e seu amor me lembra de que existe bondade no mundo.

— Todos os dias.

Syd se deita ao meu lado, nós dois de frente para o céu do verão agora. Seus dedos se entrelaçam com os meus. É um simples toque, mas parece ser tudo.

— Você acha que nós vamos nos casar?

Viro-me para encará-la.

— Eu sei que vamos.

— Teremos filhos?

— Se é isso o que você quer...

Seus olhos azuis encontram os meus.

— Eu quero ter filhos com você. Dois meninos e uma menina.

— Você está colocando uma ordem? — Dou uma risada.

— Não, só estou te avisando o que esperar. Quero que o nosso mais velho seja Deacon.

Reviro os olhos para o nome.

— Por que simplesmente não o chamar de Declan então?

— Porque você é o único Declan que meu coração vai amar. Quero que o nome dele seja próximo do seu, porque ele será forte e bonito como o pai. Nosso segundo filho pode ter o nome que você quiser.

— Caramba. — Eu rio. — Valeu por isso. E se tivermos uma menina?

Syd move a cabeça para que esteja apoiada no meu ombro.

— Bean.

Agora estou pensando se ela tomou sol demais.

— Você quer chamar nossa filha de feijão? Você odeia que eu te chame assim.

O nome se desenvolveu, assim como nós. Quando éramos crianças, ela pulava o tempo todo e sempre saltava por aí, então Jimmy a chamou de feijãozinho saltitante. Isso a incomodava, então, naturalmente, eu a chamava assim como uma forma de torturá-la, como garotos de oito anos fazem. Depois, quando tinha cerca de doze anos, ela era mais alta do que a maioria das garotas e era reta, então Sean estava sendo um babaca e disse que ela parecia uma vagem. Com o tempo, ela simplesmente virou a minha feijãozinho. Sempre mudando, se transformando em uma coisa mais linda do que a última, e pegou.

Ainda assim ela odeia.

— Mas você ama.

— Bem, eu amo você.

Ela ergue o queixo apenas um pouco, um sorrisinho diabólico surgindo em seus lábios.

— E você vai amar a nossa Bean.

Um barulho me faz despertar depressa, e o sonho desaparece quando vejo que ela não está sorrindo para mim. Uma enfermeira entra, um sorriso suave no rosto quando vê que estou acordado. É a mesma da noite passada. O nome dela é Sophie.

— Como está nossa paciente? Alguma mudança?

— Não. Eu dormi por muito tempo?

Ela assente.

— Eu vim e a verifiquei cerca de duas horas atrás, e você estava dormindo. Deve estar exausto.

Merda. E se ela se mexeu? E se eu perdi alguma coisa? Aproximo-me dela, tocando seu rosto, mas ela não se move.

— Estou cansado, mas estou mais preocupado.

— Eu entendo. Estamos fazendo tudo o que podemos.

Tudo, exceto descobrir por que diabos ela não está acordando. Estou fazendo o possível para continuar paciente, mas a cada hora que passa, minha esperança diminui. Se nós soubéssemos o que é... se pudéssemos resolver... então eu me sentiria melhor. Essa impotência esmagadora é o que está me matando.

— Se ela apenas acordasse...

— Bem, sou enfermeira há um bom tempo, e é sempre um mistério para mim, essas coisas. — Ela verifica as bolsas de soro e depois os monitores. — O corpo às vezes não responde quando o coração e a mente o fazem. Continue falando com ela — incentiva. — Deixe a alma dela ouvir tudo o que você quer dizer, e veja se ela não consegue fazer o corpo responder. Voltarei em uma hora. — Sophie afaga meu ombro e depois nos deixa a sós.

Falei pelo que parece uma eternidade, mas ainda há tanto para se dizer, então me aproximo da beirada de sua cama. Ela é tão linda. Mesmo desse jeito, ela tira o meu fôlego. Ergo a mão e passo os dedos por sua mandíbula, sua pele macia me lembrando do quanto ela é frágil. Roço o polegar por seus lábios e tento lutar contra as lágrimas que ameaçam me dominar.

— Faz quase vinte anos desde que chorei — conto a ela. — Nada importou o bastante para mim para fazer as lágrimas caírem. Não me permiti amar nada o suficiente e, ainda assim, aqui estou, querendo desmoronar e enlouquecer. A ideia de te perder, Sydney... é demais. Você e Deacon são tudo o que eu quero merecer. — Lembro-me do sonho que tive, seu sorriso, sua voz, a felicidade da ideia de construir uma família comigo. — Sonhei que éramos crianças de novo, deitados na grama, conversando sobre a vida. Nós merecemos outra chance, Syd. Mesmo se você me rejeitar quando acordar, vou continuar voltando. Farei qualquer coisa que eu precisar para provar que você é a minha escolha. Você é o que eu quero. Você me pediu para correr atrás de você, e vou te seguir até os confins da terra se isso for necessário.

Meu coração está martelando enquanto me exponho para ela, esperando que, de alguma forma, ela escute e lute para voltar para mim.

— Você precisa tomar banho. — Connor joga uma sacola de roupas para mim e aponta na direção do hotel. — Você está não fazendo nenhum bem a ninguém se recusando a comer, tomar banho, ou sair do lado da cama dela a menos que Sierra ou Ellie queiram visitar.

Estamos do lado de fora do hospital depois que ele me arrastou para cá para tomar um pouco de ar fresco — não que eu quisesse ou precisasse.

— Vá se foder. — Irrito-me com ele. — Você não tem visto a Ellie deitada ali por três dias sem responder, se mover, ou atender suas súplicas e orando a Deus para que apenas abra os olhos!

— Não, não vi, mas você não vai mudar as coisas se afundando. Quando foi a última vez que você dormiu?

Eu o encaro e bufo.

— Não sei.

— Comeu alguma coisa?

Afasto-me dele, precisando exteriorizar minha raiva.

— Esqueça isso, Connor.

— Foi o que pensei. Sydney vai acordar, e seria preferível se ela não engasgasse quando sentisse o seu cheiro. Tome a porra de um banho, se barbeie, coma alguma coisa, e volte quando parecer consigo mesmo. Isso — ele aponta para o meu rosto — não está certo.

A raiva que estava sob a superfície começa a borbulhar.

— Como é fácil para você me julgar!

— Não estou te julgando, estou te ajudando!

— Ajudando? Como? Me mandando ficar longe dela? E se ela acordar? E se ela me procurar, e eu não estiver aqui como não estive nos últimos oito anos? Ela é tudo o que importa, porra!

Connor levanta as mãos e franze os lábios.

— E isso é ótimo. Fico feliz que você finalmente tenha percebido, mas a verdade é que você precisa se recompor. Agora, vá para o hotel e tome um banho.

Minha respiração está pesando enquanto cerro os punhos.

— Não vou deixá-la.

— Bem, nós não vamos deixar você voltar para aquele quarto.

Avanço na sua direção, e Connor endireita as costas.

— Está com raiva? Ótimo. Você vai precisar para passar por isso, Dec. Você se sente impotente, e não é algo que nenhum de nós gosta de sentir, mas não vai me bater, não importa o quanto eu te provoque. Sabe por quê?

Dou um passo para trás quando volto ao meu juízo.

— Porque não sou nada como ele.

— Exatamente. Se você precisa desabafar, ficarei feliz em lutar com você e te deixar exteriorizar sua frustração. Faz um bom tempo desde que te dei uma surra.

Ele nunca me deu uma surra, mas não o corrijo. A verdade é que estou cansado demais para isso. Os últimos dias têm sido os mais longos da minha vida.

Nenhuma mudança com a Sydney. O bebê ainda está bem, mas eles estão dando a ela outra forma de medicação e fazendo outra varredura. Sua atividade cerebral está indicada como normal, o que deixou os médicos perplexos, e estou perdendo o controle.

— Não posso fazer isso, Connor.

Ele coloca a mão no meu ombro e aperta.

— Vamos andar.

Seguimos na direção do hotel, que fica em frente ao hospital. Reservamos dois quartos lá para que as pessoas pudessem passar a noite se quisessem. Sierra está voltando para casa esta noite, e Ellie vai ficar. As duas estão alternando, e Connor está levando-as a cada dia. Sou o único que não vai embora.

Não posso.

Tenho que estar aqui.

Enquanto caminhamos devagar, Connor permanece em silêncio e penso no que dizer.

— Eu sempre cuidei de tudo.

— É, você cuidou.

— Não posso consertar isso.

Ele nega com a cabeça e seguimos em frente.

— Conheço bem a sensação. Você quer deixá-la feliz e fazer todo o possível para lhe proporcionar segurança, mas isso está fora do seu controle. Já passei por isso, irmão, sei o que você está sentindo. Você faria qualquer coisa, não faria?

Eu tiraria o fôlego do meu corpo e daria para ela.

— Qualquer coisa.

— Então seja o homem que ela sempre acreditou que você é. Aquele que nós todos sabemos que é. Deixe o passado para trás.

Já fiz isso de algumas formas. Porém, tenho alguns erros que preciso redimir, deixar Syd sendo o maior deles. Nunca vou correr o risco de perdê-la de novo. Quando ela acordar — o que vai acontecer —, irei provar para ela.

— Connor — falo com cuidado, precisando dizer isso. — Se isso der errado.

— Não vai.

— Se der...

Connor coloca a mão em sua nuca e solta um suspiro pesado.

— Então você tem três irmãos que irão te amparar.

Espero que isso seja o suficiente, porque sei que estarei destruído.

Capítulo 31

Declan

— Estamos começando a nos preocupar com o quanto a respiração dela ficou fraca — o Dr. Voigt explica.

Sydney está em coma há seis dias.

Dias dos quais nem lembro que passaram. Fico sentado aqui, segurando a mão dela, lhe contando histórias, e fingindo que estou aguentando.

Hoje, a mãe dela está aqui.

— E o que isso significa? — ela pergunta, incapaz de impedir suas lágrimas de escorrerem.

— Significa que talvez tenhamos que entubá-la. Estamos observando e, se houver quaisquer sinais de perigo, só queremos que vocês estejam cientes.

Jane se joga nos meus braços, suas lágrimas caindo depressa enquanto a seguro com firmeza. Fecho os olhos, usando toda a força que me resta para ser forte.

Seguro a mãe dela, deixando-a molhar minha camiseta, já que teme a mesma coisa que eu.

As coisas não estão melhorando.

Ela está ficando pior.

— E o bebê? — pergunto.

Deacon era a única preocupação de Sydney, e se — quando — ela acordar, quero poder lhe passar a informação mais atualizada possível.

O doutor pigarreia.

— Ela está recebendo nutrientes e vitaminas para garantir que o bebê fique bem. Estamos com os monitores fetais ligados, e sua equipe obstetra está acompanhando bem de perto. Até onde sabemos, a cirurgia para remover o tumor foi a decisão certa para o bebê. Mas faremos outro ultrassom para medir com o anterior e ver se ele cresceu. Sei que é muita coisa, e é frustrante não termos respostas, mas estamos fazendo todo o possível.

Jane se inclina para trás, secando o rosto, e depois funga.

— Obrigada, doutor.

Ele concorda com a cabeça com firmeza e sai do quarto.

Ela caminha até a lateral da cama e coloca o cabelo de Sydney atrás da orelha.

— Não consigo vê-la enfraquecendo assim. Ela é uma garota forte que nunca desiste. Eu me sinto tão impotente.

Ando até o outro lado.

— Eu sei. Eu também.

O olhar de Jane encontra o meu.

— Sabe, quando você a deixou, pensei que ela iria definhar e morrer. Você foi... bem, ela te amava sem reservas. Não importava o que acontecesse, a fé dela em você era inabalável, mesmo quando eu achava que você não merecia.

— Eu não merecia. Provei isso não estando aqui quando ela precisava de mim. — Vergonha enche minhas palavras.

— Você está aqui agora, Declan. Está ao lado dela. Esteve aqui incessantemente. Outros a abandonaram, mas você não. — Há uma longa pausa, e então ela diz: — Sierra me disse que você comprou a fazenda.

— Comprei.

— Você é um bom homem.

Olho para Sydney e roço os dedos contra sua bochecha antes de me voltar para Jane.

— Cometi erros, mas eu a amo. Gostaria da sua benção para me casar com ela quando ela acordar.

Jane sorri.

— Eu a dei para você uma vez antes, por que deveria fazer de novo?

Endireito os ombros e não vacilo.

— Porque, dessa vez, planejo realmente pedir a ela.

— Ótimo. Assegure-se de fazê-lo e, se isso não a despertar, não sei o que fará.

Mas não desperta, e mais tempo passa enquanto a respiração dela fica cada vez mais superficial.

— Estamos nos aproximando de precisar seguir em frente com a entubação — o Dr. Voigt nos informa. — Ela tem momentos de estabilidade respiratória, mas na maior parte das vezes, ela está com dificuldade, e seus níveis de oxigênio estão começando a ficarem preocupantes.

Isso não pode estar acontecendo.

— Estamos perdendo-a? — pergunto a ele.

— A essa altura, só estamos tentando facilitar para ela respirar. Quanto mais ela se esforça, mais o oxigênio em seu sangue diminui, e queremos evitar qualquer dano que isso poderia causar.

Passo a mão pelo rosto, e os olhos de Jane se enchem de lágrimas.

— E ainda não fazemos ideia de por que ela está em coma?

Ele balança a cabeça.

— Não. Nenhum dos exames mostra nada que sugira o motivo de ela não ter acordado desde a cirurgia.

Olho para onde ela dorme e belisco a ponte do nariz. Estou perdendo-a.

— Posso ter alguns minutos? — pergunto para os dois.

Jane assente.

— Tenho que ligar para Sierra.

Eles saem, e caminho até sua cama. Cansei de ser paciente, se é que podemos chamar assim. Ela tem que acordar agora.

— Chega, Sydney — falo com autoridade. — Nosso filho precisa de você. Ele precisa que você passe por isso e abra os seus olhos. — Meu rosto está próximo ao seu, procurando por qualquer coisa que me diga que ela está me ouvindo. — Deacon está dentro de você, e ele precisa dos cuidados da mãe. Você não pode deixá-lo comigo ou com a sua irmã. Você não pode simplesmente... desistir. Não pode fazer isso com todo mundo que te ama e precisa de você.

Lágrimas escorrem pelas minhas bochechas. Eu a amo tanto, e estou me despedaçando. Consigo senti-la se afastando. É como se, apenas na última hora, pude ver a mulher na minha frente desvanecer. Não é real, ou pelo menos é isso o que estive falando para mim mesmo, mas, ainda assim, sinto nos meus ossos.

Sydney não vai voltar disso, e eu não vou aguentar.

Seguro suas mãos, entrelaçando nossos dedos.

— Não me deixe, Sydney. Por favor, não me deixe, porra. Eu preciso te compensar. Quero anos para provar que te amo e que posso ser o que você precisa. Você é tudo o que eu quero nesse mundo, e não quero que você desista. — Deito a cabeça na cama, descansando em suas mãos. — Não desista, amor. Por favor, lute por mim. — Eu me levanto, segurando seu rosto com as mãos e me inclinando para beijá-la. Ela está quente, macia, e completamente ausente. Não a sinto comigo. — Eu te amo, Sydney.

Eu a solto, meu coração parecendo uma rocha no peito. Dou um passo para trás, precisando sair desse quarto.

Não posso assisti-la entrar ainda mais no abismo.

Eu me sinto impotente, devastado, e tão sozinho.

Meus pés continuam se movendo, mas meus olhos permanecem nela, querendo estar por perto, mesmo precisando me afastar.

Cada fôlego é difícil, queimando minha alma enquanto saio.

Não consigo sobreviver se eu a perder. Não sei como a deixei ir antes. Está me matando. Tudo dentro de mim está revoltado, arranhando meu peito, desesperado para sair.

Abro a porta, o olhar de Jane encontra o meu, e então me viro.

Não posso ficar aqui.

Tenho que me... mover.

Meu coração está batendo com tanta força que não consigo ouvir nada além da minha pulsação. Não sei como existir em um mundo sem ela. Mesmo quando eu não a tinha — ela estava aqui. Já estava tornando o mundo um lugar melhor, apenas por respirar.

Eu caminho, sem enxergar as pessoas, ouvir suas palavras ou marcar os corredores que atravesso. Só estou perdido, porque a estou perdendo.

Vejo a vida que poderíamos ter tido. A vida na fazenda, indo para a cidade algumas vezes por mês, mas trabalhando ao lado dela. Os filhos que poderíamos ter, correndo por aí, perseguindo seus amigos, e rindo. Sydney com seu longo cabelo loiro, me torturando com beijos doces e lindos sorrisos.

Nós poderíamos fugir para o lago para um tempo a sós quando as crianças estivessem ocupadas.

Esse futuro desvanece diante dos meus olhos.

Estou parado na capela do hospital.

Nem sei como cheguei aqui...

— Então, esse é o meu castigo? — pergunto para o cômodo vazio, ou para Deus, ou seja lá quem estiver escutando. — Tenho que pagar pelo que meu pai fez? Essa é a minha penitência? Viver sozinho em um mundo sem ela? Eu não sofri o bastante? — Minha voz está repleta de raiva. — Todos os anos sendo surrado e vendo as pessoas que eu amo desmoronando não foram o bastante? — Caminho, incapaz de me sentar, fúria percorrendo minhas veias, precisando de respostas. — Eu me afastei dela para mantê-la em segurança! Deixei-a para trás para que escapasse de qualquer dor que eu pudesse lhe causar, e você faz isso com ela! — Minhas mãos estão tremendo, então as cerro em punhos. — Eu a amo, e você vai tirá-la de mim, não vai? Eu não fui bom o bastante. Sei disso, mas daria tudo a ela! Eu... eu ia...

Caio de joelho, olhando para a cruz, igual a que minha mãe tinha.

Estou com raiva de Deus, da minha família, da fazenda, Sydney, todo mundo, mas sobretudo... de mim. Tenho que viver com o fato de que ela pensa que eu a abandonei. A culpa de ela estar decepcionada comigo.

— Estou com tanto medo — confesso.

Fecho os olhos e decido falar com a única pessoa que pode estar escutando.

— Mãe, por favor, se você estiver aí em cima, não me deixe perdê-la. Sei o meu caminho. Estou pronto para o meu segundo disparo, mas preciso da sua ajuda. Eu preciso dela, e não consigo fazer isso sozinho. Por favor, me deixe ter outra chance. Juro que se você puder apenas... me dar isso, eu vou te deixar orgulhosa de novo. Vou parar de fugir e serei o homem que sempre acreditou que eu seria.

Permaneço de joelhos naquela capela por um longo tempo, deixando o desespero me percorrer e depois o deixando para trás. Tenho que ser forte para Sydney.

Depois de outro segundo, eu me levanto e saio para o corredor. Se ela vai passar por isso, estarei ao seu lado o tempo todo. E, quando ela abrir os olhos, eu estarei lá. Se alguma coisa acontecer, serei eu quem verá.

Não há outra opção.

Quando passo pelas portas da UTI, vejo pessoas correndo na direção do quarto de Sydney. Há médicos, enfermeiras, e uma equipe de pessoas entrando e saindo. Começo a andar mais rápido, meu coração disparado e minha garganta seca.

Por favor, Deus, não.

Não, não deixe isso acontecer.

Depois vejo Jane, suas lágrimas estão escorrendo, sua cabeça balançando de um lado para o outro enquanto põe a mão sobre a boca.

Meu mundo acaba quando a puxo para os braços, torcendo por um milagre, mas sabendo que acabei de perdê-la.

Capítulo 32

Sydney

As pessoas estão por toda parte, correndo em volta, e não consigo me concentrar em nada. É como se eu estivesse sonhando e não fizesse ideia de quanto tempo dormi.

Fecho os olhos de novo, tentando me orientar. Sei que estou em um hospital. Há um ruído constante de máquinas e enfermeiras se apressando ao meu redor, e fios conectados aos meus braços. Sem dizer que tem cheiro de hospital. Um pouco de produto antisséptico e látex.

— Sydney? — uma voz grave masculina me chama.

Olho para o homem, que me dá um sorriso suave.

— Sim.

O médico ergue uma luz e a coloca nos meus olhos, me fazendo uma pergunta:

— Você sabe onde está?

— No hospital — sussurro. Minha garganta dói como se eu tivesse engolido facas. Está ferida, áspera e muito seca.

— Isso mesmo. — Ele continua me examinando, movendo meu corpo, apertando minhas mãos. — Consegue apertar de volta?

Eu o faço, e ele assente em aprovação.

— Ótimo. Você se lembra de mim?

Lembro? Acho que sim. Sei que ele é médico e parece familiar, mas estou tão cansada e grogue. É como se eu estivesse em uma neblina. Consigo ver as coisas, mas nada está nítido. Tudo parece distante e confuso.

— Eu só… não consigo me lembrar.

Ele assente.

— Isso é normal.

Normal? Normal para o quê? Não sei o que está acontecendo comigo ou com meu bebê.

O bebê.

Ai, Deus.

Coloco a mão na barriga, me esforçando para lembrar o que aconteceu.

— O bebê está bem. — O doutor coloca a mão sobre a minha. — Estivemos o monitorando enquanto você estava em coma.

Eu estava em coma?

— O quê? Quanto tempo? Minha irmã? — Mal consigo fazer as palavras passarem pelos meus lábios, porque minha garganta grita de dor de novo.

Tento me lembrar de algo do que aconteceu. Lembro-me de entrar para a cirurgia, e só isso. Eu não... entendo o que está acontecendo. Não sinto como se o tempo tivesse passado, mas também, não faço ideia de que dia seja.

A enfermeira me traz um copo com lascas de gelo.

— Vá devagar — orienta.

— Sou o Dr. Voigt, fui seu cirurgião. Preciso que fique calma para mantermos sua frequência cardíaca estável para o bebê. Você se lembra de fazer a cirurgia?

Assinto. E agora que ouvi o nome dele me soou familiar. Coloco uma lasca de gelo na boca e respiro pelo nariz. Não farei nada para machucar o bebê.

— Ótimo. A cirurgia foi bem, tiramos o tumor e o bebê está saudável, mas você esteve inconsciente por uma semana. Não sabemos bem por que, mas estamos muito felizes por você estar acordada agora. Sua família está ali fora, eles ficaram aqui o tempo todo. Tenho certeza de que você tem muitas perguntas, mas eu gostaria de trazê-los aqui para te verem, tudo bem?

A vontade de ver alguém familiar é grande demais para ignorar.

— Por favor.

O Dr. Voigt sorri e depois sai do quarto. Quando a porta de vidro se abre de novo, minha mãe entra com lágrimas escorrendo pelo rosto.

— Ah, Sydney! — Ela vem depressa para o meu lado, segurando meu rosto. — Eu estava com tanto medo. Nós todos estávamos. — Ela abaixa as mãos, olha para trás e então eu o vejo.

Declan está parado na porta, os olhos inchados, o cabelo bagunçado, e Deus sabe quando foi a última vez em que ele se barbeou.

Ele está abatido.

Ele está lindo.

Ele está absolutamente apavorado.

Viro-me para minha mãe, precisando não olhar para ele. Fragmentos da minha memória retornam quando lembro que Declan não estava aqui antes. Ele estava em Nova York. Ele me deixou depois que contei tudo e implorei para que me amasse.

Não importa que ele esteja claramente abalado. É um pouco tarde demais.

— O bebê... ele está bem, certo?

Ela sorri através das lágrimas.

— Sim, querida, você e o bebê estão bem. Está tudo bem agora, e a cirurgia deu certo. Tem sido... difícil, para dizer o mínimo, mas você está acordada e... ai, é tão bom te ver.

Consigo ouvir o alívio em sua voz, e odeio que ela tenha estado tão preocupada.

— Me desculpe por ter te assustado.

Declan se move e, por mais que eu tente me concentrar na minha mãe, é impossível não o notar. Ela se vira para Declan e depois se volta para mim antes de dar um passo para trás.

— Vou ligar para Sierra e Ellie. Acho que vocês dois precisam de um momento.

Não afasto o olhar do dele enquanto entra no quarto. A porta se fecha logo atrás, e a neblina na qual eu estava retorna, só que dessa vez é tudo menos ele que está fora de foco.

Declan está aqui. Não sei por que ou o que ele espera, mas ele está aqui e parece que passou por uma guerra.

Nossos olhares estão conectados enquanto ele se move na minha direção, a hesitação evidente entre nós.

— Diga alguma coisa. — Sua voz está áspera.

— Por que você está aqui?

Ele fecha os olhos por um segundo, e então está ao meu lado.

— Porque eu te amo. Eu te amo mais do que qualquer homem já amou uma mulher, e estava indo até você naquele dia. Fui ao consultório médico depois que tudo o que podia dar errado deu. Perdi a consulta, e eu estava... Deus, eu estava correndo atrás de você. Assim como você me pediu. Estive aqui, e não vou te deixar de novo, Sydney.

Todas as palavras que ansiei ouvir saem de seus lábios, mas não consigo pensar. Estou tão perdida e confusa. Coloco a mão sobre a minha barriga e inclino a cabeça para trás. Agora, tenho que digerir o fato de que estava em coma.

lute *por* mim

— Me conte sobre a última semana.

Quando abro os olhos, vejo a dor em seu rosto, mas ele esconde depressa.

— Você não acordou depois da cirurgia. Eles não conseguiam descobrir por que, então só ficamos sentados aqui, esperando e torcendo, mas você não respondia. Conversei com você por horas. Nós todos conversamos. Sierra, sua mãe, Ellie e Connor... nós estávamos sempre aqui.

Por mais que eu pensasse que queria ouvir isso, não quero. Quero saber por que ele não estava lá antes. Preciso saber o que era tão mais importante do que o ultrassom. E ainda assim, agora, ele está aqui.

— Declan, eu não posso...

Minhas palavras esmorecem enquanto minha mãe abre a porta, mas Declan não se vira para olhá-la. Ele apenas se aproxima e senta na beirada da cama.

— Eu estava indo até você, Syd. Estive aqui, e nós temos que resolver isso. — Ele finalmente olha para a minha mãe e depois se volta para mim. — Vou fazer algumas ligações e trocar de roupa, mas já volto.

Eu assinto, sem ter força para fazer algo além disso. Declan se inclina para frente, pressionando os lábios na minha testa, mas eu seguro o fôlego. É íntimo e meigo. Minha cabeça está uma grande bagunça. Tanta coisa aconteceu e estou exausta.

Minha mãe toca seu braço enquanto ele sai antes de vir para o meu lado.

— É bom ver os seus olhos. — Sua voz é suave, mas consigo ouvir o medo que existe ali.

— Dias?

Ela assente.

— Faz dias desde que aquele homem saiu do seu lado. Ele estava um desastre, mas não conseguimos fazê-lo descansar.

Não foi isso o que perguntei, mas a informação é nova.

— Você quer dizer que ele não foi embora?

Minha mãe dá um leve sorriso e depois senta na cadeira ao lado da cama.

— Ele esteve aqui dia e noite. Todos os dias em que você ficou em coma. Ele saía para tomar banho, geralmente depois que Connor o intimidava para fazer isso, e talvez para comer alguma coisa, mas, tirando isso, Declan ficou ao seu lado em todos os momentos.

Umedeço os lábios e deixo a informação ser absorvida.

— Por quê?

— Porque o homem está apaixonado por você — mamãe diz com uma risada. — Ele estava arrasado com tudo o que aconteceu. Ele conversou com você, implorou pelo seu perdão, e falou muita coisa sobre seus sentimentos enquanto você dormia.

Isso não me ajuda, já que não me lembro de nada.

— Sete dias não são nada em comparação aos anos em que tive que lidar com estar sem ele.

— Talvez, mas aqueles anos lidando com isso não te impediram de deixar a fazenda que você ama, seus amigos e a vida que você construiu. Não, minha doce menina, o que fez isso foi o homem lá fora no corredor.

Vejo sua silhueta através do vidro fosco, andando de um lado para o outro, nunca se afastando longe o bastante para eu perder seu perfil de vista. Eu o reconheceria mesmo na escuridão. Caramba, talvez até mesmo se estivesse cega.

— Ele me decepciona. Ele não me escolhe, nunca. Ele me deixou, me afastou e me abandonou.

Ela parece pensar nisso.

— Talvez isso seja verdade, mas também é um pouco injusto. Eu sei o que é ser abandonada de verdade. Se Declan não te amasse, ele teria ido embora. Não teria passado a última semana sem sair do seu lado.

— Obrigação e dever são importantes para ele. Estou carregando seu filho, então, até onde sabemos, é com isso que ele se importou.

Ela dá uma risada.

— Você é tola e mentirosa se acredita nisso. Já vi um homem ficar por obrigação, Sydney, e não foi isso o que Declan fez. Ele estava devastado. Não por causa do bebê. Na verdade, ele e Sierra discutiram sobre o bebê e você. Declan teria deixado o mundo inteiro queimar e permitiria que todo o resto perecesse se isso significasse te salvar. Você não tem que perdoá-lo ainda, mas pelo menos escute o que ele diz antes de tomar uma decisão da qual irá se arrepender.

Absorvo isso e mordo meu lábio inferior. Ainda não acredito completamente. Porém, mesmo depois de dormir pelo que pareceu uma eternidade, estou exausta demais para pensar em Declan e em seus motivos para fazer o que fez.

Se ele me ama, precisa fazer muito mais do que se sentar ao meu lado por sete dias.

— Mãe — chamo, e meus olhos começam a pesar. — Estou com sono.

Ela afaga minhas bochechas.

— Descanse, minha doce menina. Estou bem aqui.

Permito minhas pálpebras se fecharem e, por mais exausta que eu esteja, não adormeço. Entro em uma névoa confusa e onírica, que está à beira da inconsciência. Há um ruído ao fundo, tentando-me a abrir os olhos, mas não consigo me concentrar o suficiente nisso.

Assim que a escuridão começa a me tomar, bem nos limites da consciência, eu o sinto. Sinto seu calor, seu cheiro almiscarado e apimentado chega ao meu nariz, e então o timbre grave de sua voz preenche meu ouvido.

— Obrigado, mãe. Eu não teria sobrevivido se a perdesse.

Faz quatro dias que estou descansando, tentando funcionar, e com Declan à minha volta. Ele não vai embora. Ele não discute comigo ou sai, ele apenas está sempre ali. Toda vez que o médico me encoraja a fazer algo para recuperar minha força, ali está ele... me pressionando a fazer.

Quero jogar alguma coisa na cabeça dele.

— Você deveria ir para casa, você tem um emprego — falo, sentando na cadeira, o que faz parte da minha lista de afazeres diárias.

Sentar.

Não andar ou fazer qualquer coisa que exija grande esforço, mas me mover da cama para essa maldita cadeira por mais de quarenta minutos.

O que alguém faz quando é forçado a se sentar em uma cadeira? Conversa com o homem que não vai embora.

— Estou perfeitamente bem aqui.

— Sim, você disse isso, mas você *deveria* ir.

Declan dá de ombros.

— Estou bem.

Solto um grunhido e deixo minha cabeça cair para trás.

— Nosso filho vai ter a sua teimosia, e eu vou querer me estrangular.

— Sim, porque você é a pessoa mais amável do mundo.

— É você quem não vai embora.

— Porque eu te amo, e não vou sair daqui até resolvermos nossa merda.

Ele disse isso ontem, e minha resposta foi me forçar a dormir para evitar exatamente esse assunto. Não quero esclarecer as coisas. Quero ir para casa e ignorá-lo.

Contudo, sei que isso não vai acontecer.

Também é o caminho covarde, e eu não sou covarde.

— Você fez a sua escolha.

— Eu te falei o que aconteceu — ele responde. — Sei que não quer me perdoar e, sinceramente, você não deveria, mas vou te compensar.

Solto um suspiro pesado e tento acalmar meu coração acelerado. Ele não faz ideia do quanto quero que tudo isso seja verdade. Mas acho que sua promessa provém do medo e, quando eu estiver fora desse hospital, ele vai voltar atrás e vai embora de novo.

— Você não tem que fazer isso. — Minha voz é suave e tensa.

— Fazer o quê?

Abro os olhos e o deixo ver a verdade ali.

— Você não tem que ficar aqui por obrigação.

Ele se encolhe e chega mais perto, seu olhar nunca desviando do meu.

— É isso o que você pensa? Que estou aqui porque me sinto obrigado? — ele fala baixo. — Porque isso é a coisa mais distante da verdade.

Minha pulsação está rápida porque ele está perto o bastante para eu sentir o cheiro de seu perfume.

— Não sei qual é a verdade.

— Está pronta para ter essa conversa? Porque estou tentando não te pressionar e deixar você se recuperar sem aumentar o seu estresse.

Eu queria que isso fosse possível, mas meus níveis de estresse não vão diminuir sem essa conversa. Pelo contrário, não consigo pensar em nada mais. Por que ele está aqui? O que ele quer? Quando ele vai embora? E como diabos eu vou suportar tudo isso?

Mas essas respostas não podem vir de mim.

— Acho que temos que fazer isso.

Declan se agacha para que seu rosto fique bem na frente do meu.

— Eu estava indo até você, Sydney. Eu me atrasei, sei disso, e sinto muito, muito mesmo, mas estou aqui agora.

— Por quanto tempo, Dec?

— Para sempre.

Eu me sento, o encarando, esperando que ele ria ou sorria, ou algo assim, mas ele não o faz.

— Para sempre? — pergunto. Talvez eu tenha ouvido errado. Talvez haja algum tipo estranho de efeito colateral do coma que está me fazendo escutar coisas que não são reais.

— Eu não vou embora. Não vou voltar para Nova York, não a menos que você esteja comigo, e se eu tiver que ficar em Sugarloaf ou qualquer outro lugar que você for, farei isso. Sabe, vivi oito anos sem você na minha vida. Eu existi, pensando que você estava feliz, melhor sem mim, e não consigo mais existir desse jeito.

— Não consegue?

— Não. — Ele ergue a mão e segura minha bochecha. — Não, não consigo.

Tento me forçar a engolir e depois respiro fundo.

— Você diz isso agora, mas por quê?

— Você sabe por que não consegui chegar à consulta? O que eu *tinha* que fazer na cidade?

Balanço a cabeça, negando.

— Bem, tinha essa coisa que eu estava comprando, e ficou muito difícil de repente. Eu tinha tempo... ou pensei que tinha, mas a vendedora mudou de ideia.

A raiva começa a crescer, e não consigo me segurar. Ele perdeu a consulta, não por causa de algo importante ou uma emergência. Não, foi porque ele estava comprando algo que queria. Não sei por que ele pensou que isso não fosse ser nada demais.

— Então, você me deixou e perdeu a consulta para ver nosso filho por causa de uma coisa que estava comprando?

— Bem, a compradora fez uma exigência surreal de que eu precisava adiantar a compra por um mês.

Reviro os olhos.

— E isso é para me fazer sentir, o quê? Mal por você?

— Você está fazendo as perguntas erradas, Syd.

Cruzo os braços e luto contra a vontade de bater nele.

— Bem, então por que você não me diz o que devo perguntar.

Ele sorri.

— O que eu estava comprando?

Porque essa conversa está exaustiva e não estou chegando a lugar algum, entro no jogo dele.

— Tudo bem. O que você estava comprando?

— Sua fazenda.

Capítulo 33

Sydney

Ele acabou de dizer minha fazenda?

— O quê? — pergunto, com a respiração fatigada.

— Eu sou o comprador da sua fazenda.

Pisco algumas vezes, esperando que ele se corrija, mas ele não o faz. Isso tudo é tão confuso.

— Eu não entendo.

O contrato da propriedade acabou de ser assinado uma semana atrás. Antes que ele soubesse do bebê e antes que dormíssemos juntos pela segunda vez. Não faz nenhum sentido.

Declan se aproxima e segura minha mão. Meu peito parece se apertar.

— Milo me ligou quando você ia fechar o negócio com aquela empresa, e eu sabia que era errado. Não conseguia imaginar você não vivendo em Sugarloaf, e não conseguia lidar com o pensamento de que sua fazenda, o lago, o celeiro, a divisa da propriedade onde costumávamos nos encontrar, não seriam seus. Sabia que *eu* era o motivo de você estar indo embora, e não podia te deixar perder nada mais por causa de mim.

Meu lábio treme enquanto sinto a sinceridade em suas palavras.

— Isso tudo foi antes...

— Antes do bebê. Antes da noite que passamos juntos. Antes de tudo isso. Ele deveria ter me falado. Eu não o teria deixado fazer isso.

— Declan... — Lágrimas enchem minha visão, e luto para segurá-las.

— Não, Syd, me deixe dizer isso, por favor. Eu te falei dez vezes quando você estava em coma, mas preciso que escute agora que está acordada também. Eu te amo. Eu te amo pelas lembranças que criamos e pelas que quero que nós criemos. Não estava fugindo de você, estava correndo atrás de você. Estava comprando a fazenda, porque sabia que era isso o que te deixaria feliz. Eu te deixei por tantos anos, porque não queria que pesasse sobre você a bagagem que estava trazendo. Tudo o que fiz foi com você no meu coração. E agora... — Ele para e balança a cabeça. — Agora, eu não posso te deixar. Não porque estamos tendo um bebê, mas porque eu *não consigo* viver sem você. E, se conseguisse, eu não iria querer. Eu quero te amar todos os dias. Quero andar até o lago e fazer amor com você à luz do sol. Quero te beijar só porque eu posso. Quero que criemos o nosso filho juntos, e quero fazer o que deveria ter feito oito anos atrás ao invés de ir embora... casar com você.

Seguro o fôlego, e aquela lágrima escorre pela minha bochecha.

Ele comprou minha fazenda.

Ele sabia que, em algum lugar do meu coração, não era o que eu queria, e ele comprou. Apoio o rosto nas mãos e começo a chorar com mais força. É coisa demais. Como ele pode dizer tudo isso agora? Ele não sabe que o meu coração sempre pertenceu a ele? Ele não enxerga que passei a vida esperando por esse momento e que é simplesmente muito... difícil?

— Sydney. — Os dedos de Declan envolvem meu pulso.

Levanto a cabeça devagar e encontro seu olhar.

— Você comprou minha fazenda.

— Comprei.

— Porque você me ama.

— Amo.

— E agora você está dizendo que quer se casar comigo?

Declan assente.

— Sim. Eu quero me casar com você, criar nosso filho, e formar uma família. Eu quero tudo, Syd.

Essa parte grande e quebrada de mim está se alegrando e me dizendo para saltar em seus braços e amá-lo por tudo o que somos. Eu amei esse homem por tanto tempo, e isso é tudo o que sempre quis. A outra parte de mim, a parte ferida que não confia nele, está me dizendo para tomar cuidado. Sim, ele comprou a fazenda antes, mas depois ele me deixou ir embora quando contei sobre o bebê.

Ele me deixou ir embora e não veio atrás de mim.

— Por que você esperou tanto tempo depois do casamento para vir até mim?

Declan entrelaça os dedos nos meus, e arrependimento preenche seu olhar.

— Porque eu fui um idiota. Queria correr atrás de você naquela noite, mas minha cabeça estava tão ferrada depois de descobrir sobre o bebê. Tenho um medo profundo de que haja um pouco do meu pai em mim.

Eu preferia me excluir da vida de todo mundo do que causar qualquer dano a uma criança. Não tenho orgulho disso, mas, na manhã seguinte, quando coloquei a cabeça no lugar e estava indo até você, Milo me contou dos novos requisitos.

— Eu estava fugindo — admito. — Quando você não veio atrás de mim, não consegui aguentar. Não aguento outra pessoa me abandonando.

Ele roça o polegar sobre o topo da minha mão.

— Eu nunca mais vou te deixar, Sydney. Ver você nessa cama de hospital por dias foi um dos piores momentos da minha vida.

É isso o que me assusta. Que isso tudo seja proveniente do medo.

— E quando as coisas ficarem difíceis? E quando você ficar assustado de novo? E quando você se iludir pensando que sabe o que é melhor para todo mundo e afastar a mim e ao bebê?

Declan não diz nada por alguns instantes. Nós apenas encaramos um ao outro. Ele pode negar que não fará isso, mas nós todos sabemos que ele provavelmente fará. Seu desejo de proteger as pessoas que ama prevalece, e geralmente ele está errado.

Não consigo fingir acreditar no contrário.

— Eu não tomei essa decisão porque pensei que você iria morrer.

— Entende por que não acredito completamente em você?

Declan assente e depois se levanta para poder segurar meu rosto.

— Não estou pedindo para você de repente confiar em mim. Fiz muitas coisas para provar o contrário. — Ele leva seus lábios aos meus em um beijo suave. — Mas eu te amo, Sydney, e vou me casar com você. Não hoje. Não amanhã. Não na semana que vem ou até mesmo no próximo mês, mas, um dia, você será a minha esposa, mesmo que isso signifique que tenho que correr atrás de você até os confins da terra.

Meu coração martela no peito enquanto encaro os olhos de Declan.

— E se eu continuar correndo?

Ele sorri, como se realmente esperasse que esse fosse o caso.

— Então espero que você nunca descanse, porque estou pronto para uma maratona.

Bem, então... é melhor eu descansar para conseguir partir na largada.

— E quando você vai poder ir para casa? — Ellie pergunta.

É outro dia de fisioterapia e estão esfregando minhas pernas. Elas doem muito por causa da tensão extra nos meus músculos. Essa semana foi difícil. Eles estão me pressionando mais, forçando meu corpo a continuar a cada dia, e com a leve dor da cirurgia — é uma droga.

— Com sorte, no final dessa semana.

— E o que você vai fazer? Não pode ir para casa sozinha. Por favor, venha ficar comigo e com Connor — ela insiste.

Eu a amo, mas de jeito nenhum isso vai acontecer. A casa deles está um verdadeiro desastre, já que a construção da nova está quase acabando, eles acabaram de se casar, e têm uma criança de oito anos correndo por aí. Eu amo Hadley, mas seus níveis de energia provavelmente não vão ajudar na minha recuperação.

— Obrigada, Els, mas eu vou para a casa da Sierra, se precisar.

— Não! Você não pode!

— Por quê?

— Porque meu cunhado vai morrer. Um Arrowood morto realmente não é algo com o qual eu gostaria de lidar. — Ela dá um sorriso enorme.

— Duvido que ele vá morrer.

Ela ri e depois suspira.

— Não, mas Connor talvez o mate.

Inclino a cabeça para o lado, esperando por mais explicações.

— Quando você estava... dormindo... Declan ficou fora de si. Nunca vi ninguém tão dedicado a alguma coisa como Declan estava tentando te acordar. Ele conversou com você quase o tempo todo, e simplesmente não desistia.

Ouvi isso tantas vezes que não consigo evitar acreditar, mas não confio nisso por inteiro. Declan provou que eu estava errada inúmeras vezes. Ele falhou comigo quando mais importava e tem um péssimo hábito de se afastar quando acha que é melhor.

Não há uma parte do meu coração que não acredite que ele não tenha boas intenções, mas a decisão repentina de restaurar nosso relacionamento me deixou muito preocupada.

— Não é que eu não o ame, porque Deus sabe que isso jamais aconteceu. Eu me preocupo com o tipo de futuro que posso esperar.

— Uma vez, uma boa amiga minha me disse que eu estava sendo uma idiota por deixar Connor ir embora. Ela me disse como daria qualquer coisa para ter a outra metade de seu coração de volta.

Inspiro fundo pelo nariz e ignoro seu tom de voz.

— Ellie, não é tão simples assim.

— Nunca é.

— E o que acontece se ele for embora de novo? Você sabia que ele comprou minha maldita fazenda?

— Não. Ele não contou a ninguém até o dia da cirurgia.

Parece que eu não era a única escondendo segredos das pessoas ao nosso redor.

— Bem, mesmo se ele tivesse te contado, eu não esperaria que você dissesse nada.

Ela aperta minha mão com carinho.

— Eu teria dito mesmo assim.

Eu tenho as melhores amigas do mundo. Entre Ellie e Devney, não tenho que me preocupar com nada. Elas estiveram aqui, mesmo tendo suas próprias vidas para se preocuparem, e ofereceram um apoio inabalável.

— Você está se sentindo bem? — pergunto a ela.

— Estou ótima. O bebê está bem, nós decidimos não descobrir o sexo.

Arregalo os olhos em surpresa.

— Uh, o quê?

— Eu não sabia com a Hadley e foi até divertido. Connor disse que não tinha problema ser uma surpresa. Acho que ele está preocupado com a casa, Hadley, você, os irmãos... não tivemos tempo para pensar nisso. Sabemos que ele ou ela está saudável e se mexendo por aqui.

— Você sentiu o bebê? — pergunto, sentando-me apenas um pouco. Estive esperando e torcendo, mas não aconteceu.

— É, começou algumas semanas atrás.

— Ah. — Consigo ouvir a desolação no meu tom de voz.

— Syd, eu tive um bebê, então sei como é. Você sente essa sensação de borboletas no estômago? Como se algo estivesse apenas... palpitando ou borbulhando, mas você não sabe dizer se é indigestão ou gases?

Assinto.

— O tempo todo.

— É ele!

— Sério? — Isso é meio decepcionante. — Pensei que seria mais evidente.

Ellie ri.

— Ah, vai ser. Já estou sentindo cada vez mais. Agora que você sabe, será mais perceptível. À noite, quando está silêncio e estou deitada na cama, é a hora em que sinto mais.

Bem, estou na cama há uma eternidade, e não sinto nada surpreendente assim.

— Estou feliz por você, Els. — Ela olha para mim com um leve espanto no rosto. — Quero dizer, por você e Connor estarem felizes. Você tem Hadley, sua casa, e o bebê vindo. É a vida que você sempre deveria ter tido.

Ellie inspira pelo nariz.

— Eu vou dizer isso com todo o amor do mundo: você é uma idiota. Declan quer te dar tudo isso também. Ele comprou a fazenda porque estava preocupado com você se arrepender e sabia que, se ele fosse o dono, você não a perderia. Esteve ao seu lado não por obrigação, mas porque não podia ficar longe de você. Todas as coisas que você sempre quis estão bem na sua frente. Ele está ali, Syd. A mão dele está estendida, você só tem que segurá-la.

Meu coração sabe que ela está certa.

É a minha cabeça que está com medo, porém, e me dizendo que ele já se foi antes também.

Capítulo 34

Sydney

— Boa tarde, linda — Declan diz, quando entra no quarto. Seu sorriso é brilhante, e ele está com outro buquê de flores.

Dessa vez, são hortênsias — minhas favoritas.

— Está mais para boa noite.

Ele se inclina e beija minha testa antes de colocar as flores ao lado das outras que trouxe.

— Quando você comprou a fazenda, também adquiriu uma floricultura?

— Não, por quê?

Olho para a fileira de flores no parapeito da janela. Uma é de Connor e Ellie, uma é de Jacob, e as outras *doze* são de Declan.

Ele ri.

— Eu apenas me lembrei de que você gostava de flores.

— Eu gosto, mas já estamos bem agora.

— Anotado.

Ele joga fora os três buquês mortos e depois se senta em *sua* poltrona. Ele saiu por algumas horas para ir para casa, pegar roupas limpas e trazer alguns arquivos do trabalho. Quando disse que não precisava voltar, ele riu como se eu fosse uma idiota e falou que me veria em breve.

Em breve é agora, e estou de péssimo humor.

A questão é que senti falta dele.

Mesmo me rondando e me enlouquecendo, não me sinto sozinha quando ele está aqui. Sierra está sendo uma mãe e fazendo todas as coisas que ela negligenciou quando eu estava em perigo, minha mãe teve que voltar ao trabalho, e a vida de todo mundo continuou. O que eu entendo, mas... eu senti a ausência dele.

Tanto que doeu.

E então decidi que odiava ele e a mim mesma por estar desse jeito de novo.

Aqui estou eu, me esforçando para ir devagar, tentar me habituar à situação para que não tropece e caia de cara no chão, e no primeiro segundo em que tenho que lidar com a ausência dele, eu desmorono.

Sou patética e tão profundamente apaixonada por esse homem, que não é normal.

O médico bate à porta e sorri quando olha para nós.

— Ótimo, vocês dois estão aqui. Eu gostaria de fazer outro ultrassom, me certificar de que as coisas estão bem com o bebê e, se estiverem, podemos começar a falar sobre te tirar daqui.

Parece que o sol está brilhando pela primeira vez desde que abri meus olhos. Poderei ver meu feijãozinho e, com esperança, ir para casa.

— Sério? — A voz de Declan aumenta com empolgação. — Nós podemos vê-lo?

Ele perdeu o primeiro. Onde fui capaz de ver essa vida preciosa no meu ventre.

— Sim — responde, com um sorriso. — Eu já marquei e alguém deve vir buscar vocês em breve.

Declan entrelaça os dedos aos meus e se levanta quando o doutor sai.

— Eu perdi.

— Perdeu o quê?

Ele me encara, arrependimento e vergonha em seus olhos verdes.

— O primeiro, quando importava.

Nós sempre enfrentamos adversidades. Nada no nosso relacionamento ou em nossas vidas veio fácil, já vi isso, mas há pouca coisa a se fazer sobre o que aconteceu. Ele está aqui agora. Ele me ama, e tenho que encontrar uma maneira de confiar nisso.

A escolha é insistir no que não tivemos ou formar um novo caminho.

Penso no lema de Declan.

Conheço-o, porque, todas as vezes em que íamos para a sua casa, nós o recitávamos.

Gosto de pensar que Elizabeth Arrowood era mágica. Ela sabia o que cada um de seus filhos precisava de uma forma que ainda me surpreende. Era como se ela enxergasse através de suas almas, visse os defeitos, e tentasse ajudá-los a endireitar seus caminhos.

Connor precisava se arriscar. Sean precisava aprender que é o disparo que conta, e Jacob tinha que saber se adaptar. A mãe deles de alguma forma sabia que Declan tinha que estragar tudo para que fizesse o certo na segunda vez.

Que é o que se aplica aqui.

— É, essa é a nossa segunda chance de ver nosso filho... juntos.

Declan se senta ao lado da cama, apertando seu agarre. Posso ver que ele quer dizer alguma coisa, e então, ofego quando sinto a sensação mais estranha de todas.

— Ah! — Coloco as mãos sobre a minha barriga, e todo o meu foco está em esperar para ver se sentirei de novo. Não são as leves palpitações das quais Ellie falou, é muito mais forte e não há como negar o que foi aquilo.

Declan pula de pé, o olhar preocupado ao se aproximar de mim.

— O que houve?

Meu coração parece mais leve do que sinto há semanas. Está batendo com um turbilhão de emoções — alegria, esperança, felicidade e satisfação.

— Eu... eu acabei de sentir o bebê.

Ele apoia a mão com carinho sobre a minha barriga. Nós dois ficamos parados, nos observando enquanto esperamos alguma coisa — qualquer coisa — acontecer. Movo sua mão para o lugar onde senti por último e seguro seu pulso. Alguns instantes se passam, e peço para o nosso filho se mexer de novo, para mostrar ao pai que está bem.

Nenhum de nós faz um barulho sequer, e então sinto mais uma vez.

— Você sentiu isso?

Ele olha para mim. Seus olhos estão repletos de admiração e o maior sorriso surge em seu rosto.

— Nosso bebê. Aquela cutucada minúscula?

— Aquilo foi ele.

— Ele é forte.

Minha visão embaça por trás de lágrimas não derramadas.

— Ele é.

Aqui no quarto de hospital, onde tanta coisa aconteceu, Declan e eu compartilhamos um momento tão lindo que sei que nunca esquecerei.

— Eu te amo, Sydney.

— Eu também te amo.

E eu amo. Sempre amei. Dizer a ele o contrário ou omitir isso seria uma mentira. Embora eu não saiba se resistiremos à tempestade, sei que não posso sair dela sozinha. Declan é quem eu quero que seja o meu abrigo.

Ele e eu nos movemos ao mesmo tempo, e suas mãos seguram o meu rosto, as minhas se apoiando em seu peito. Consigo sentir o tamborilar constante de seu coração enquanto ele me beija com reverência. Há paixão, algo que nunca faltou para nós, mas, dessa vez, existe algo muito mais profundo. Existe amor, compreensão e aceitação que atravessa entre nós.

Passamos por tanta coisa e, de alguma forma, estamos aqui agora. Eu seria a tola que as pessoas disseram que sou se não conseguisse enxergar isso.

Ele derramou seu coração para mim mais cedo, e posso não confiar completamente, mas sei que é verdade.

Ele aprofunda um pouco o beijo, e me rendo. Não apenas estou fraca demais para lutar contra os sentimentos dentro de mim, mas também não quero isso. Eu o amo.

— Bem, se essa não é uma visão que eu nunca mais quero ver. — A voz de Sean interrompe o momento.

Calor sobre para as minhas bochechas, e eu desvio o olhar.

— Você é uma visão que eu queria não estar vendo agora — Declan diz.

— Muito mais fácil dar um malho na Sydney sem um público?

Reviro os olhos.

— Olá, Sean — cumprimento, querendo acabar com essa briga antes que comece.

Ele sorri para mim e depois entra no quarto.

— Syd, é bom te ver acordada. Eu estava preocupado.

Declan se levanta e abraça o irmão.

— O que você está fazendo aqui? Não tem um jogo para jogar, já que a sua lesão não era nada?

— Tenho. Nós vamos jogar algumas partidas aqui na Filadélfia. — Ele dá uma piscadinha para mim. — Grande fã meu irmão é, hein? Ele nem sabia que eu estava na cidade. Imbecil.

— Eu estava um pouquinho ocupado — Declan se defende.

— Você sabe, garantindo que eu não morresse e levasse o filho dele comigo — falo com um sorriso. — Beisebol deve ter fugido de sua memória, eu acho.

Sean dá de ombros.

— Acho que esse é um motivo bom o bastante.

Dou uma risada.

— Obrigada por vir.

Ele bufa.

— Por favor, eu descubro que você está carregando meu mais novo sobrinho, o que me lembra de que tenho que ter uma conversinha com dois dos meus irmãos sobre sexo seguro, e você achou que eu não viria?

Eu rio e então sinto conforto em seu abraço. Sean se senta na cadeira em que Declan estava e segura minha mão.

— Como você está?

Declan e eu o atualizamos sobre as coisas médicas, dizemos que estamos esperando outro ultrassom, e então falo que provavelmente terei alta. Ele sorri, me ouvindo contar sobre o quanto melhorei. Passei de mal conseguir abrir os olhos para ficar acordada por horas de uma vez agora. Consigo andar, mas minhas pernas ainda estão muito trêmulas. Se eu quero me levantar, tenho que ter alguém aqui para me ajudar.

Isso é incrivelmente irritante, já que nunca fui dependente de ninguém. Eu administrei minha fazenda, meu negócio e fui voluntária, sem precisar de ninguém para cuidar de mim. Agora, não posso nem fazer xixi sem dar o sinal de alarme.

Eu, por exemplo, mal posso esperar para a fisioterapia terminar para poder voltar a algum tipo de normalidade.

— Você me deixou no estacionamento? — Devney bufa, quando aparece na porta.

— Dev — falo, com um sorriso.

Os olhos dela encontram os meus, e sua carranca desaparece.

— *Você* tem que explicar algumas coisas também, mas por enquanto — sua voz se suaviza —, estou tão feliz por te ver, caramba.

Abro os braços, e ela corre até mim, empurrando Sean para o lado quando passa por ele.

— Me desculpe por não ter te contado.

— Estou com mais raiva por não ter descoberto. Você está grávida e... de um bebê Arrowood, ainda por cima. Você deveria ter me contado, Syd. Eu teria te ajudado.

— Eu sei, e estava planejando fazer isso. Apenas senti que Declan deveria ser a próxima pessoa a saber.

Ela olha para ele e depois para mim.

— Eu entendo. Nós todos temos nossos segredos, eu acho. Você está bem?

— É claro que ela está bem — Sean interrompe. — Estava com a língua na garganta de Declan agora mesmo.

Devney se vira para Sean e bufa.

— Você é um bundão.

— Você ama a minha bunda.

Ela revira os olhos e se volta para mim.

— É isso o que eu ganho por concordar em buscá-lo e trazê-lo aqui para te ver.

Um dia, os dois vão perceber o quanto são perfeitos um para o outro, e então nós todos vamos estar enrascados.

— Sinto muito mesmo por vocês dois terem descoberto assim. Eu juro, é que... é que tudo fugiu do meu controle.

Declan fica ao meu lado, a mão sobre o meu ombro.

— Nada vai fugir do seu controle agora.

Devney pisca os olhos, e seu sorriso aumenta.

— Isso significa que vocês dois finalmente pararam de ser burros e estão juntos de novo?

Estamos? Sei que ele me ama e quer um futuro, e é tudo o que eu queria também, mas isso é... assustador.

O homem que achei ter me abandonado está ao meu lado.

O bebê que achei que poderia perder está seguro.

E não tenho certeza se estou mesmo vivendo na minha realidade atual ou se algo louco aconteceu.

Abro a boca para dizer sim, mas Dec fala antes:

— Significa que Syd e eu temos muitas coisas para resolver, mas eu a amo e ela sabe disso. O que fazemos a partir daí fica entre nós.

Ora, ele não é meu cavaleiro em uma armadura brilhante? Olho para ele e sorrio.

— Isso foi bem advogado da sua parte.

— O quê?

— A forma como você lidou com eles.

Declan ri.

— Eu sei como lidar com as pessoas.

Sean bufa.

— Essa criança está condenada com vocês dois.

Talvez ele esteja, mas não há mais ninguém com quem eu gostaria de ter um filho. Olho para Declan, me perguntando se ele se sente da mesma maneira.

Seu olhar encontra o meu e depois ele se inclina para baixo e me dá um beijo.

— Acho que nós três vamos descobrir uma forma de fazer funcionar.

— Acha?

Ele assente.

Sean coloca o braço sobre os ombros de Devney e ri.

— Você me deve cinquenta pratas.

Nós dois nos viramos para encará-lo.

— Pelo quê?

— Apostei com Devney que ele finalmente perceberia o quanto te ama e que estava disposto a deixar o passado para trás. — Sean caminha até Declan com um sorriso. — É bom ver que isso aconteceu, afinal.

Declan dá um soco de brincadeira no ombro do irmão.

— É, acho que está na hora de nós todos encararmos os problemas que fingimos que não existem.

Percebo a sutil indireta para a negação de Sean e deito contra o travesseiro. Ganhei muita coisa durante a semana em que estive dormindo. Ganhei de volta a família da qual senti falta.

Capítulo 35

Declan

— Eu vou ficar até saber que você pode descer a escada sem quebrar o pescoço — falo quando ela tenta, mais uma vez, me fazer ir embora.

Essa a sua nova coisa favorita. Afastar-me, tentar me fazer sair, e então ceder quando recuso.

— Eu estou bem.

Ela não está bem. Não está nem perto de bem, mas lembrá-la disso só a deixa mais irritada.

— Sei que está.

Sydney entrecerra o olhar.

— Você sabe que eu não acredito em você.

Dou um sorrisinho.

— Sei.

Ela saiu do hospital há dois dias, mas seu equilíbrio está um pouco ruim e ela se cansa muito facilmente. Eu a encontrei mais cedo esta manhã, enquanto tentava chegar ao quarto no segundo andar, sentada na escada, pálida e ofegante. Essa foi a última gota. Ellie veio até aqui e ficou com ela enquanto eu juntava minhas coisas e trazia para cá.

Definitivamente não é a forma como planejei fazê-la concordar em morarmos juntos, mas qualquer coisa serve para mim a essa altura.

— Você não pode simplesmente se mudar para cá, Dec — Syd tenta argumentar comigo de novo.

Ela está bem aconchegada na cama e estou com meu laptop no meu colo para poder trabalhar um pouco enquanto a supervisiono.

— Serei o dono oficialmente da casa em dois dias, então eu meio que posso.

Ela escancara a boca. Acho que ela se esqueceu disso.

— E para onde eu vou quando o negócio estiver concluído?

— Lugar nenhum.

No que depender de mim, nenhum de nós irá para lugar algum e essa será nossa residência permanente.

— Eu sou sua refém?

— Prefiro o título de esposa.

Sydney arregala os olhos e depois joga um travesseiro em mim.

— Sabe, quando você diz essas merdas, dificulta muito me lembrar de que eu deveria estar chateada com você!

Eu esperava que essa fosse ser a sua reação, mas nunca sei. Coloco o laptop de lado e ando até a cama.

— Ajuda quando falo o quanto te amo? Ou o quanto você é linda? Ou o quanto eu quero te beijar?

Ela balança a cabeça.

— Não.

— E se eu fizesse isso agora?

— Fizesse o quê? — Sua voz é suave e há um leve tremor ali.

— Te beijasse.

O olhar de Sydney se derrete, e ela sorri.

— É isso o que você quer?

Se ela apenas soubesse…

— Mais do que qualquer coisa.

Eu hesito, não porque não quero beijá-la — caramba, não quero nada além disso —, mas porque quero que ela me escolha. Quero que Sydney veja que, embora eu seja o mesmo cara que era quando apareci aqui meses atrás, há algo diferente dentro de mim. Talvez seja porque encontrei uma forma de deixar o passado para trás.

Meu pai era um desgraçado, não há nada que possa mudar isso, mas eu não tenho que ser ele.

Eu posso ser outro homem. Um que é digno da mulher à sua frente. Tenho muita coisa a ser curada ainda, e estaria mentindo se não pensasse que haveria momentos em que eu duvidaria de mim mesmo, mas, por ela, seguirei em frente.

Lutarei para ser o homem que ela acredita que eu sou.

— Sydney — falo, nossos lábios roçando.

Consigo sentir seu hálito se misturando ao meu.

— Sim?

— Me diga que você me perdoa.

Ela ergue a mão para a minha bochecha, e esfrega suavemente o polegar contra a barba por fazer no meu rosto.

— Eu te amei a minha vida inteira, Declan Arrowood. Nunca parei de amar, e não sei se algum dia poderia fazer isso.

Eu a beijo com carinho e então me afasto.

— Mas você me perdoa?

Quando Sydney olha para mim, a vulnerabilidade em sua expressão me faria cair de joelhos se eu já não estivesse sentado. Vejo o medo se agitando naqueles olhos azuis.

— Você vai me deixar de novo?

— Não.

Ela suspira.

Incapaz de resistir a esse doce som, eu a beijo outra vez.

Eu a beijo como se o mundo ao nosso redor pudesse desmoronar, porque tenho tudo o que preciso bem aqui. Sydney é o motivo de eu ter lutado por todo o inferno que aguentei na vida. Ela é o pote de ouro no final do arco-íris, e Deus me ajude, mas eu a quero.

Ela envolve as mãos ao redor do meu pescoço e me puxa com mais força. Roço os polegares contra sua pele macia e agradeço mais uma vez seja lá quem ouviu minhas orações.

— Tio Declan! Tia Sydney!

Eu congelo, e Sydney se afasta.

— Qual é o problema da minha família com o *timing*? — falo baixinho, mas Syd ri.

— Oi, Hadley — Sydney cumprimenta minha sobrinha à minha volta.

— A mamãe e o papai estão estacionando o carro e disseram que eu deveria vir aqui e ver se você estava bem. Você está bem? O tio Declan e você estavam se beijando?

Viro-me para ela e nego com a cabeça.

— O que você sabe sobre beijos?

— Humm, eu tenho oito anos. Sou quase uma adolescente, e... assisto YouTube.

Ótimo.

— Você deveria estar brincando com bonecas.

— Bem, ela poderia estar andando a cavalo, mas seu tio ainda não comprou um — Sydney acrescenta.

Faço uma careta de brincadeira para ela.

— Sim! Eu preciso do meu cavalo, tio Declan.

As mulheres na minha vida estão tentando me matar. Mas eu realmente prometi um a ela, e sei que isso vai irritar meu irmão, o que é sempre um benefício extra.

— Que tal nós visitarmos os pais de Devney esse fim de semana e ver o que eles têm? — sugiro.

Os pais de Devney administram uma fazenda que tem cavalos e outros animais que precisam de um lar, e eles sempre têm opções para iniciantes, já que o cavalo que eu estava olhando na fazenda Hennington ainda não está pronto para ela. Talvez ela acabe ficando com dois malditos cavalos.

— Sério? — Hadley pergunta, seus olhos verdes brilhantes e esperançosos.

— Sério.

— Do que você está falando? — Connor questiona, entrando no quarto.

— Você vai ganhar um cavalo! — Sydney diz a ele, estragando meu momento de alegria.

— Eu vou ter um irmão ou uma irmã e um cavalo! É o melhor dia de todos! — Hadley grita e depois se joga em cima de mim.

Eu a seguro, puxando-a para os meus braços e rindo.

Sim, é mesmo o melhor dia de todos. Está tudo correndo como eu esperava.

— Declan? — A voz de Sydney está baixa no escuro e ela cutuca meu peito.

Eu me sento, preocupado por ela estar me acordando.

— Está tudo bem?

— Sim, estou bem. Você está dormindo?

Olho para o relógio ao lado da poltrona na qual estou. São duas da manhã.

— Não mais.

— Que bom. Eu queria conversar.

Esfrego a mão no rosto e tento afastar a sonolência.

— Agora?

— Bem, parece uma boa hora para isso. — Sydney se levanta na minha frente, as mãos nos quadris.

É, isso faz total sentido.

— Okay.

— Por que você quer um relacionamento agora? O que mudou? Por que você não percebeu o quanto queria isso antes do lance da possível morte? Além disso, por que diabos você comprou a minha fazenda?

São muitas perguntas, e meu cérebro não está funcionando muito bem, mas, mesmo em meio ao meu nevoeiro sonolento, sei que tenho que responder isso sem hesitar.

— Porque percebi que a minha vida é uma grande merda sem você. O que mudou em mim? Parei de tentar pensar que sei mais do que você. Você disse que me ama e que me quer na sua vida, e estou realmente exausto demais para fingir que não é isso o que eu quero também. — Ela não diz nada, então continuo, esperando não estragar isso: — E por que demorei tanto? Bem, na verdade não demorei. Apenas levei um tempo para poder aceitar. Eu sabia, no minuto em que te vi de novo no lago, que nunca havia te superado e que ainda estava perdidamente apaixonado por você, mas não queria te machucar. E, quanto a sua fazenda, comprei porque você a queria.

Ela ainda está em silêncio, e o medo de que eu tenha ferrado as coisas começa a crescer.

— São milhões de dólares.

— Que bom que eu tenho um ótimo emprego então.

— Declan.

— Sydney.

Ela bufa.

— Não sei como você fez isso.

— Peguei o dinheiro da linha de crédito da minha empresa e vendi meu apartamento. Bem, vou vendê-lo essa semana. Devo aceitar a oferta que recebi ontem.

— Você o quê? — ela grita.

É aqui que tenho que apostar todas as minhas fichas.

— Eu não vou voltar para Nova York. Vou vender meu apartamento, então as opções são morar com você ou naquela casinha ridícula e minúscula na minha fazenda. E, só para você saber, eu realmente odeio aquela maldita coisa. — Eu me levanto e seguro o seu rosto. — Eu preferiria muito mais ficar com você.

— Você vendeu seu apartamento e arriscou sua empresa só... para comprar a fazenda?

Inclino-me para baixo e pressiono meus lábios nos dela.

— Eu venderia tudo por você, Syd. Desistiria de tudo se isso significasse que eu ficaria com você. Fui um tolo por um longo tempo. Agora, tenho uma segunda chance com você, e não vou desistir. Nós fomos feitos um para o outro. Você sabe disso, e eu também. Nós vamos ter um bebê e, juro por Deus, vou te fazer feliz. — Sinto uma lágrima cair no meu polegar, e a seco. — Por que você está chorando?

Ela funga e envolve os dedos nos meus pulsos antes de apoiar a testa contra a minha.

— Porque eu te amo e precisei tanto de você.

— Eu estou aqui agora.

— Quero confiar em você, mas meu coração...

Levanto a cabeça de novo. Não consigo vê-la, mas consigo sentir tudo. Sua tensão e medo são como uma coisa viva entre nós.

— Meu coração é seu, Syd. Sempre foi.

— E o meu é seu.

— Então me deixe te amar. Me deixe provar.

Segundos se passam entre nós antes de ela assentir.

— Você correu atrás de mim.

— Eu nunca parei de correr. Não importa o que você tenha pensado, eu estive te perseguindo, correndo, mas não me permitindo te alcançar. Levei tempo demais para perceber que estava lutando pela coisa errada.

Puxo seus lábios para os meus e a beijo com delicadeza. O gosto dela é algo que nunca esqueci. Ela é vida, ar e tudo o que há de bom nesse mundo. Seus dedos deslizam pelo meu peito e chegam à minha nuca, acariciando carinhosamente a pele ali.

Nós nos beijamos, lânguida e afetuosamente, nos afastando apenas por tempo suficiente para eu erguê-la em meus braços. Sydney dá um gritinho e se segura. Vou até sua cama, deitando-a com cuidado antes de subir ao seu lado. Não espero que nada aconteça. Caramba, nem sei se ela tem permissão, mas quero segurá-la.

Preciso senti-la dormindo ao meu lado, sabendo que é minha e que me escolheu.

Ela se aproxima, inclinando meu rosto para o seu e depois me beijando de sua própria maneira. Dou o que ela quer, derramando tudo no beijo. Sydney sobe em cima de mim, e seus beijos se tornam mais profundos, longos e urgentes.

— Syd — murmuro seu nome, querendo ao mesmo tempo que ela pare e que nunca pare.

— Eu preciso de você.

— Nós não podemos.

— Eu posso.

Deus, ela vai me matar. Tento mais uma vez fazer a coisa certa... segurá-la até eu poder ligar para seu médico e me certificar.

— Nós podemos esperar. Te segurar é o suficiente.

Ela se senta, seu longo cabelo esvoaçando ao seu redor. A luz da lua entra pelas grandes janelas, me permitindo ver apenas seu perfil.

— Não é o suficiente para mim.

Ela move as mãos para a barra da camiseta, e depois a tira. Segurando minha mão, ela a coloca sobre a pele suave de sua barriga. Ali está o nosso filho. O bebê que nos uniu outra vez.

— Você é tão linda — digo a ela.

— Toque-me, Declan. Faça amor comigo.

Eu me inclino, praticamente rosnando e incapaz de resistir à sua súplica suave. Não quero nada mais do que fazê-la sentir o meu amor.

Minha mão sobe para seu seio, afagando levemente o topo de seu mamilo. Ele estremece sob meu toque, e ela solta um gemido ofegante. Esfrego-o entre os dedos, puxando, e depois envolvo meu outro braço ao seu redor, aproximando-a de mim.

Ela deita por cima, e coloco seu mamilo na boca, brincando com seu outro seio. Sydney joga a cabeça para trás, e juro que poderia morrer com a visão dela.

— Deite-se para mim — peço.

Felizmente, ela obedece. Tiro minha camiseta, odiando que não haja luz o suficiente aqui para enxergá-la com clareza. Eu quero observá-la, ver seu rosto, desfrutar do desejo que irá flutuar naqueles olhos azuis. Eu quero tudo. Lembrando-me de que metade dessa casa é operada remotamente, inclino-me para o lado e pego o pequeno controle que aciona a lareira e ouço seu ruído. Depois, aperto o botão que ela configurou para acender as velas.

Agora o quarto está perfeito.

E então olho para ela, vendo as luzes dançando sobre sua pele.

— Eu te amo — digo a ela.

— Eu te amo.

— Você tem que me prometer que se sentir alguma coisa...

Seus dedos roçam sobre a barba na minha bochecha.

— Prometo. Eu preciso de você.

Preciso dela mais do que de ar. Inclino-me para baixo, juntando nossos lábios, e a beijo com todas as emoções no meu coração.

Sydney é minha.

Embora ela sempre tenha sido, agora é diferente. Não somos crianças fazendo promessas estúpidas que não conseguimos cumprir. Esse é um amor que é forte, passou por um inferno, e encontrou seu caminho de volta para o paraíso. Nós lutamos e vencemos. Ela é o prêmio. Ela é tudo.

Eu puxo para ficarmos cara a cara, sem querer colocar qualquer peso sobre ela. Abaixo seu short, revelando sua pele. Um tremor percorre o corpo de Sydney. Na última vez em que fizemos amor, tudo mudou. Dessa vez, não será assim.

Em vez de deixá-la, irei segurá-la.

Em vez de lágrimas, quero sorrisos.

Não há nada em mim que está sendo contido. Tudo de mim, tudo o que posso dar será dela para ter.

Movo-a de novo e deixo beijos ao longo de seu corpo. Afasto suas pernas, beijando o interior de suas coxas e sinto a expectativa.

— Dec, por favor...

— Por favor o quê, Sydney?

— Mais.

Levanto suas pernas e passo a língua ao longo de sua boceta.

— Mais disso?

Ela grunhe.

— Sim.

Faço de novo e me certifico de apertar seu clitóris.

— Mais disso?

Ela enfia os dedos no meu cabelo, segurando as mechas e puxando.

— Só você, Dec. Por favor.

Isso me leva ao limite. Eu lambo e chupo, levando-a mais profundamente ao abismo. Ela move os quadris, procurando por mais. Eu a seguro, querendo controlar o ritmo. Há uma grande satisfação em prolongar, ouvindo os gemidos escaparem de sua garganta, fazendo o momento durar mais.

Sydney sempre foi quente na cama. Ela nunca teve medo de pedir por coisas ou de me dizer o que quer. Conheço seu corpo tão bem quanto o meu e, quando sinto suas coxas se apertarem, sei que ela está perto.

Querer estar dentro dela, mas precisar que chegue ao clímax antes me deixa ainda mais duro. Chupo seu clitóris, movendo-o de um lado para o outro, esfregando pequenos círculos até que sinto seu corpo se apertar ainda mais. Enfio meu dedo nela, dobrando-o levemente, e ela grita.

Seu corpo fica rígido enquanto faço tudo o que posso para tornar melhor para ela. Observo quando ela se desfaz, e sei que não há nada no mundo mais lindo do que isso.

Volto à posição original, tiro meu short, e então a espero abrir os olhos. Quando ela o faz, meu coração parece voltar ao lugar.

Onde deveria estar — com ela.

Sydney sorri, sua mão se movendo para a minha bochecha.

— Oi.

— Oi?

Ela assente.

— Aí está você de novo. — Uma lágrima escorre pelo seu rosto, mas seus lábios estão estampando um sorriso. — Senti sua falta.

É demais. Meu coração parece que vai explodir. A forma como ela enxerga através de mim, como sabe o que estou sentindo antes mesmo de eu falar, é demais. Eu não aguento.

Ela abre as pernas e me aproximo, querendo que não haja mais espaço entre nós.

Estou desmoronando e sendo remontado de volta.

Tudo por causa dessa mulher.

A única coisa no mundo que sempre foi o que eu precisava.

Ela roça o polegar sobre os meus lábios.

— Me faça sua, Declan.

E então deslizo para dentro dela, e não é ela quem é minha... eu é que sou dela.

Capítulo 36

Sydney

— Você não entende, Jimmy, ele está me enlouquecendo! — falo, mergulhando outro Oreo no leite.

— Ele está sendo cuidadoso com você, só isso. Você não viu o homem quando ele pensou que você fosse morrer.

Solto um suspiro, tentando me lembrar de que isso foi traumático para todo mundo. E fracasso.

— Ainda não é uma desculpa para me manter refém na minha própria casa!

Jimmy ri, erguendo sua caneca de café para os lábios.

— Acho que você quer dizer na casa de vocês dois.

Olho feio para ele.

— Traidor.

Posso ter vendido a casa originalmente, mas, algumas semanas atrás, Declan me colocou na escritura com ele. Então, nós dois somos donos… com o dinheiro dele.

— Você não deveria estar se aposentando? — pergunto a ele.

— É difícil ficar longe da fazenda quando você não pode fazer muita coisa, seu namorado nunca administrou uma fazenda, e não encontrei alguém competente o bastante para fazer o que sou capaz de fazer — Jimmy reclama.

Dec e eu achamos que é porque ele não quer realmente se aposentar e gosta de estar perto de nós. Eu não me importo. Na verdade, ficaria feliz em nunca o deixar ir, mas isso sou apenas eu sendo egoísta.

Sei que o assustei o bastante para lhe tirar dez anos de vida quando estava em coma e, desde então, ele está tão protetor quanto Declan.

Sorrio e depois pego outro biscoito.

— Acho que você tem um ponto.

— Pode ter certeza de que tenho. — Ele enche sua caneca outra vez e a empurra na minha direção. — Sabe, você vai ter dificuldade de me fazer ficar longe daqui quando o bebê chegar. Terão muitas coisas que precisará que sejam feitas enquanto vocês dois estiverem cuidando de uma criança.

Eu assinto.

— Aposto que sim.

— E sem falar de todas as coisas que ainda precisam ser resolvidas.

Seguro um sorriso por ver quão nervoso ele está.

— É claro.

Declan abre a porta dos fundos e sorri.

— Oi, Jimmy. Pensei que você fosse tirar a semana de folga e ficar em casa curtindo sua nova aposentadoria.

Jimmy abaixa a caneca com uma pancada que reverbera, e mordo a língua com tanta força que sinto gosto de sangue. Ah, agora já era.

— Crianças pensando que posso simplesmente me aposentar — ele murmura baixinho, saindo do cômodo. — Acham que sabem de tudo até que alguma coisa quebra, e então a aposentadoria só significa trabalho de graça.

Declan olha para a porta pela qual ele saiu e depois para mim.

— Mas o que...

— Ah, você pisou na merda, meu amigo.

— Eu disse oi.

— E depois mencionou que ele deveria estar em casa.

— Então você o irritou, e eu que levo a culpa? — Dec pergunta.

— É. Amo a forma como isso está funcionando.

Ele revira os olhos.

— Tenho uma surpresa.

— Para mim?

— Sim, amor, para você. Venha. — Declan estende a mão na minha direção, então eu a seguro.

Nós saímos de casa e inspiro profundamente com os olhos fechados. É tão bom estar aqui fora. O sol está quente no meu rosto, a umidade está baixa, já que ainda é de manhã cedo, e o céu ostenta o azul mais brilhante.

— Você não sabe o quanto eu odeio me sentir confinada.

— Acho que sei. — Declan me para, virando-me para ele. — Quero que você coloque isso, e sem reclamar.

Olho para a gravata preta e levanto uma sobrancelha.

— Você quer que eu coloque só isso? Quero dizer, estamos ao ar livre, Dec. Jimmy consegue ver pela janela e os funcionários estão por toda parte.

Ele encara o céu e depois volta para mim.

— Por mais atraente que seja a ideia de você nua com nada além da minha gravata, nós estarmos do lado de fora de manhã cedo enquanto isso acontece não era o que eu tinha em mente. Quis dizer para colocar sobre os seus olhos.

— Ah! — Agora faz sentido. — Uma venda.

— Sim, amor.

— Comece com onde você quer a gravata da próxima vez. — Dou um tapinha em seu peito.

Declan ri e depois me ajuda a prender.

— Consegue enxergar?

Mexo um pouco a cabeça, tentando ver algo, mas está tudo preto.

— Nadinha.

Ele me gira duas vezes.

— Estou brincando de alguma coisa?

— Não, mas você é a pior pessoa para tentar fazer uma surpresa, já que observa e nota tudo, então, estou cobrindo todas as bases.

Ele tem razão. Eu sou a pior. Vou fazer o chá de bebê em algumas semanas. Eles tentaram fazer uma surpresa, mas ele estava agindo estranho, então fui bisbilhotar e descobri. Mas foi muito fofo ele ter tentado. Fiz o melhor que pude para não transparecer que sabia, porém alguns dias atrás mencionei que o tema de trens era chato, e estraguei meu disfarce.

Tenho quase certeza de que ele queria me esganar.

Ainda assim, vamos fazer com um tema de zoológico agora, que é como estou decorando o quarto de Deacon.

— Já chegamos? — pergunto, odiando a escuridão.

— Só mais um pouquinho. — Declan segura minhas mãos, me puxando. Não faço ideia de qual seja sua grande surpresa, mas o fato de que estou fora de casa é o bastante para me deixar eufórica.

Nas últimas semanas, me senti ótima, mas meu enfermeiro autoritário me deixou completamente louca. Não posso ir trabalhar, nem dirigir para qualquer lugar, andar demais, ou me estressar, porque não é bom para o bebê.

Juro, eu poderia bater nele.

O que me leva a tentar deixar minhas mãos ocupadas.

— Pronto — Dec diz quando paramos.

Eu inspiro, e consigo sentir o cheiro de madeira recém-cortada, tinta fresca, e indícios de feno. Suas mãos se movem para a gravata, tirando-a lentamente da minha cabeça.

Arregalo os olhos em choque. Esse era o meu celeiro um mês atrás. Era um pequeno escritório com equipamentos da fazenda abaixo, e estábulos que não usávamos para nada além de armazenamento.

Agora, está lindo.

As paredes estão cobertas e pintadas de um suave cinza-claro, há um contrapiso e vários tapetes. À direita, onde ficavam os estábulos, está limpo e agora é uma sala de estar com um sofá e duas grandes poltronas.

Nem sequer parece o que era antes.

— Dec — falo, tentando absorver tudo. — Isso é incrível.

— Venha por aqui — ele diz, colocando minha mão na dobra de seu braço.

Ele me puxa mais além, na direção dos fundos.

— O banheiro ali está reformado e agora está... limpo e utilizável.

Eu teria feito xixi nas calças ao invés de usar o daqui. Era tão nojento.

— Fico feliz em ouvir isso.

— Instruí todos os funcionários que, se alguém usar, eles serão demitidos.

Dou uma risada.

— Bem, não sei se eles não podem usar, mas estou com você por enquanto.

— Vou te mostrar a melhor parte.

— Tem mais?

Ele assente. Permito que ele me leve por todo o caminho até o lado de trás, onde agora há dois cômodos com portas de celeiro que estão abertas.

Eu ofego.

— Isso é um escritório?

— Esse é o seu, e aquele é o meu.

Eu entro na sala e meu coração transborda de amor por esse homem. É lindo. Há uma grande mesa de madeira cinza com prateleiras brancas embutidas atrás. Elas já estão preenchidas com alguns dos meus livros jurídicos que sei que estavam no meu edifício comercial.

Atrás da mesa, há uma poltrona de couro branco adornada. É tão elegante, moderna, e muito a minha cara.

— Sei que você está infeliz trabalhando de casa, e nós dois precisamos de espaço para fazermos o que amamos. Sou autoritário e ridículo, mas, pelo menos aqui, você está segura e pode ficar confortável.

— Ah, Declan — digo, as lágrimas surgindo, prontas para escorrerem.

— Agora nós dois podemos trabalhar, e você pode sair de casa sem se pressionar a voltar para o escritório rápido demais.

De jeito nenhum, mas apenas sorrio para ele.

— Isso é muito gentil. E está perfeito.

De verdade, não há nada que eu mudaria.
— Fico feliz. Eu te amo muito.
Ergo a mão e seguro sua bochecha.
— Eu te amo.
— Eu quero fazer e te dar tudo.
— Você já fez isso.

Ele me deu mais do que poderia entender. Tenho minha fazenda, um bebê a caminho e o homem que amo.

Ele me deu seu coração e nunca irei devolvê-lo.

Epílogo

Sydney

— O que diabos você está fazendo aqui? — Devney pergunta, quando entro no meu escritório.

— Até onde sei, eu trabalho aqui.

Ela revira os olhos.

— Sim, mas você disse que não viria aqui por um tempo.

— Eu menti, e dei uma fugida.

— Você precisa mesmo procurar ajuda psiquiátrica.

Esse tem sido o melhor mês da minha vida, mas não posso mais ficar sentada naquela maldita casa. Não importa que tenhamos transformado o celeiro em escritórios. É ótimo, não me entenda mal, mas ele está sempre surtando lá.

Ele me traz água, suco, comida, e depois não discute quando estou provocando uma briga.

Declan tem sido o homem mais amoroso e fantástico que uma mulher — qualquer uma sensata — poderia querer.

Mas eu não sou sensata.

Não. Eu sou doida, cheia de hormônios e uma lunática desequilibrada, de acordo com Ellie e Devney.

Ao invés de ficar em casa, dirigi até o meu escritório — sem a maldita supervisão dele.

— É, bem… tanto faz.

Ela me segue para a minha sala.

— Você precisa de alguma coisa?

Balanço a cabeça.

— Não, só queria esticar as pernas, tomar um pouco de ar fresco, e não estar confinada.

Meu médico e cirurgião me permitiu voltar a trabalhar de uma forma bem limitada. Eu devo pegar leve e ficar com as pernas para cima sempre que possível. Eles me aconselharam a limitar o estresse também... como se isso pudesse acontecer sendo advogada.

Porém, eu fiz isso.

Não peguei tantos casos, e contratei outro advogado para ajudar quando eu tiver o bebê, mas tem algumas coisas que simplesmente não dá para serem feitas de casa.

— Você age como se ficar perto do seu namorado amoroso fosse a pior coisa que poderia acontecer.

— Não é, mas ele está sempre alvoroçado em cima de mim. Não houve um único problema desde que acordei, todas as ultrassonografias foram ótimas, e Deacon está crescendo em um ritmo perfeito. Ainda assim, o pai dele parece pensar que eu não deveria andar mais do que três metros sem ele medir minha frequência cardíaca.

Devney sorri.

— Ele te ama.

— É verdade.

— Você é sortuda — afirma, com uma sobrancelha erguida.

— Por favor, como se o Oliver não te mimasse, não é? Na verdade, o seu namorado incrível não deveria estar aqui em uma hora para te buscar para o seu encontro?

É a primeira sexta-feira do mês. E as primeiras sextas são para Devney e Oliver. É tão bom ela ter alguém que a ama loucamente. Ele planeja isso para ela e sempre garante que ela saiba o quanto a ama.

Devney desvia o olhar e não diz nada.

Bem, esse é um sinal que posso seguir.

— O quê?

Ela se volta para mim de novo.

— O quê?

— Por que você desviou o olhar quando falei sobre Oliver?

— Não é nada. Vamos falar de você.

Inclino-me contra a minha cadeira, mas o bebê faz parecer menos uma inclinação e mais um balão se virando. Minha barriga pode não ter aparecido até muito mais tarde, porém eu mais do que compensei isso nos últimos dois meses. Não foi em um estalo, eu apenas expandi como um balão.

Cada dia passa como se alguém estivesse inflando minha barriga um pouco mais.

— De jeito nenhum eu vou deixar isso pra lá. Sabe como foi o meu último mês? Chato. Sem nenhuma fofoca ou algo divertido. Claro, Declan... me entretém... mas, desde que Ellie está em repouso total até dar à luz, recebo poucas ligações de vídeo ou o que quer que Dec transmite, o que é horrível. Ele é muito ruim em me dizer quais são as notícias da cidade.

Ela ri.

— Não tem nenhuma notícia. Nada sobre ninguém nessa cidade, pelo menos.

Estreito o olhar.

— É sobre o Sean?

Ela separa os lábios apenas um pouco, e sorrio internamente. Eu sabia. Ele estava aqui essa semana para deixar algumas coisas antes de ter que ficar por seis meses. Pude vê-lo por um ou dois minutos, mas depois ele e Declan desceram para conversar. Não sei sobre o que era, mas estava claro que Sean não estava em seu estado despreocupado e feliz de sempre.

— Sean?

— Sim, seu melhor amigo. O irmão do meu namorado.

Devney se afunda, deixando a cabeça cair nas mãos.

— Syd...

Encho-me de preocupação e levanto-me, dando a volta na mesa, derrubando alguns papéis no caminho, e me sento ao seu lado.

— O que houve?

Ela me encara, seus olhos transbordando de lágrimas.

— Eu não sei o que aconteceu.

— Vocês brigaram?

— Bem que eu queria. Quero dizer, nós brigamos... *depois*... mas, agora? O que eu devo fazer?

A angústia em sua voz faz meu estômago doer.

— Não sei do que você está falando, Dev. Você tem que me dizer alguma coisa. O que *depois* significa?

Espero mesmo que não seja o que estou pensando. Embora, já teria passado da hora. Ainda assim, a amizade deles nunca será a mesma, e Sean precisa de Devney tanto quanto ela precisa dele. Eles têm sido melhores amigos desde sempre.

— Ele me beijou.

Seguro o sorriso que ameaça se formar. Finalmente, o homem deu a ela um motivo para pensar que existem sentimentos ali.

— Um beijo de amigos?

Ela balança a cabeça depressa.

— Não, nós estávamos bebendo e... eu não sei... falei algo sobre o quanto ele é gostoso e ele disse algo sobre como sempre se atrai por garotas que se parecem comigo. Nós rimos, e então eu disse: "Bem, deve ser difícil beijar sua melhor amiga, certo?".

É, acho que não é tão difícil assim para ele. Ela é absurdamente linda.

— E?

— E então ele segurou meu rosto com uma das mãos, e foi como uma daquelas cenas de filmes em que você sabe que eles vão se beijar. Ele disse: "Eu não sei, mas gostaria de ver se é difícil beijar você". — Ela brinca com a barra da camisa, e consigo ouvir o conflito em sua voz. — Olhei para ele e, naquele momento, eu *precisava* que ele fizesse isso. E, meu Deus, quando ele fez, pensei que ia morrer. Como um homem pode beijar daquele jeito? Como uma mulher pode ser a mesma depois de se sentir daquela maneira? Foi como se eu não pudesse pensar, respirar, ou me concentrar em nada além dele. Eu estava tão perdida que não me importava com nada mais.

Seguro sua mão, oferecendo um pouco de apoio.

— Os garotos Arrowood meio que fazem isso com você.

— Eu tenho Oliver, Syd. Ele é ótimo, e me ama muito. Ele tem sido... tão bom para mim. Ele não joga e viaja pelo país inteiro, transando com sei lá quantas garotas. Sean faz isso. Sean é meu melhor amigo para quem reclamo de Oliver. Não faz sentido, mas...

Ah, essa pobre garota. Ela não faz ideia de onde está se metendo. Porém, sei melhor do que ninguém que você tem que desabafar às vezes.

— Mas?

— Desde aquele beijo, tudo o que eu quero é vê-lo. Quero beijá-lo de novo e ver se foram as bebidas ou... mais? E, ainda assim, ele ligou, mas não consigo falar com ele. Eu amo Oliver. Eu o amo muito, e ele não merece isso. Oliver me faz feliz.

Nunca amei ninguém além de Declan, então não sei se consigo me identificar, mas Oliver a ama mesmo, e sei que ela o ama.

— O que você vai fazer? — pergunto.

— Vou ter que contar ao Oliver. Devo isso a ele, e... ele estava falando sobre casamento outro dia. Eu estava dizendo a Sean que logo ele faria o pedido.

Jesus. Foi isso o que finalmente levou Sean ao limite? Imagino se ele sabia que, quando ela estivesse casada, nunca teria uma chance com ela.

— O que você diria? — questiono.

Devney solta um suspiro pesado e balança a cabeça de leve.

— Eu não sei...

Eu apostaria meu traseiro que, uma semana atrás, a resposta teria sido clara como o dia.

— Talvez pedir um tempo — sugiro.

— Tem mais, Syd. Quero dizer, não com Sean, porém mais que preciso dizer a ele, a você e todo mundo, na verdade, mas não posso.

— Por quê?

— Você pode só me dar um pouco de tempo?

É claro que posso, embora uma parte de mim esteja ansiosa para saber o que ela tem a nos contar.

— Você pode me garantir que está bem?

Devney assente.

— Estou, mas é... difícil falar sobre isso, e não estou pronta ainda.

— Não posso pressionar ninguém a admitir algo antes que estejam prontos. — Movo a mão para a minha barriga, onde meu segredo se escondeu por um bom tempo.

— Obrigada. Preciso resolver seja lá o que estou sentindo por Sean e depois posso lidar com todo o resto.

Estico a mão para segurar a dela e, antes que possa dizer qualquer coisa, ouço um estrondo no corredor.

— Sydney! — O rugido de Declan vem do lado de fora do meu escritório.

Ótimo. Ele voltou para casa mais cedo. Droga.

— Você pode cobrir para mim? — pergunto, timidamente.

Ela se levanta e vai para a sala de espera.

— Ei, Dec. Há quanto tempo. Você não deveria estar em Nova York?

Ele fica quieto por um segundo.

— Oi, Dev, sim, mas parece que tenho que colocar um rastreador em alguém.

— É, consigo ver você fazendo isso.

Fico em silêncio, esperando que ele não descubra que estou aqui.

— Onde ela está? — Dec pergunta, um pouco da raiva se dissipando de seu tom de voz.

— Ah, ela está ali. — Ouço Devney dizer, a porta se abrindo. E depois escuto a risada dela. — Na próxima vez, não minta para mim.

— Mentir? — grito. — Sobre o que diabos eu menti para você?

— Você disse que não sabia que estava grávida quando sabia.

Eu deveria demiti-la, mas aí estaria mesmo ferrada.

Declan passa pelo batente da porta, o cenho franzido, e um misto de alívio e irritação estão estampados naqueles olhos azuis. *Como se eu estivesse ferrada agora.*

Dou um sorriso para ele.

Ele não faz o mesmo.

— Sério, Syd?

— O quê? — pergunto, com inocência.

— Você não conseguiu resistir? Não pôde simplesmente ficar em casa? — ele diz, entrando e depois jogando uma pasta na minha mesa.

Dou de ombros.

— Eu precisava fazer algumas coisas aqui. Se acalma.

— Me acalmar? Você prometeu que ficaria em casa e trabalharia no celeiro para que eu pudesse ir para Nova York sem me preocupar.

Sorrio para ele e sua gravata frouxa ao redor de seu pescoço — aquela com a qual nos divertimos muito ontem à noite —, e seu cabelo, que está penteado para trás como se ele tivesse passado a mão ali centenas de vezes, e vejo amor.

— Sim, bem, eu fiquei entediada, e você não deveria estar em casa até depois do jantar.

Ele olha para cima e resmunga.

Coloco as mãos na barriga protuberante, meu filho se remexendo.

— Você está aborrecendo o Deacon.

Ele se aproxima e agacha na minha frente.

— Me desculpe, filho, mas a sua mãe é uma mulher irritante e vou amarrá-la na cama.

— Ela pode gostar disso...

Ele olha para mim, um sorriso malicioso surgindo em seu rosto.

— Não por prazer.

— Que pena. Podemos até usar essa gravata de novo. — Pego o tecido entre os dedos e puxo com força. — Funcionou bem ontem à noite.

— Mulher.

Declan e eu temos muitas coisas para resolver, mas juntos, nós estamos felizes. Claro, ele me enlouquece sendo superprotetor, mas eu amo tê-lo comigo. Tanto que demos grandes passos para tornar nossas vidas permanentes.

— Você pegou a papelada? — pergunto, esperando suavizar sua ira.

Ele se levanta e depois me puxa para os seus braços.

— Sim, Milo mandou um entregador me encontrar fora da cidade, que foi o motivo para eu não ter levado tanto tempo quanto você achava que precisava para me enganar.

Reviro os olhos.

— Eu não te enganei. Apenas esqueci de mencionar a minha saída.

— Certo. Vamos acreditar nisso. Enfim, assim que você assinar o documento, estaremos um passo mais perto.

Ele me beija depressa e depois pega a pasta que trouxe. Eu me sento e tiro os documentos. Leio e dou um sorriso quando chego ao fim.

— Tem certeza disso?

Declan se agacha na minha frente de novo.

— Estou me perguntando se entramos com a papelada errada.

— O quê?

Ele está com dúvidas? Eu não entendo. Foi ele quem quis abordar seus irmãos sobre vincular sua parte da fazenda da família quando estiver elegível. Isso nos daria mais terreno, e protegeria Connor e Ellie de ter mais alguém perto deles. Já que Connor decidiu ficar em Sugarloaf, pensamos que fazer o mesmo negócio com seus irmãos seria perfeito.

Ele se arrepende? Ele se apaixonou de novo por Nova York uma hora atrás?

— Acho que o que acordamos é ótimo, mas prefiro assinar um tipo diferente de papel.

— E qual seria?

— Uma certidão de casamento.

Escancaro a boca e seguro o fôlego.

— O quê?

Ele pega uma pequena caixinha preta de veludo no bolso da calça e depois se posiciona sobre um joelho.

— Bem, eu tinha planejado uma coisa grande para fazer o pedido hoje, mas alguém… foi lá e mudou isso saindo de casa, me fazendo correr atrás dela. Sabe, Sydney Hastings, eu te amei desde que coloquei os olhos pela primeira vez em você. Eu sabia, mesmo na minha tenra idade, que nunca seria bom o bastante para você, mas não conseguia imaginar não tentar. Eu fracassei. Vacilei, mas meu coração sempre foi seu. Quero acordar todas as manhãs com você, dormir todas as noites ao seu lado, e criar nossos filhos como marido e mulher. Quero que você seja a minha esposa. Você me concede a maior honra de todas e me dá minha segunda chance? Meu caminho está claro... é sempre aquele que leva até você.

Lágrimas escorrem pelo meu rosto, e meu coração está tão cheio que poderia explodir.

— Sim! Sim! Sim! Um milhão de vezes, sim!

Ele me puxa para seus braços, beijando meus lábios enquanto o inspiro. Esse homem maravilhoso. Esse homem a quem amo tão profundamente que nem é normal é meu, e nunca o deixarei ir.

Obrigada por ter lido a história de Declan e Sydney. Espero que você tenha amado o restante dos irmãos Arrowood e eles tanto quanto eu. A história de Sean e Devney vem em seguida e você vai se apaixonar tanto por ele, sem brincadeira! Estou dizendo, Sean vai derreter seu coração. Ele é... simplesmente... perfeito.

A única para mim

Devney Maxwell tem sido minha melhor amiga desde que tínhamos seis anos de idade, mas não faz ideia de que sou apaixonado por ela.

Mesmo quando estou na estrada jogando beisebol profissionalmente, ela é meu lar — o único lar que eu conheço. Mas quando retorno a Sugarloaf para cuidar da fazenda da minha família, descubro que ela está tentando se colocar em uma vida com o homem errado… e entro em desespero.

Só preciso de um beijo único e perfeito para mudar tudo.

Tenho seis meses para acertar com Devney — para convencê-la a deixar a cidade e transformar aquele beijo na nossa eternidade.

Meu objetivo é fazer isso enquanto passo meus dias treinando o time de beisebol do sobrinho dela, consertando a fazenda e a amando com todo meu ser. Finalmente, parece que nosso relacionamento está seguro e que encontraremos um jeito de fazê-lo funcionar.

Então uma tragédia nos atinge… mudando a vida dela para sempre. Ela é necessária aqui mais do que nunca, mas eu… não posso ficar de jeito nenhum.

Sei que ela é a única para mim, mas pode ser que eu tenha que deixá-la…

A única para mim, próximo livro da série *Irmãos Arrowood*, chega pela The Gift Box em breve.

Agradecimentos

Para meu marido e filhos. Vocês se sacrificam muito para que eu possa continuar a viver meu sonho. Dias e noites em que estou ausente, mesmo quando estou aqui. Estou trabalhando nisso. Prometo. Eu os amo mais do que minha própria vida.

Meus leitores. Não posso agradecer o suficiente. Ainda me surpreende que vocês leiam minhas palavras. Vocês se tornaram parte do meu coração e alma.

Blogueiros: não acho que vocês entendam o que fazem pelo mundo dos livros. Não é um trabalho pelo qual vocês são pagos. É algo que amam e fazem por causa disso. Obrigada do fundo do meu coração.

Minha leitora beta Melissa Saneholtz: meu Deus, não sei como você ainda fala comigo depois de todo o inferno que te fiz passar. Sua opinião e capacidade de entender minha mente, mesmo quando eu não entendo, me surpreende. Se não fosse por nossos telefonemas, não consigo imaginar onde estaria este livro. Obrigada por me ajudar a desemaranhar a teia do meu cérebro.

Minha assistente, Christy Peckham: quantas vezes uma pessoa pode ser demitida e continuar voltando? Acho que estamos ficando sem "vezes". Não, mas, de verdade, eu não poderia imaginar minha vida sem você. Você é um pé no saco, mas é por sua causa que não desmoronei.

Sommer Stein, por mais uma vez fazer essas capas perfeitas e ainda me amar depois que brigamos porque mudei de ideia um bilhão de vezes.

Michele Ficht e Janice Owen, por sempre encontrarem errinhos de digitação e falhas loucas.

Melanie Harlow, obrigada por ser a bruxa boa em nossa dupla ou a Ethel para minha Lucy. Sua amizade significa muito para mim e adoro escrever com você. Eu me sinto tão abençoada por ter você em minha vida.

Bait, Stabby, e Corinne Michaels Books — eu amo vocês mais do que jamais imaginarão.

Minha agente, Kimberly Brower, estou muito feliz por ter você na equipe. Obrigada por sua orientação e apoio.

Melissa Erickson, você é incrível. Eu te amo. Obrigada por sempre falar comigo sobre a borda que é muito alta.

Aos meus narradores, Andi Arndt e Sebastian York, que eu juro que escutei falando enquanto escrevia este livro. Vocês sempre trazem vida à minha história e sempre conseguem fazer os audiobooks mais mágicos. Andi, sua amizade nestes últimos anos só cresceu e eu amo muito seu coração. Obrigada por sempre estar comigo. Por muitos mais shows e festas do pijama na neve.

Vi, Claire, Mandi, Amy, Kristy, Penelope, Kyla, Rachel, Tijan, Alessandra, Meghan, Laurelin, Kristen, Devney, Jessica, Carrie Ann, Kennedy, Lauren, Susan, Sarina, Beth, Julia, e Natasha: obrigada por me manterem lutando para ser melhor e me amando incondicionalmente. Não há autoras-irmãs melhores do que todas vocês.

Sobre a autora

Corinne Michaels é autora *best-seller* do *New York Times, USA Today* e *Wall Street Journal*. Seus livros são repletos de emoção, humor e amor implacável, e ela gosta de colocar seus personagens em intensa dor antes de encontrar uma maneira de curá-los em suas lutas.

Corinne é esposa de um ex-integrante da Marinha e vive um casamento feliz com o homem de seus sonhos. Ela começou sua carreira como escritora depois de passar meses longe do marido, enquanto ele estava a serviço — ler e escrever foram sua maneira de fugir da solidão. Corinne agora vive com ele na Virginia e é a mãe sentimental, espirituosa, sarcástica e divertida de duas lindas crianças.

The GiftBox
EDITORA

A The Gift Box é uma editora brasileira, com publicações de autores nacionais e estrangeiros, que surgiu no mercado em janeiro de 2018. Nossos livros estão sempre entre os mais vendidos da Amazon e já receberam diversos destaques em blogs literários e na própria Amazon.

Somos uma empresa jovem, cheia de energia e paixão pela literatura de romance e queremos incentivar cada vez mais a leitura e o crescimento de nossos autores e parceiros.

Acompanhe a The Gift Box nas redes sociais para ficar por dentro de todas as novidades.

🏠 www.thegiftboxbr.com

f /thegiftboxbr.com

📷 @thegiftboxbr

🐦 @GiftBoxEditora

Impressão e acabamento
psi7 | book7
psi7.com.br book7.com.br